Michael Kerawalla

GemAI

Die missachteten Engel

Michael Kerawalla

GemAI

Die missachteten Engel

Herstellung und Verlag: BoD – Books on Demand, Nordersted

ISBN: 978-3-7322-8809-0

Für alle guten Engel

Inhalt

Der erste Arbeitstag

Patrick stand vor dem Eingang der Firma GemAI-Care. Der Neunzehnjährige hatte vor kurzem die Schule beendet und nicht gerade viel Lust auf diese Arbeit, doch die Firma hatte ihn trotz seines schlechten Abschlusszeugnisses eingestellt. So hatte er mehr auf Drängen seiner Eltern die Stelle angenommen. Er war zuvor mehrere Wochen lang auf die Tätigkeit vorbereitet worden, die darin bestand, GemAI zu warten und reparieren. Die künstlichen Intelligenzen, die sich äußerlich kaum mehr von einem Menschen unterschieden, waren zumindest bei den besser gestellten Familien häufig anzutreffen. Manchmal arbeiteten sie dort nur als Hilfskraft, doch meistens waren sie nahezu vollständig in die Gemeinschaft integriert, pflegten Angehörige, halfen bei der Kindererziehung, oder lebten eng mit der Familie zusammen. Da GemAI über das gleiche emotionale Potenzial wie die Menschen verfügten, dabei stets geduldig, verständnisvoll, höflich, freundlich und hilfsbereit waren, jedoch kaum Aggression zeigten, waren sie recht beliebt bei der Bevölkerung. Diese halborganischen Wesen waren auch niemals negativ aufgefallen, begingen keine Verbrechen oder schädigten die Menschen, die ihnen inzwischen großes Vertrauen entgegenbrachten. Patrick selbst hatte noch keinen näheren Kontakt mit den GemAI. Seine Eltern hatten nie viel Geld besessen und konnten sich ein solches Wesen nicht leisten. Natürlich war der Junge einigen der künstlichen Intelligenzen schon in der Öffentlichkeit begegnet. Einmal hatte ihn eine GemAI nach dem Weg gefragt, doch ansonsten kannte sie der Junge nur aus der Entfernung. Auch bei seiner Ausbildung hatte er nur Roboter-Modelle der GemAI kennengelernt, an denen er die Übungen durchführte. So würde er heute erstmals eine der künstlichen Intelligenzen persönlich kennenlernen und mit ihr zusammenarbeiten, denn bei dieser Firma war es üblich, dass stets ein Mensch und eine GemAI ein Team bildeten. In diesem Moment öffnete sich die Eingangstür, worauf Patrick etwas unsicher zum Empfangspult lief. Die dahinter stehende Dame erklärte ihm freundlich, wohin er sich wenden musste. Der junge Mann bedankte sich höflich, stieg in einen der Aufzüge und befand sich kurze Zeit später im Vorraum des Firmenleiters, wo ihn die Sekretärin kurz Platz nehmen ließ, bis ihr Chef Zeit für ihn hatte. Wenig später rief Jeff Dobson den jungen Mann zu sich herein. Nach der Begrüßung und der Klärung letzter Fragen kam der Firmenleiter noch auf ein Problem zu sprechen:

»Eigentlich wollten wir ihnen eine neue GemAI der vierten Generation zur Seite stellen, doch leider hat der Hersteller Lieferschwierigkeiten, weshalb das Modell bis jetzt noch nicht bei uns eingetroffen ist. Deshalb können wir ihnen zur Zeit nur ein etwas älteres Modell bereitstellen, bis die neue GemAI bei uns eingetroffen ist. Ich hoffe, das ist für sie akzeptabel.«

Patrick nickte. »Kein Problem.«

»Gut!«, meinte Dobson erfreut. »Dann werde ich sie gleich mit Jenny bekanntmachen.«

Patrick schluckte und warf dem Firmenleiter einen überraschten Blick zu. »Ich werde mit einer weiblichen GemAI zusammenarbeiten?«

Dobson schaute ihn verwundert an. »Ja, ist das ein Problem für sie?«

»Ich werde doch auch mit dieser Jenny zusammen wohnen. Ist ihr das nicht unangenehm?«

»Nein! Keine Sorge, Jenny hat bereits früher schon einmal mit einem männlichen Mitarbeiter zusammen gewohnt. Das ist kein Problem für sie. Alle Außenteams bestehen aus einem männlichen und weiblichen Mitglied, die auch zusammen wohnen. Das gab bisher noch nie Schwierigkeiten.«

»Verstehe«, meinte Patrick unsicher, worauf ihm Dobson einen aufmunternden Blick zuwarf und sich erhob.

»Folgen sie mir bitte, dann stelle ich ihnen auch gleich unser Büroteam vor. Ihren Koffer können sie bis Dienstende im Vorraum stehen lassen«.

Patrick beeilte sich dem Firmenleiter zu folgen. Kurze Zeit später betraten sie das Zimmer, in dem die Aufträge erfasst und verwaltet wurden, wo der junge Mann gleich vom Gruppenleiter David Wilson begrüßt wurde. Nach einer kurzen Vorstellung des Teams erreichten sie schließlich den letzten Arbeitsplatz, wo Jenny saß. Patrick war überrascht über ihr jugendliches Aussehen, denn die GemAI glich einer Frau im Alter von zwanzig Jahren! Als sie vor ihm stand überragte er sie um eine Kopflänge. Sie hatte ein hübsches Gesicht, auf dessen Stirn eine kleine Funktionsanzeige durch die Haut glomm, welche alle GemAI trugen. Ihre blonden Haare reichten bis über die Schultern. Der zierliche Körper war mit dem gleichen dunkelblauen Overall bekleidet, wie ihn auch Patrick trug. Beide begrüßten sich ein wenig schüchtern. Dobson wünschte dem jungen Mann noch alles Gute und verließ anschließend raschen Schrittes den Raum, während David nach einem Tablet-Rechner griff und sich Patrick zuwandte.

»Hast du noch irgendwelche Fragen?«, erkundigte er sich höflich, was der junge Mann verneinte. Dann wandte sich der Gruppenleiter an Jenny und übergab ihr das Tablet. »Hier sind eure heutigen Aufträge. Dann wünsche ich euch noch viel Erfolg!«

Jenny und Patrick bedankten sich und verließen mit einem kurzen Gruß das Büro. Darauf führte die GemAI den jungen Mann zu den Aufzügen.

»Hattest du schon einmal näheren Kontakt zu einer GemAI?«, fragte Jenny.

Patrick schüttelte den Kopf. »Nein, bisher noch nicht.«

»Das macht nichts. Du wirst dich schnell an die Zusammenarbeit mit mir gewöhnen«, meinte Jenny zuversichtlich.

Da öffnete sich die Aufzugstür und beide betraten die Kabine. Patrick sah Jenny verlegen an, als er fragte: »Macht es dir nichts aus, mit mir zusammen zu wohnen?«

»Das ist in Ordnung. Wir beide werden uns schon vertragen.« Die GemAI versuchte zuversichtlich zu klingen, aber ihr besorgter

Gesichtsausdruck schien etwas anderes zu sagen. Außerdem vermied sie in diesem Moment den Blickkontakt mit dem jungen Mann.

Das verunsicherte Patrick, doch er kam nicht mehr dazu weiter nachzudenken, denn in diesem Moment erreichte der Fahrstuhl die Fuhrpark-Ebene im Untergeschoss und öffnete sich. Jenny führte ihn ins Büro des Verwalters. Der bekam große Augen, als die GemAI mit dem jungen Mann eintrat.

»Hallo Jenny! Meine Güte, dich habe ich hier schon eine Ewigkeit nicht mehr gesehen. Wie geht es dir?« Paul erhob sich und schüttelte ihr die Hand.

»Danke, mir geht es gut«, gab Jenny freundlich zurück. »Das ist Patrick. Er fängt heute neu an«, stellte die GemAI ihren Kollegen vor.

»Na dann, herzliches Beileid!«, sagte Paul grinsend und schüttelte auch Patrick die Hand. »Was kann ich für euch tun?«

»Ich bin ab heute wieder im Außendienst tätig und brauche ein Fahrzeug«, antwortete Jenny.

»Alles klar«, meinte Paul und ging zu einem Schlüsselkasten. Er überlegte kurz, dann nahm er einen Schlüssel heraus. »Ich gebe euch Wagen 14, der kommt gerade frisch von der Inspektion.« Dann warf er Jenny den Schlüssel zu, die ihn geschickt auffing. »Du fängst noch genauso gut wie damals!«, lobte er die GemAI, die sich darauf verlegen bedankte. Dann wandte sich Paul grinsend an Patrick. »Halt dich gut fest, sie fährt nämlich wie der Henker!«

»Gar nicht wahr!«, protestierte Jenny scheinbar empört.

Da öffnete sich die Tür und eine weitere GemAI trat ein. »Hey Jenny, hab' dich lange nicht gesehen! Geht's dir gut?«

»Hallo Patty! Danke, alles bestens!«, antwortete Jenny. Dann umarmten sich die beiden Freundinnen. Anschließend stellte sie noch ihren Kollegen vor, der von Patty auch freundlich begrüßt wurde.

»Ärgert er dich schon wieder?«, fragte Patty schmunzelnd und deutete auf Paul.

»So etwas würde ich nie tun!«, versicherte der Fuhrparkleiter mit möglichst harmlosem Gesichtsausdruck, worauf Patty ihm einen skeptischen Blick zuwarf.

»Danke für das Fahrzeug!«, sagte Jenny amüsiert und wandte sich zum Gehen.

»Bring den Jungen in einem Stück zurück!«, rief ihr Paul grinsend hinterher.

»Ich werde mir Mühe geben«, versprach Jenny schmunzelnd und ging mit Patrick hinaus, der sich mit einem Wink verabschiedete. Sie liefen an den Parkbuchten entlang, bis sie vor dem zugewiesenen Fahrzeug standen. »Willst du fahren?«, fragte Jenny.

»So ein großes Auto habe ich noch nie gefahren. Mir wäre es lieber, wenn du das machst«, antwortete Patrick unsicher.

»In Ordnung«, stimmte Jenny zu, stieg ein und startete den Motor. Dann stellte sie den Fahrersitz und die Spiegel ein, während Patrick sich neben sie setzte. »Wir müssen das Tablet noch mit dem Fahrzeug verbinden. Weißt du, wie das geht?«, fragte sie freundlich.

»Ich werd's versuchen«, gab der junge Mann zurück und bediente die Kontrollen, doch es wollte ihm nicht recht gelingen, also half ihm Jenny, bis die Vernetzung hergestellt war. Da leuchtete schon das Display des Navigationsgerätes auf und zeigte die Route zu ihrem ersten Kunden. Beide schnallten sich an, dann löste Jenny die Feststellbremse und fuhr los. Ganz im Gegensatz zu Pauls scherzhafter Bemerkung bevorzugte Jenny einen ruhigen und defensiven Fahrstil. Sie steuerte den großen Lieferwagen sicher und routiniert durch den dichten Verkehr. Endlich durfte sie wieder im Außendienst arbeiten, was wesentlich interessanter und abwechslungsreicher war, als die stumpfsinnige Arbeit im Büro, die sich viel zu lange hingezogen hatte. Sie hoffte, dass ihr neuer Partner sie mit dem nötigen Anstand und Respekt behandelte, so wie auch sie stets mit den Kollegen umgegangen war. Zwar hatte er noch keine Erfahrung mit GemAI und er war auch noch recht jung, doch das würde ihr vielleicht sogar helfen, ein deutlich besseres Verhältnis zu ihm aufzubauen, als zu ihrem ersten Arbeitspartner, den Dobsons Vorgänger damals fristlos entlassen hatte!

Patrick wusste nicht so recht, was er sagen sollte, weshalb er zuerst nur schweigend neben Jenny saß. Die GemAI war bisher sehr freundlich und höflich zu ihm gewesen, genau so, wie diese halborganischen Wesen von den meisten Menschen beschrieben wurden. Bei der scherzhaften Kabbelei mit Paul, dem Fuhrparkleiter, hatte sie sogar recht humorvoll gewirkt. Eigentlich benahm sie sich gemäß ihrem Aussehen wie eine junge Frau und nicht wie ein Android, was dem jungen Mann sehr entgegenkam. Auf der anderen Seite machte ihm das Sorgen, wegen des Zusammenwohnens mit ihr. Wieder fiel ihm ihr besorgter Gesichtsausdruck ein, als er sie vorhin im Aufzug darauf angesprochen hatte. Da Patrick bisher auch mit keinem Mädchen zusammen war, machte ihn der Gedanke reichlich nervös, doch im Moment blieb ihm nichts weiter übrig, als abzuwarten. Weil Jenny jedoch so freundlich zu ihm war, nahm er sich vor, sie auch so respektvoll und freundlich wie möglich zu behandeln.

»Ist alles in Ordnung?«, fragte die GemAI besorgt, weil er so still war.

»Danke, mir geht es gut«, beeilte sich Patrick zu sagen.

»Ist dies deine erste Arbeitsstelle, oder hattest du vorher schon einmal eine Anstellung?«, fragte Jenny, um ihm über seine Verlegenheit hinweg zu helfen, wofür ihr der junge Mann dankbar war.

»Letztes Jahr habe ich meinen Schulabschluss gemacht und danach ziemlich lange nach einer Arbeitsstelle gesucht, bis GemAI-Care mich eingestellt hat.«

Jenny nickte verstehend. »Dann hoffe ich, dass du dich bei dieser Arbeit wohl fühlst.«

Patrick zögerte und vermied es, sie dabei anzusehen. »Mal sehen«, meinte er schließlich wenig begeistert.

Die GemAI bemerkte, dass ihm das Thema unangenehm war, und beließ es dabei. Außerdem bog sie gerade in die Straße ein, wo ihr erster Kunde wartete. Sie hatte das Glück, direkt vor dessen Wohnung einen Parkplatz zu finden, wo sie den Wagen abstellte und den Motor ausschaltete. »Bist du einverstanden, wenn ich vorerst die Gespräche mit den Kunden führe? Dann lernst du am schnellsten mit ihnen umzugehen. Später darfst du das gerne übernehmen und ich assistiere dir.«

Patrick hatte nichts dagegen, zumal er sich sowieso beim Umgang mit anderen Menschen schwertat. Sie verließen das Fahrzeug und gingen zur Wohnungstür, wo Jenny die Glocke betätigte. Kurze Zeit später meldete sich eine männliche Stimme über die Sprechanlage. Jenny antwortete freundlich, worauf die Tür geöffnet wurde und ein älterer, etwas gebrechlicher Herr vor ihnen stand. Er bat sie herein und rief nach seiner GemAI.

»Jack, kommst du bitte!«

Gleich darauf betrat die künstliche Intelligenz den Raum. Patrick war überrascht, denn Jack war genauso groß wie er und von kräftiger Statur. Er begrüßte Jenny und Patrick freundlich und setzte sich ihnen gegenüber.

»Was hast du denn für Probleme?«, fragte Jenny.

»Ich habe immer wieder Sehstörungen und Koordinationsprobleme«, antwortete Jack zögernd.

»Was hat das für Auswirkungen?«, wollte Jenny wissen.

»Ich muss beim Laufen sehr vorsichtig sein, sonst stürze ich, oder remple andere Personen an.«

Jenny nickte, während Patrick alles auf dem Tablet notierte. »Hast du sonst noch irgendwelche Schwierigkeiten oder Fehlfunktionen?«

»Nein, ansonsten ist alles in Ordnung«, gab Jack zurück.

»Gut. Dann folge uns bitte zu unserem Fahrzeug, damit wir dich untersuchen können«, bat Jenny.

»Ich hoffe, ihr müsst ihn nicht mitnehmen, denn ich bin sehr auf seine Hilfe angewiesen«, sagte der ältere Herr besorgt.

»Keine Sorge!«, beruhigte ihn Jenny. »Das können wir sicher rasch beheben.« Sie stand auf und ging mit Patrick und Jack hinaus.

Draußen öffnete sie mit Hilfe der Fernbedienung die hintere Tür ihres Fahrzeuges. Automatisch schob sich darunter eine kurze Treppe heraus und erleichterte den Zugang. »Nimm bitte Platz«, forderte Jenny Jack auf und deutete auf den Behandlungsstuhl im Zentrum des hinteren Fahrzeugraumes.

Jack kam der Bitte nach und sah sich unsicher um. Die eine Seite des Raumes wurde von einem größeren Computersystem überzogen, während auf der anderen Seite mehrere Monitore und Schaltflächen zu sehen waren.

Patrick hob ein längeres Kabel hoch. »Ich werde dich jetzt mit der Anlage verbinden. Du wirst danach automatisch in den Ruhemodus schalten.« Als er Jacks leicht ängstlichen Blick sah, meinte er beruhigend: »Keine Sorge, die Behandlung ist absolut schmerzfrei.« Dann warf er ihm ein aufmunterndes Lächeln zu. Jack nickte schließlich zögernd, worauf Patrick das Kabel an der verborgenen Schnittstelle am Hinterkopf der GemAI anschloß. Jacks Körper erschlaffte und er schloss die Augen. Die Anzeigen auf den Bildschirmen bestätigten, dass er sich nun im Ruhemodus befand und alle Systeme funktionierten. Patrick befestigte den Körper der GemAI noch mit einem Sicherheitsgurt, damit er nicht versehentlich vom Behandlungsstuhl rutschte. Dann aktivierte er das Diagnosesystem. Jenny beobachtete ihn dabei, um notfalls einzuschreiten, doch der junge Mann hatte bei der Ausbildung gut aufgepasst und machte alles richtig. Wenig später war die Analyse abgeschlossen und zeigte mehrere Software-Fehler im Betriebssystem der GemAI an. »Eine komplette Neuinstallation dürfte nicht notwendig sein«, sagte er zu Jenny, die auch die Anzeigen auf den Bildschirmen prüfte.

Seine Kollegin nickte bestätigend. »Lass einfach die Reparatur-Routine darüber laufen. Das müsste die Probleme beheben.«

»Mach ich«, antwortete Patrick und rief die nötige Software auf. Während die Kontrollbalken auf den Bildschirmen langsam nach vorne wanderten, zuckte Jacks Körper mehrmals zusammen.

Patrick sah Jenny besorgt an, doch die meinte beruhigend: »Das ist normal, weil die Reparatur auch die Software der Bewegungssysteme betrifft. Sobald das abgeschlossen ist, werden die Zuckungen aufhören.«

Sie behielt recht und Patrick atmete erleichtert auf. Es dauerte noch einige Zeit, bis die Reparatur-Routine vollendet war. Eine abschließende Diagnose, zeigte an, dass nun sämtliche Systeme wieder voll funktionsfähig waren. Patrick trennte vorsichtig das Verbindungskabel von Jacks Kopf und wartete, bis dessen Selbsttest beendet war. Gleich darauf öffnete die GemAI die Augen und sah sich kurz verwirrt um, bis er die Situation realisierte. »Wie geht es dir?«, fragte Patrick freundlich.

»Danke, mir geht es gut«, antwortete Jack mit fester Stimme.

»Wir haben einige Reparaturen an deinem Betriebssystem vorgenommen. Somit müssten deine Funktionsprobleme behoben sein,«, erklärte Patrick und schnallte Jack los. »Steh bitte langsam auf«, forderte der junge Mann die GemAI auf.

Jack kam der Aufforderung nach und erhob sich behutsam, doch die Koordinationsstörungen waren tatsächlich beseitigt und er konnte sich wieder problemlos bewegen. »Vielen Dank!«, sagte er mit erfreutem Gesichtsausdruck. »Das fühlt sich schon viel besser an!«

»Gern geschehen«, antwortete Patrick und auch Jenny nickte ihm freundlich zu. So verließen alle drei das Fahrzeug und kehrten in die Wohnung zurück. Auch der alte Herr war glücklich, dass Jack nun wieder voll funktionsfähig war und setzte noch seine Unterschrift auf das Tablet, bevor Patrick und Jenny ihn verließen und wieder ins Fahrzeug stiegen.

»Das hast du gut gemacht!«, lobte Jenny ihren Partner.

»Danke!«, sagte Patrick leicht verlegen. Dann stahl sich ein Lächeln auf sein Gesicht. »Du bist auch gut gefahren, nicht wie der Henker«, meinte er und zwinkerte Jenny zu. Die schmunzelte amüsiert, senkte dann kurz verlegen den Blick und bedankte sich für das Kompliment. Der junge Mann bestätigte noch den Abschluss des Auftrages auf dem Tablet, worauf schon die Route zum nächsten Kunden auf dem Navigationssystem erschien. »Der nächste Auftraggeber hat auch wieder Funktionsprobleme bei der GemAI gemeldet«, erklärte er, während Jenny den Motor startete und losfuhr. »Wenn ich die Auftragsliste durchsehe, so haben mehrere GemAI diese Probleme. Weißt du, woran das liegt?«, fragte er seine Kollegin.

»Unsere Software ist recht kompliziert, weshalb ihre Beschaffung sehr teuer ist. Inzwischen gibt es jedoch auch unseriöse Firmen, die mangelhafte Software zu dem gleichen hohen Preis verkaufen, um ihre Gewinnspanne zu erhöhen. Wiederum andere Firmen lassen die Software bei Subunternehmen zu einem äußerst niederen Preis herstellen, deren Qualität auch mangelhaft ist, und bieten dann GemAI zu niedrigeren Preisen an, die dann aber schon nach kurzer Zeit Funktionsstörungen aufweisen. Die Zahl der Software-Firmen, welche GemAI Betriebssysteme herstellen, ist in letzter Zeit immens gewachsen und es ist für die Firmen, die unsere Hardware und die organischen Komponenten herstellen, sehr schwer geworden, unseriöse Software zu erkennen, da die fehlerhaften Stellen immer raffinierter verborgen werden. Dadurch gibt es so viele GemAI mit fehlerhafter Software. Das ist zwar für so eine Firma wie GemAI-Care gut, weil wir so immer wieder neue Aufträge bekommen, aber die Käufer der GemAI zahlen so zusätzlich viel Geld für die Reparaturen und die nachträgliche Ausstattung mit korrekten Betriebssystemen.«

»Verstehe«, meinte Patrick kopfschüttelnd. »Auf diese Art werden wieder einmal die Kunden betrogen.«

»Nicht nur das! Für uns GemAI sind diese Funktionsstörungen ausgesprochen lästig und unangenehm. Du musst dir das wie eine Krankheit, oder eine Erkältung vorstellen, die euch Menschen manchmal befällt. Ihr fühlt euch in dieser Zeit auch nicht wohl. Wir können dann unsere Aufgaben und Hilfen nicht mehr korrekt ausführen, was für uns sehr misslich ist, weshalb wir uns dann geringwertig fühlen.«

»Aus dieser Warte habe ich das noch nicht betrachtet«, gab Patrick verlegen zu. »Ich kann das aber sehr gut nachvollziehen«, sagte er dann mit gesenktem Blick.

Jenny warf ihm kurz einen überraschten Blick zu, den Patrick jedoch nicht bemerkte, da er gerade in eine andere Richtung sah. Sagte er das nur, oder verstand er sie wirklich? Bisher hatte sie nur zwei Menschen kennengelernt, die genügend Empathie und Verständnis für die Gefühle der GemAI aufbrachten. Sie würde es begrüßen, wenn auch Patrick zu diesen Menschen gehörte, was angesichts seines geringen Alters erstaunlich wäre. So beschloss sie abzuwarten, wie sich ihre Partnerschaft entwickelte, und hoffte auf eine positive Entwicklung. Inzwischen waren sie beim nächsten Kunden angelangt. Auch dessen GemAI hatte ein defektes Betriebssystem, welches jedoch problemlos repariert werden konnte. Beim dritten Kunden war die GemAI jedoch von einem aggressiven Schläger beschädigt worden. Der linke Arm war durch den heftigen Sturz teilweise zertrümmert, so dass Jenny und Patrick ihn mit zur Firma nehmen mussten, wo er wieder instand gesetzt würde. Jenny versprach dem Kunden, dass er noch am gleichen Tag einen Ersatz für die Zeit der Reparatur bekommen sollte, worüber dieser sehr dankbar war. Einige Zeit später erreichte das Team die Firma GemAI-Care, wo Jenny den großen Lieferwagen gekonnt rückwärts in die Parkbucht des Servicebereiches einparkte. Die dortigen Mitarbeiter hatten durch die Einträge auf dem Tablet bereits sämtliche Informationen und machten sich gleich an die Reparatur, während Jenny wenig später auf dem Firmengelände parkte und Patrick in die Kantine führte, da es bereits Mittagszeit war. Der junge Mann suchte sich dort eine Mahlzeit aus, während Jenny zu seinem Erstaunen nur eine handgroße silberne Folienflasche an sich nahm.

»Isst du nichts?«, fragte er verwundert.

»Das ist mein Essen«, war die überraschende Antwort seiner Partnerin. »Diese Flasche enthält ein Gel, das mich sättigt und gesund erhält.«

»Könnt ihr euch nur davon ernähren?«, wollte Patrick wissen.

Jenny schüttelte lächelnd den Kopf. »Nein, wir können uns auch genauso ernähren wie ihr Menschen. Unsere organischen Bestandteile sind jedoch etwas empfindlicher als euer Körper. Mit diesem Gel vermeiden wir Verdauungsstörungen.«

»Ach so«, meinte Patrick und suchte zusammen mit Jenny nach einem freien Tisch.

In diesem Moment sah die GemAI ihre Freundin Patty winken. »Sollen wir uns zu ihr setzen?«, fragte sie Patrick, der nichts dagegen hatte. So steuerten sie den entsprechenden Tisch an, wo sie von Patty und ihrem Partner Joe fröhlich begrüßt wurden.

»Wie ich hörte, ist das dein erster Arbeitstag. Wie läuft's denn?«, fragte Joe an Patrick gewandt.

»Danke, soweit gut«, gab der junge Mann zurück. Sie plauderten eine Weile miteinander, während sie ihre Mahlzeiten zu sich nahmen, bis Patrick ihren letzten Auftrag erwähnte. »Ich verstehe das nicht. Warum ist dieser Schläger auf die GemAI losgegangen? Bisher habe ich immer gehört, dass ihr absolut friedlich und freundlich seid und niemandem etwas zuleide tut.«

»Das ist richtig«, bestätigte Patty. »In welchem Stadtteil war das denn?« Nachdem Patrick ihr die Frage beantwortet hatte, nickte die GemAI. »Dort hat es schon mehrere solcher Vorfälle gegeben. Wir wissen auch nicht, warum dieser Schläger uns überfällt. Ich hoffe nur, dass sie ihn bald erwischen und zur Rede stellen. Seid bitte vorsichtig, wenn ihr euch dort aufhaltet.« Jenny und Patty wechselten einen vielsagenden Blick, worauf Jennys Gesichtsausdruck kurz traurig wurde, als sie nickte.

Inzwischen hatten alle aufgegessen und machten sich nach einem freundlichen Abschied wieder auf den Weg zu ihren Fahrzeugen. »Was gibt es denn als Nächstes zu tun?«, fragte Jenny, nachdem sie wieder hinterm Steuer saß.

Patrick schaute kurz auf das Tablet. »Wir müssen eine reparierte GemAI zurückbringen.« Jenny nickte und fuhr wieder zum

Servicebereich der Firma, wo sie die künstliche Intelligenz abholten. Nach deren Auslieferung gab es noch zwei Reparaturaufträge, dann war ihre Arbeit für heute beendet. Jenny fuhr noch einmal zur Firma zurück, damit Patrick seinen Koffer dort abholen konnte, der noch immer in Dobsons Vorraum stand, dann machten sie sich auf den Heimweg. »Wie fühlst du dich, nach deinem ersten Arbeitstag?«, fragte sie Patrick vorsichtig.

»Soweit gut. Es ist zwar nicht gerade mein Traumberuf, aber die Arbeit ist in Ordnung«, antwortete der junge Mann.

»Was ist denn dein Traumberuf?«, wollte Jenny wissen.

»Ehrlich gesagt, weiß ich das noch gar nicht so genau«, gab Patrick etwas verschämt zu.

»Ist sicher auch schwer, bei den vielen Möglichkeiten, die sich dir bieten«, gab Jenny verständnisvoll zurück.

»Hmmm«, summte der junge Mann scheinbar bestätigend, vermied dabei aber den Blickkontakt zu der GemAI. »...*wenn ich ein besseres Zeugnis hätte!*«, ergänzte er im Geiste.

»Du musst diese Arbeit ja nicht für immer machen. Vielleicht findest du ja bald deinen Traumberuf«, meinte Jenny aufmunternd.

»Vielleicht...«, erwiderte Patrick leise. Es folgte eine kurze Pause. »Ich muss zugeben, dass es ein gutes Gefühl war, den GemAI ihre volle Funktionalität wiederzugeben. Es war schön mit anzusehen, wie sie sich darüber freuten und wie dankbar sie waren!«

Jenny warf ihm einen kurzen, überraschten Blick zu. »Es freut mich, dass dir das aufgefallen ist«, sagte sie leise, worauf ihr Patrick ein verlegenes Lächeln schenkte. Scheinbar besaß der junge Mann doch genügend Empathie, um die Gefühle und Bedürfnisse der GemAI zu verstehen. Das ließ in Jenny die Hoffnung erstarken, dass ihre Partnerschaft diesmal besser verlief, als bei ihrem ersten Mitarbeiter. Sie wagte zwar kaum zu glauben, dass Patrick ihr bisheriges tristes Dasein zumindest ein wenig verschönern würde, doch sein Verhalten nährte zumindest die Zuversicht auf eine etwas angenehmere Existenz für die begrenzte Zeit, die ihr noch blieb.

Wenig später erreichten sie Jennys Wohnung. Die GemAI parkte den Wagen in einer Garage, deren Tor sich automatisch schloss, nachdem der Motor abgeschaltet war. Das Licht ging an und beide stiegen aus. An die Garage schloss sich ein kurzer Durchgang an, der in einem Treppenhaus endete. Jenny wählte diesmal den Aufzug, damit Patrick den Koffer nicht die Treppen hochtragen musste. Als sie vor der Wohnungstür standen, war Patrick verwundert, dass sie zwei Schlösser besaß, die Jenny mit zwei gesicherten Chipkarten öffnete. Kaum waren sie eingetreten, fiel die Tür mit einem dumpfen Knall ins Schloss und verriegelte sich automatisch. Sie standen in einem kurzen Gang, von dem mehrere Türen abgingen. Jenny öffnete gleich die erste Tür und bat Patrick einzutreten.

»Das ist dein Zimmer«, sagte sie mit einer einladenden Geste.

Patrick stellte erst einmal seinen Koffer ab und sah sich um. Das Zimmer war überraschend geräumig und hell, denn gegenüber der Tür befand sich ein großes Fenster. Ein Bett mit einem Nachttisch, ein Schrank, ein Schreibtisch und ein Stuhl standen darin. Obwohl die Einrichtung spartanisch wirkte, war das Zimmer durchaus gemütlich. »Gefällt mir gut«, sagte er zu Jenny gewandt, die ihn etwas unsicher ansah. Dann führte sie ihn in den nächsten Raum.

»Das ist mein Zimmer.«

Der Raum war ähnlich eingerichtet, wie Patricks Zimmer. Nur stand kein Bett darin, sondern eine Art überdachter Liegestuhl, mit einem kleinen Steuerpult.

»Was ist das denn?«, fragte der junge Mann überrascht.

»Das ist mein Ladegerät. Wie du weißt, besitzen wir GemAI auch elektronische Bestandteile, deren Energie von einem Akkumulator geliefert wird. Den muss ich jeden Abend wieder aufladen. Dafür dient dieses Gerät«, erklärte Jenny.

»Aha!«, meinte Patrick beeindruckt.

Dem Zimmer gegenüber lag ein geräumiges Badezimmer mit großer Wanne, Dusche, zwei Waschbecken und einer Toilette, dazu ein Wäscheschrank, ein Behälter für Schmutzwäsche und eine Wasch-Trocken Kombination. Direkt daneben befand sich ein kleiner Raum mit einer weiteren Toilette. Schließlich führte Jenny den jungen Mann noch in das kombinierte Wohn-Esszimmer, das ein bequemes Sofa, einen Schrank und einen Esstisch mit vier Stühlen enthielt. Ebenso war eine Küchenzeile an der Wand angebracht. Auch dieser Raum strahlte eine einfache Behaglichkeit aus.

»Ich hoffe, du fühlst dich hier wohl«, sagte Jenny ein wenig unsicher.

Patrick nickte. »Ist recht gemütlich«, versicherte er beruhigend.

»Dann kannst du ja deinen Koffer auspacken und dich einrichten. Ich werde mich inzwischen umziehen. Wegen dem Gebrauch des Badezimmers brauchst du dir keine Sorgen zu machen. Ich dusche normalerweise sehr früh am Morgen, zu einer Zeit, während du sicher noch schläfst. Ich werde dich also nicht stören«, erklärte Jenny.

Patrick nickte leicht verlegen. »Ist gut.«

So zogen sich beide in ihre Zimmer zurück. Nachdem er alles ausgepackt und ordentlich verstaut hatte, schlüpfte Patrick in eine Sporthose und ein Kurzarm-Hemd, denn in der Wohnung war es angenehm warm. Dann stapfte er in seinen Pantoffeln in das Wohn-Esszimmer, wo Jenny bereits den Tisch für ihn gedeckt hatte. Sie trug ein graues, armloses Kleid mit kurzem Rock und lief barfuß. Patrick fand, dass sie darin irgendwie süß aussah.

»Ich wusste leider nicht, was du gerne isst, deswegen habe ich diese drei Gerichte hier besorgt, die du nur im Mikrowellenofen erwärmen musst. Ich hoffe, dass dir etwas davon schmeckt.« Sie hielt mit entschuldigender Miene die Kühlschrank-Tür auf und zeigte ihm das Essen.

»Die sind alle drei in Ordnung«, sagte Patrick und schenkte ihr ein beruhigendes Lächeln. »Ich bin da nicht besonders wählerisch.«

Dann zog er eines der Gerichte heraus und bedankte sich bei Jenny für die Besorgung. So musste er heute wenigstens nicht mehr einkaufen gehen. Während er das Essen im Mikrowellenofen erwärmte, zog Jenny eine silberne Folienflasche aus dem Kühlschrank. Kurze Zeit später war das Essen heiß und Patrick stellte es auf den Tisch. »Du kannst auch gerne etwas davon haben«, lud Patrick sie ein, doch Jenny lehnte dankend ab und setzte sich ihm gegenüber. Während er aß, saugte sie mit einem Röhrchen schluckweise das Gel aus der Flasche. »Hat dieses Gel einen bestimmten Geschmack?«, fragte der junge Mann neugierig.

Jenny schüttelte den Kopf. »Nein, es ist völlig geschmacklos. Es gibt zwar welche mit verschiedenen Aromen, aber die schmecken mir nicht besonders.«

»Verstehe«, meinte Patrick.

»Was trinkst du morgens lieber, Kaffee oder Tee?«, fragte Jenny nach einer kurzen Pause.

»Kaffee«, antwortete Patrick. »Sonst werde ich nicht richtig wach.«

»Gut. Ich habe noch welchen da, den kannst du gerne trinken, denn ich mache mir morgens lieber einen Tee. Zum Frühstück habe ich im Moment nur Brot und einen Fruchtaufstrich im Haus. Ich hoffe, das ist dir genehm.«

»Das passt schon. Wie gesagt, ich bin nicht besonders wählerisch«, versicherte Patrick.

»Wie viele Tassen Kaffee trinkst du denn morgens? Da ich früher als du aufstehe, kann ich ja gleich welchen aufbrühen«, schlug Jenny vor.

»Danke, das ist nett von dir! Normalerweise trinke ich immer zwei Tassen.«

»Gut«, sagte Jenny und nickte. »Soll ich dich morgens aufwecken?«

»Das ist nicht notwendig. Ich habe meinen Wecker gestellt. Sollte ich jedoch verschlafen, darfst du mich gerne wecken.«

»In Ordnung«, bestätigte Jenny.

Patrick hatte inzwischen aufgegessen. »Hast du eine Spülmaschine?«
Jenny nickte, stand auf und zeigte sie ihm. Dann warf sie ihre leere Folienflasche in einen eigens dafür bereitstehenden Behälter, während der junge Mann das Geschirr in die Maschine stapelte.

»Woher bekommst du dieses Gel, von dem du dich ernährst?«, wollte Patrick wissen.

»Es wird von einer speziellen Firma hergestellt, die es einmal pro Woche ins Haus liefert. Neben meiner Haustüre befindet sich eine Art Schließfach, das sich von außen nur mit einem Spezialschlüssel öffnen lässt, den nur diese Firma besitzt. Dort stelle ich immer Donnerstag Abend den Behälter mit den leeren Flaschen hinein. Ein Mitarbeiter der Firma nimmt im Laufe des Freitags den Behälter mit und tauscht ihn durch ein Paket mit vollen Flaschen aus. Das Gel und der Lieferservice werden von GemAI-Care bezahlt.«

»Ach so ist das«, meinte Patrick beeindruckt.

»Hmmm«, summte Jenny und nickte bestätigend.

»Patty hat sich heute Mittag auch von diesem Gel ernährt. Machen das alle GemAI?«, fragte Patrick.

»Meist nur diejenigen, welche in Firmen arbeiten, damit sie nicht wegen Verdauungsstörungen krank werden. Das Essen in der Kantine bekommt uns oft nicht. Einige kochen sich dann abends richtiges Essen, doch das habe ich manchmal auch nicht gut vertragen, weshalb ich mich lieber von dem Gel ernähre. Die GemAI, welche in Familien leben, essen meist, was auf den Tisch kommt oder man kocht ihnen spezielles Essen. Schon beim Beratungsgespräch werden die Käufer darauf hingewiesen, auf was sie bei der Ernährung der GemAI achten müssen. Im Gegensatz zu den älteren GemAI haben die neuesten Modelle der vierten Generation bei der Ernährung fast keine Einschränkungen mehr«, erklärte Jenny geduldig.

»Verstehe«, gab Patrick nachdenklich zurück. »Eigentlich schade, denn so könnt ihr das eine oder andere leckere Essen gar nicht genießen.«

»Du musst bedenken, dass wir einst dafür geschaffen wurden, um die Menschen bei ihren täglichen Arbeiten und Pflichten zu unterstützen. Vergnügen war zuerst nicht vorgesehen. Erst allmählich begriffen die Menschen, dass es für sie von Vorteil ist, wenn sie unsere Fähigkeiten den ihren angleichen. So wurde jede Generation der GemAI den Menschen immer ähnlicher. Die neuesten Modelle sind den Menschen in vielerlei Hinsicht bereits ebenbürtig, was viele Menschen mit Skepsis erfüllt. Da wir uns jedoch bisher nichts zu Schulden kommen ließen, scheinen sie uns zu akzeptieren und nehmen meist gerne unsere Hilfe an.« In diesem Moment begann Jennys Kontrolllampe auf der Stirn zweimal kurz zu blinken, dann erlosch sie für kurze Zeit. Dieser Zyklus wiederholte sich weiter. »Oh, die Ladung meines Akkus ist auf zwanzig Prozent gesunken. Es wird Zeit, dass ich mich wieder auflade. Wenn du nichts dagegen hast, ziehe ich mich jetzt zurück. Ich will aber nicht unhöflich sein, und dich hier alleine sitzen lassen.«

»Schon in Ordnung. Ich werde auch langsam müde. Außerdem müssen wir beide morgen früh aufstehen, da sollte ich auch bald schlafen gehen.«

»Dann wünsche ich dir noch eine gute Nacht. Mach bitte das Licht aus, bevor du zu Bett gehst«, bat Jenny und erhob sich.

»Mach ich«, versprach Patrick und lächelte verlegen. »Auch dir eine gute Nacht.«

Jenny bedankte sich ein wenig scheu und ging dann in ihr Zimmer.

Nachdem sie ihre Tür geschlossen hatte, hörte der junge Mann, wie der Riegel vorgeschoben wurde, was ihn schmunzeln ließ. So ganz vertraute sie ihm wohl doch nicht, doch das war auch durchaus verständlich, nachdem sie ihn gerade einen Tag lang kannte. Patrick fühlte sich in ihrer Nähe immer wohler, was nicht zuletzt daran lag, dass sie ihn stets freundlich und mit Respekt behandelte, was bisher nur selten geschehen war. Inzwischen hatte er jedoch begriffen, dass er daran zum größten Teil selbst schuld war, denn er hatte früher durch sein Verhalten viele Leute verärgert oder vor den Kopf gestoßen. Die Arbeit war angenehmer, als er zuvor gedacht hatte, was nicht zuletzt an Jennys Anwesenheit lag. Das Zusammenwohnen mit ihr gestaltete sich bisher unkompliziert. Der junge Mann hoffte, dass es weiter so blieb. Schließlich überkam auch ihn die Müdigkeit. Er gähnte herzhaft, löschte das Licht und ging zu Bett.

Funktionsstörungen

Am nächsten Morgen wurde Patrick von seinem Wecker unsanft aus dem Schlaf gerissen. Für einen Moment wusste er nicht, wo er sich befand, bis ihm wieder einfiel, dass er ja seit gestern in Jennys Wohnung zu Gast war. Wieder zog er die Sporthose und ein Kurzarm-Hemd an, ging ins Badezimmer, wusch sich das Gesicht, kämmte sich die Haare und betrat dann das Wohn-Esszimmer, wo sich Jenny gerade ihren Tee aufbrühte.

»Guten Morgen«, begrüßte sie ihn freundlich und warf ihm ein scheues Lächeln zu.

Patrick gab den Gruß verschlafen zurück und trottete dann zur Küchenzeile, wo Jenny bereits den Kaffee bereitgestellt hatte. Er trug die Kanne zum Tisch und ließ sich auf den Stuhl fallen. »Danke für's Kaffee machen«.

»Gern geschehen«, antwortete Jenny und setzte sich ihm gegenüber. »Hast du gut geschlafen?«

»Ein bisschen unruhig, aber das ist immer so, wenn ich zum ersten Mal in einer neuen Wohnung schlafe.«

Jenny nickte verstehend und reichte ihm dann den Brotkorb. Patrick nahm sich eine Scheibe und bedankte sich, worauf Jenny ebenfalls eine Scheibe auf ihren Teller legte.

»Schläfst du nachts auch?«, fragte Patrick neugierig.

»Nicht so wie ihr Menschen«, antwortete Jenny. »Ich schalte mich in den sogenannten Erholungsmodus. Dabei bleiben mein Gehör und die Tastwahrnehmung aktiv, während meine anderen Sinne und die Motorik deaktiviert sind. Auch meine organischen Funktionen sind in diesem Zustand stark reduziert. Meine Funktionsanzeige auf der Stirn pulsiert dann langsam. Im Gegensatz zum vollen Ruhezustand nehme ich so noch Teile meiner Umgebung wahr und kann sehr schnell wieder in den aktiven Modus übergehen.«

»Verstehe«, sagte Patrick und biss von seinem Brot ab. Zu seinem Erstaunen aß auch Jenny diesmal Brot und ernährte sich nicht von ihrem Gel. Sie hatte ihm ja schon erklärt, dass sie sich auch auf diese Art ernähren konnte, was sich nun bestätigte. Ihre Funktionsanzeige leuchtete heute Morgen wieder durchgehend. »Hast du deinen Akkumulator wieder vollständig aufgeladen?«

»Ja«, bestätigte Jenny und nickte.

»Wie funktioniert das denn? Musst du die ganze Nacht auf deinem Ladegerät verbringen?«

»Nein«, antwortete Jenny geduldig. »Nach spätestens vier Stunden ist der Ladevorgang abgeschlossen. Da der Liegestuhl jedoch sehr bequem ist, nütze ich ihn die Nacht hindurch zum Ruhen.«

Patrick hatte auf einmal das Gefühl Jenny auszufragen. »Entschuldige bitte, dass ich so viele Fragen stelle. Ich möchte nicht indiskret oder zu neugierig sein«, sagte Patrick verlegen.

»Ist schon in Ordnung«, meinte Jenny verständnisvoll. »Du hast ja noch keine Erfahrung mit GemAI. Außerdem freut es mich, dass du so interessiert bist.«

»Danke für dein Verständnis«, gab Patrick leise zurück, sah auf die Uhr und schreckte hoch. »Oh, schon so spät! Ich muss ja noch duschen und mich umziehen.«

»Geh' ruhig, ich räume hier alles auf«, sagte Jenny zu ihm.

Patrick bedankte sich und eilte hinaus. Etwas später verließen die beiden korrekt gekleidet die Wohnung und stiegen in ihr Fahrzeug.

»Was ist denn unser erster Auftrag?«, wollte Jenny wissen, während sie sich auf dem Fahrersitz anschnallte.

Patrick hatte das Tablet inzwischen aktiviert und prüfte die Liste. »Wir müssen zuerst eine reparierte GemAI in der Firma abholen und zu einem Kunden bringen.«

Jenny bedankte sich für die Information und startete den Motor. Im gleichen Moment öffnete sich das Garagentor und die GemAI fuhr los. Nachdem sie etwa die Hälfte der Strecke zurückgelegt hatten, begann Jenny plötzlich mit verkniffenem Gesicht auf ihrem Sitz hin und her zu rutschen.

»Was ist los, stimmt etwas nicht?«, fragte Patrick besorgt.

»Ich ... muss auf die Toilette«, gab Jenny zögernd zu.

»Schaffst du es noch bis zur Firma?«, wollte der junge Mann wissen, doch Jenny schüttelte den Kopf und sah ihn dabei verzweifelt an. Patrick beugte sich vor und vergrößerte die Anzeige auf dem Navigationsgerät. »Du hast Glück! Nach einem Kilometer kommt eine Tankstelle, dort gibt es eine Toilette.«

»Das wäre meine Rettung!«, sagte Jenny erleichtert und beeilte sich, die Tankstelle zu erreichen. Dabei warf sie immer wieder einen kurzen, ängstlichen Blick zu Patrick hinüber.

Als sie kurze Zeit später dort auf einen Parkplatz fuhr, sprang der junge Mann aus dem Fahrzeug. »Ich besorge dir geschwind den Schlüssel! Bin gleich wieder da!«

Jenny sah ihn fragend an. »Welchen Schlüssel?«

»Auf Tankstellen sind die Toiletten in der Regel abgeschlossen. Man muss zuerst beim Tankwart den Schlüssel holen«, erklärte er rasch und rannte los. Kurze Zeit später kam er zurück und schwenkte triumphierend den Schlüssel in der Hand. Jenny lief ihm ein kurzes Stück entgegen. »Es ist die zweite Türe dort drüben«, er zeigte in die entsprechende Richtung, während er der GemAI den Schlüssel übergab. Jenny bedankte sich und sauste los. Patrick war verblüfft, wie schnell sie rennen konnte. Gleich darauf hatte sie die Türe erreicht und trat eilig ein. Der junge Mann setzte sich wieder ins Auto und wartete geduldig ab, bis sie zurückkehrte. Jenny öffnete die Wagentür, stieg jedoch nicht ein, sondern sah Patrick ängstlich an. »Alles in Ordnung?«, fragte er verwundert.

Jenny nickte nur, stieg jedoch immer noch nicht ein. »E ... es tut mir leid, dass ich dir Schwierigkeiten mache«, sagte sie stockend.

»Aber nein, du machst mir doch keine Schwierigkeiten. Kann doch mal passieren«, meinte Patrick versöhnlich.

»B ... bist du mir sehr böse?«, fragte Jenny furchtsam und zog den Kopf ein.

Patrick sah sie verwundert an. »Warum sollte ich dir denn böse sein? Ist doch nochmal gutgegangen, oder ist dir ein Malheur passiert?« Jenny schüttelte den Kopf. »Na dann, steig ein, sonst kommen wir noch zu spät zur Firma!«

Die GemAI kletterte zögernd auf den Fahrersitz, sah Patrick aber weiterhin ängstlich an. »Entschuldige! Es kommt nicht wieder vor«, versprach sie kleinlaut.

»Ist schon in Ordnung«, versicherte Patrick verständnisvoll und wollte ihr versöhnlich die Hand auf die Schulter legen, doch Jenny wich erschrocken zurück. »Tut mir leid, ich wollte dir nicht zu nahe treten«, entschuldigte er sich überrascht über ihre heftige Reaktion und zog seine Hand zurück. »Keine Sorge, ich tu' dir nichts«, sagte er dann beruhigend und machte eine beschwichtigende Geste.

Es dauerte eine Weile, bis Jenny sich wieder aufrecht hinsetzte, ihn dabei aber immer wieder ängstlich ansah. Dabei streifte ihr Blick die Uhr. »Oje, jetzt kommen wir wegen mir vielleicht wirklich zu spät!«

»Nicht, wenn du wie der Henker fährst«, zog Patrick sie grinsend auf und zwinkerte ihr zu. Der junge Mann war wegen ihrer ängstlichen Haltung sehr verwundert und hoffte, sie auf diese Art aufzumuntern.

Jenny brachte ein zaghaftes Lächeln zustande und fuhr endlich los. Tatsächlich versuchte sie etwas schneller voranzukommen, doch der dichte Verkehr bot ihr nur wenig Möglichkeiten dazu. Trotzdem schaffte sie es noch rechtzeitig bei der Firma einzutreffen, worüber sie sehr erleichtert war. Inzwischen hatte sie sich wieder beruhigt, denn Patrick war während der Fahrt recht albern gewesen, und nahm ihr so ihre Angst.

Der junge Mann war froh darüber, dass er Jenny mit seinen Späßen wieder aufheitern konnte. Er verstand überhaupt nicht, warum sie auf einmal so ängstlich war, und sogar meinte, sie habe ihn wegen des kurzen Toilettenstopps verärgert. Das konnte doch jedem einmal passieren. Dann war sie auch noch vor seiner Berührung zurückgeschreckt, die eigentlich nur eine freundliche

Geste sein sollte. Das beunruhigte Patrick, denn so ein Verhalten war ihm völlig fremd. Waren alle GemAI so sensibel? Der junge Mann wollte sie nicht bedrängen oder in Verlegenheit bringen, deshalb sprach er Jenny nicht weiter darauf an. Vielleicht ergab sich am Abend eine Möglichkeit für ein Gespräch über dieses Thema. So beließ es Patrick vorerst dabei und versuchte, weiterhin freundlich und verständnisvoll zu sein.

Jenny war sehr froh, dass Patrick sie nicht bestrafte. Diese Funktionsstörung, welche einen plötzlichen, raschen Toilettengang erzwang, war in letzter Zeit immer wieder aufgetreten. Nun war es zum ersten Mal in seinem Beisein geschehen, doch anders, als ihr vorheriger Partner, hatte Patrick verständnisvoll reagiert und sie sogar danach mit seinen Späßen wieder aufgemuntert, wofür sie ihm sehr dankbar war. Jenny war selbst überrascht, dass ihre alte Angst bei diesem Vorfall wieder so stark zum Vorschein kam. Wahrscheinlich hatte sie Patrick dadurch entsprechend verunsichert, was ihr leidtat, denn er benahm sich ihr gegenüber bisher recht freundlich und aufmerksam. Doch sie konnte sich gegen diese Panik einfach nicht wehren! Eigentlich hatte sie gehofft, dass sie ihre unangenehme Vergangenheit bereits hinter sich gelassen hatte. Seit sie jedoch wieder mit einem Partner zusammen war, kamen plötzlich auch wieder die alten Ängste hoch und peinigten sie erneut! Gerade nach dem Toilettenstopp waren diese von Neuem mit voller Wucht über Jenny hereingebrochen und hatten wieder die alte Panik hervorgerufen, welche die GemAI dann immer befiel. Sie war dieser Furcht immer noch hilflos ausgeliefert, konnte kaum mehr einen klaren Gedanken fassen und wollte am liebsten nur noch ganz weit fortlaufen, soweit sie ihre Beine trugen! Diese Erkenntnis traf sie wie ein Schlag und überforderte sie massiv. Was sollte sie deshalb nur tun? Sie wollte Patrick damit nicht belasten, denn sie mochte den jungen Mann eigentlich ganz gerne. Vielleicht würde er sich dann der neuen GemAI zuwenden, welche ihm eigentlich zugedacht war, bisher jedoch noch nicht geliefert wurde. Dann wäre Jenny wieder alleine und müsste die absolut langweilige Büroarbeit wieder aufnehmen, was ihr zuwider war! Der Lieferverzug hatte ihr die einmalige Möglichkeit geboten, endlich wieder im Außendienst tätig zu sein. Dazu musste sie zwar mit einem neuen Partner zusammenwohnen, doch Jenny hatte insgeheim gehofft, dass der sie freundlicher behandelte, als sein Vorgänger, sie hoffentlich sogar als Partner bevorzugte und die neue GemAI ablehnte! Deshalb wollte sie sich ihm gegenüber auch von ihrer besten Seite zeigen, doch ihre Funktionsstörungen und ihre wiederaufkeimenden Ängste schienen diese Absicht nun zu vereiteln. War ihr für die wenige Zeit, die ihr noch blieb, nicht einmal mehr ein Leben an der Seite eines freundlichen Partners vergönnt? Vielleicht wusste Patty einen Rat. Ihre Freundin hatte stets ein offenes Ohr für Jennys Sorgen und Probleme gehabt und verstand sie sehr gut. Vielleicht konnten sie sich in den nächsten Tagen treffen und alles bereden. Bis dahin würde Jenny versuchen, weitere Missgeschicke zu vermeiden und Patrick so freundlich und zuvorkommend wie möglich zu behandeln.

Der Rest des Vormittags verlief ohne weitere Schwierigkeiten. Jenny und Patrick erledigten ihre Aufträge und nahmen dann in der Betriebskantine von GemAI-Care ihr Mittagessen zu sich. Danach standen sie noch an der Fahrertür ihres Wagens kurz zusammen, um die Aufträge für den Nachmittag durchzusehen. Jenny wollte gerade einsteigen, trat auf die Fußraste des Fahrzeuges und streckte ihre linke Hand nach dem Haltegriff aus. Aufgrund einer Fehlfunktion ihres linken Arms griff sie jedoch ins Leere und fiel mit einem Aufschrei nach hinten. Zum Glück stand Patrick noch neben ihr und brachte das Kunststück fertig, Jenny aufzufangen, ohne das Tablet fallen zu lassen. Der junge Mann stellte die GemAI wieder auf die Füße, die sich ihm sogleich entzog und auf Sicherheitsabstand ging.

»T ... tut mir leid, das habe ich nicht gewollt!«, rief Jenny panisch und blickte Patrick angstvoll an.

»Schon gut, ist ja nichts passiert, oder hast du dir wehgetan?«, meinte Patrick beruhigend.

Die GemAI schüttelte zögernd den Kopf. »Bitte, sei mir nicht böse!«, sagte Jenny leise und sah den jungen Mann dabei flehend an.

»Ich bin dir doch nicht böse«, versicherte Patrick verwirrt. Warum war sie denn schon wieder so ängstlich? Er hätte ihr am liebsten tröstend die Hand gereicht, wusste aber, dass sie dann wieder zurückweichen würde. »Alles in Ordnung! Ich bin dir wirklich nicht böse«, bestätigte der junge Mann nochmals, hielt ihr mit einem freundlichen Lächeln die Fahrertür auf und machte eine einladende Geste. »Pass einfach nächstes Mal besser auf.«

Jenny nickte wieder, schob sich mit ängstlichem Blick an ihm vorbei und beeilte sich einzusteigen, worauf Patrick ihr noch ein aufmunterndes Lächeln zuwarf, bevor er die Tür schloss. Als er danach auf den Beifahrersitz kletterte, bemerkte er, dass Jennys Hände zitterten, als sie den Motor starten wollte.

»Warte mal, atme erst einmal richtig durch und beruhige dich wieder«, sagte er verständnisvoll. »Wir haben es nicht eilig.«

Jenny blickte ihn teils ängstlich, teils unsicher an und nickte erneut. Wieder war sie mit der Situation völlig überfordert, doch Patrick redete beruhigend auf sie ein, war freundlich und verständnisvoll und nahm ihr so ein weiteres Mal die Angst, worauf sie sich allmählich entspannte.

Der junge Mann war reichlich verwirrt über Jennys extreme Reaktion auf ihr Missgeschick. Irgendetwas stimmte nicht mit dieser GemAI. Hatte sie eine Fehlfunktion? War sie zu sensibel eingestellt, oder hatte sie zuvor irgend ein Trauma erlitten, welches dieses Verhalten auslöste? Da er die Mitarbeiter der Firma zu wenig kannte, war es kaum möglich, sie diesbezüglich zu befragen. Also nahm er sich vor Jenny am Abend behutsam darauf anzusprechen. Ihm war zwar nicht wohl dabei, weil er befürchtete, sie zu verärgern oder in Verlegenheit zu bringen, doch wenn er ihr Verhalten besser verstehen wollte, blieb ihm keine andere Wahl, als mit ihr darüber zu reden. Für den Moment war er nur froh, dass sie sich wieder gefangen hatte. Er hoffte nur, dass ihr nicht noch weitere Missgeschicke passierten, die sie wieder in Panik versetzten.

Der weitere Nachmittag verlief ohne Probleme, so dass die beiden ihre Aufträge pünktlich erledigten. Erst am Abend, als Jenny und Patrick nach dem Essen noch gemeinsam am Tisch saßen, passierte der GemAI ein weiteres Missgeschick. Sie wollte gerade nach ihrer Folienflasche greifen, als eine weitere Funktionsstörung den Arm fehlleitete und sie versehentlich Patricks Becher umwarf, aus dem sich ein kleiner Rest Wasser über den Tisch ergoss. Sie geriet sofort wieder in Panik, sprang auf und ging auf Sicherheitsabstand.

»Bitte entschuldige! Das habe ich nicht gewollt! Tut mir leid!«, rief sie mit Angst in den Augen.

Wieder erschrak Patrick über ihre heftige Reaktion und versuchte sie zu beruhigen. »Keine Sorge, es ist nichts passiert, nur ein bisschen Wasser ausgelaufen.« Er stand langsam auf und wollte um den Tisch herum gehen, um sie zu trösten, doch sie zog sich nur furchtsam weiter zurück, nahm eine geduckte Haltung ein und flüsterte verzweifelt »Bitte nicht schlagen! Ich tu's auch nie wieder!«

Patrick schluckte schockiert und machte eine beschwichtigende Geste. »Keine Angst, ich will dich nicht schlagen! Ganz sicher nicht!« Doch Jenny blieb in ihrer geduckten Haltung und sah ihn total verängstigt an. So wählte Patrick eine andere Strategie, holte sich ein Küchentuch, wischte den Tisch trocken und richtete seinen Becher wieder auf. »Siehst du, schon wieder alles in Ordnung. Kein Grund sich zu fürchten.«

Jenny richtete sich vorsichtig auf. »B ... bist du ... mir denn nicht ... böse?«

»Nein, überhaupt nicht«,versicherte Patrick und warf ihr ein aufmunterndes Lächeln zu. »Nun komm mal wieder her, ich werde dir ganz bestimmt nichts zuleide tun«, versprach er so freundlich er konnte und streckte ihr die Hand entgegen.

Jenny kam tatsächlich zögernd näher. »Tut mir leid, ich tu's bestimmt nie wieder«, flüsterte sie ängstlich.

»Ich weiß, ist schon gut, es ist alles in Ordnung. Hab keine Angst«, sagte Patrick behutsam und setzte sich, um nicht bedrohlich zu wirken. »Was ist denn los mit dir? Du bist schon den ganzen Tag so ängstlich. Hab ich irgendetwas falsch gemacht und dich dadurch verängstigt?«

Jenny warf ihm einen entschuldigenden Blick zu und schüttelte den Kopf. »Es ist nicht deine Schuld«, flüsterte sie mit rauer Stimme. Dann rückte ihr Blick in die Ferne und sie machte ein trauriges Gesicht. »Cole, mein erster Partner, hat mich oft geschlagen, wenn ich etwas falsch gemacht habe, oder eine Funktionsstörung hatte. Anfänglich schlug er mich nur manchmal ins Gesicht, doch mit der Zeit hat er mich immer öfter geschlagen. Ich bin noch eine GemAI der zweiten Generation. Meine Soft- und Hardware ist noch nicht so ausgereift, wie die der aktuellen vierten Generation. Deshalb kam es bei mir immer wieder zu einzelnen Funktionsstörungen, die mit der Zeit natürlich gehäuft aufgetreten sind. Das hat ihn jedes Mal so geärgert, dass er mich schlug. Ich wusst es damals nicht besser und nahm an, dass die Menschen eben so sind und ich mir das gefallen lassen musste, wenn ich mit ihm zusammenarbeitete. Ich habe mir wirklich große Mühe gegeben, doch gegen die Funktionsstörungen konnte ich nichts machen. Solange wir unterwegs waren, hat er mich nur selten geschlagen. Das hat er dann abends in der Wohnung nachgeholt. Ich bekam immer mehr Angst vor ihm und habe deshalb auch noch mehr Fehler gemacht. Mit der Zeit schlug er auch immer härter zu. Zuerst habe ich die Schläge stumm ertragen, doch irgendwann tat es so weh, dass ich bei jedem Schlag aufschrie, weshalb er mir ein Handtuch um den Mund wickelte, bevor er mich schlug, damit die Nachbarn es nicht hörten. Meist war mein Oberkörper das Ziel seiner Schläge,

denn durch meine Kleidung waren die blauen Flecke und Blutergüsse nicht erkennbar. Eines Tages habe ich mich dann heimlich
bei einigen anderen GemAI in unserer Firma erkundigt, doch keiner
von ihnen wurde von seinem menschlichen Partner geschlagen.
Patty hat mir dann geraten, mich beim Firmenleiter über Cole zu
beschweren. Zuerst habe ich mich längere Zeit nicht getraut, doch
schließlich befolgte ich ihren Rat und habe mich an Sanders
gewandt. Er war damals Dobsons Vorgänger. Der hat Cole zu sich
gerufen und ihm ziemlich deutlich zu verstehen gegeben, dass er
dieses Verhalten nicht duldete und Cole sofort aufhören sollte,
mich zu schlagen, ansonsten würde er ihn entlassen. Cole war an
diesem Abend ziemlich wütend auf mich, hat mich lange und
heftig geschlagen und mir gedroht mich zu demontieren, wenn ich
mich noch einmal über ihn beschweren würde. Ich bekam solche
Angst, dass ich Sanders nichts weiter gesagt habe, bis er mich
eine Woche später zu sich rief. Als er mir freundschaftlich die
Hand auf die Schulter legte, hab ich vor Schmerzen aufgeschrien.
Darauf brachte er mich direkt zum Betriebsarzt, der meine ganzen
blauen Flecken und Blutergüsse sah. Sanders ließ mich in der
Obhut des Arztes, der mich genau untersuchte, und ist mit zwei
großen, kräftigen Männern vom Sicherheitsdienst direkt zu meiner
Wohnung gefahren, hat Cole zur Rede gestellt, ihn fristlos entlassen
und sogar gezwungen, noch am selben Abend meine Wohnung zu
verlassen. Damals galten die GemAI vor dem Gesetz noch als
Gegenstände, weshalb Sanders Cole nicht verklagen konnte, doch
er hat Cole gedroht, dass die beiden Männer vom Sicherheitsdienst ihm das Gleiche antun würden, was er mir für so lange Zeit
angetan hatte, wenn er sich mir noch einmal nähern würde. Sanders
ließ dann meine Wohnung räumen und nahm mich bei sich zu
Hause auf, wo ich das Zimmer seines inzwischen ausgezogenen
Sohnes bewohnen durfte. Er und seine Frau haben sich sehr gut
um mich gekümmert und mich wie ihre Tochter behandelt. Sie
ließen mich ärztlich behandeln und haben mich gepflegt, so gut es

ging. Ich habe dafür seiner Frau beim Haushalt und beim Einkaufen geholfen, während Sanders eine Kampagne startete, um herauszufinden, ob noch mehr GemAI misshandelt wurden. Dabei stellte sich heraus, dass es eine ganze Menge von uns gab, die von den Menschen geschlagen erniedrigt, oder auf andere Weise misshandelt wurden. Da er kurze Zeit später in Ruhestand ging, als Dobson sein Nachfolger wurde, hat er die Zeit genutzt und diese Information sogar der Regierung vorgelegt. Er hat damals ziemlich viel Staub aufgewirbelt, so sagt man doch?« Patrick nickte, während ein kurzes Lächeln über sein entsetztes Gesicht huschte. »Durch diese Kampagne war die Regierung gezwungen, den Status der GemAI im Gesetz neu zu diskutieren. So wurden wir vor gut einem Jahr endlich als Lebewesen eingestuft, mit den gleichen gesetzlichen Rechten wie ihr Menschen. Ich habe fast ein halbes Jahr bei Sanders gewohnt, bis es mir wieder soweit gut ging, dass ich alleine leben konnte. Er gab mir dann eine Tätigkeit im Verwaltungsbüro von GemAI-Care, weil für den Außendienst gerade niemand gebraucht wurde. Außerdem konnte ich so vorerst alleine weiter leben. Sanders hat mir eine neue Wohnung in einem weiter entfernten Stadtteil besorgt, damit Cole mich nicht finden konnte. Außerdem hat er einige Sicherheitsmaßnahmen einbauen lassen, welche die Wohnung absolut einbruchsicher machten.«

Patrick nickte. »Daher die verstärkte Haustür und die beiden Sicherheitsschlösser.«

»Genau!«, bestätigte Jenny. »Außerdem hat Sanders mich vom Sicherheitsdienst in einem unauffälligen Wagen täglich von der Wohnung zur Arbeit und wieder zurück fahren lassen. Er meinte, das sei er mir zumindest dafür schuldig, dass er es zugelassen hatte, dass Cole mich solange misshandelte.«

»Das war zumindest recht anständig von ihm!«, meinte Patrick beeindruckt und sah dann Jenny mitleidig an. »Wie lange warst du denn mit Cole zusammen?«, fragte er vorsichtig.

»Fast zwei Jahre«, entgegnete Jenny leise.

»Was! Dieses Scheusal hat dich so lange terrorisiert und geschlagen?«, rief Patrick verärgert, worauf Jenny sich instinktiv ein Stück von ihm entfernte.

»Es tut mir leid! Ich wusste es damals eben nicht besser«, gab Jenny kleinlaut zu.

»Nein, Jenny, mir tut es leid, dass du das alles ertragen musstest.« Patrick nahm ihre Hand und streichelte sie zärtlich, während er sie mitleidsvoll ansah.

Jenny ließ es sich diesmal mit einem verlegenen Lächeln gefallen. »Ich hatte gedacht, dass ich über all das hinweg wäre, nachdem es schon gut sechs Jahre her ist, doch heute ist meine Angst von damals wieder zurückgekehrt. Jedes Mal wenn ich einen Fehler machte oder mir ein Missgeschick passierte, bekam ich Angst, wieder geschlagen zu werden. Es tut mir leid, dass ich dich damit verwirrt habe, aber ich kann mich einfach nicht dagegen wehren ...« Ihre Stimme drohte zu brechen.

»Das ist ja auch kein Wunder, nachdem dir das alles angetan wurde.« Der junge Mann drückte sanft ihre Hand. »Ich gebe dir mein großes Ehrenwort, dass ich dich niemals schlagen werde! Da kannst du absolut sicher sein! Bitte hab keine Angst vor mir. Ich werde dir niemals wehtun!«

»Das habe ich inzwischen gemerkt, nachdem du so freundlich und verständnisvoll warst, aber es ist so schwer gegen diese Angst anzukämpfen«, gab Jenny mit Tränen in den Augen zu.

Patrick hob vorsichtig die andere Hand und wollte Jennys Wange streicheln. Sie zuckte zuerst instinktiv zurück, ließ es dann jedoch nach kurzem Zögern zu und brachte ein zaghaftes Lächeln zustande. »Na siehst du, kein Grund sich zu fürchten. Ich werde dir bestimmt nichts zuleide tun.«

Jenny senkte kurz verlegen den Blick. »Danke für dein Verständnis und deine Geduld.«

»Danke dass du so freundlich zu mir bist, nachdem du das alles ertragen musstest. Das hat dich sicher viel Überwindung gekostet«, meinte Patrick beeindruckt. »Hoffentlich kommst du auch weiterhin mit mir klar.«

»Anfangs war ich schon sehr in Sorge, wieder mit einem Partner zusammen zu wohnen, doch du warst von Anfang an höflich, und freundlich zu mir, weshalb meine Sorgen bisher unbegründet waren. Bitte gib mir nur etwas Zeit mich an die neue Situation zu gewöhnen, vielleicht vergehen dann auch meine Ängste.«

»Nimm dir so viel Zeit, wie du benötigst, und sag mir bitte Bescheid, wenn ich dir irgendwie helfen kann«, sagte Patrick freundlich.

Jenny bedankte sich scheu, als ihre Funktionsanzeige wieder eine geringe Akkumulator-Ladung zeigte. »Ich muss mich wieder aufladen und möchte mich gerne zurückziehen.«

»Ist in Ordnung. Gute Nacht, Jenny.« Patrick lächelte ihr noch liebevoll zu und streichelte ihre Wange.

Jenny senkte kurz verlegen den Blick und wünschte ihm auch noch eine gute Nacht. Als sie wenig später die Zimmertüre hinter sich schloss, sperrte sie trotzdem ab. So fühlte sie sich einfach sicherer, bevor sie es sich auf ihrem Ladegerät bequem machte und den angenehmen Strom genoss, der sie dabei immer durchfloss. Das half ihr, wieder zur Ruhe zu kommen, denn die Erinnerungen an die unangenehme Zeit mit Cole hatten sie sichtlich aufgewühlt. Doch auch diesmal hatte sich Patrick sehr verständnisvoll gezeigt und ihr sogar seine Hilfe angeboten! Nun war sich Jenny sicher, dass sie nichts von ihm zu befürchten hatte. Vielleicht würde sich so dennoch ihr sehnlichster Wunsch erfüllen: Das Zusammenleben mit einem freundlichen Partner, solange ihre Funktionalität noch gewährleistet war, denn die Zunahme ihrer Funktionsstörungen kündigte klar das herannahende Ende ihrer vorgesehenen Lebensspanne an. Jenny hoffte inständig, dass sie Patrick mit ihren Ängsten nicht überforderte, denn so sehr sie ihn mochte, wollte sie ihn keinesfalls ausnützen oder ihm zur Last fallen. Überhaupt wollte sie alles vermeiden, was ihre gerade so gut beginnende Partnerschaft in irgendeiner Form belastete.

Nachdem er sie heute so zärtlich berührt hatte, kam in ihr erstmals ein Gefühl der Geborgenheit auf. Doch da war noch mehr, was sie bisher noch nie empfunden hatte. Zum ersten Mal im Leben fühlte sie sich zu jemandem hingezogen und wollte ihm nahe sein. Diese Emotion verwirrte sie anfänglich, doch sie war sehr angenehm, konnte also nicht schlecht oder gar falsch sein. So ließ Jenny sie auf sich wirken und verspürte auf einmal eine behagliche Sehnsucht nach ihrem Partner, die sie wie ein weiches, warmes Tuch überzog, welches angenehm erregend und zugleich auch beruhigend wirkte, die Ängste allmählich versiegen ließ und ihr ein Lächeln aufs Gesicht zauberte, während sie sanft in den Erholungsmodus glitt.

*

Patrick saß an diesem Abend noch lange im Wohnzimmer. Entsetzt und traurig von Jennys Erzählung konnte er kaum glauben, was Cole dieser liebenswerten und zierlichen GemAI angetan hatte, und welches Martyrium Jenny wegen ihm durchlitt. Wie es schien, hatte Sanders zwar ihre körperlichen Wunden behandeln lassen, jedoch schien sich niemand um ihr seelisches Trauma gekümmert zu haben! Kein Wunder war die GemAI immer noch völlig verängstigt und geriet beim geringsten Fehler in Panik. Der junge Mann empfand großes Mitleid für Jenny und wollte ihr auf jeden Fall helfen, über die schreckliche Vergangenheit hinwegzukommen, weshalb er sich vornahm weiterhin so freundlich und geduldig wie möglich zu sein, um ihr die nötige Sicherheit und Geborgenheit zu geben, die sie momentan benötigte. Außerdem empfand Patrick inzwischen mehr als Sympathie für Jenny. Er mochte die kleine GemAI sehr und fühlte sich in ihrer Nähe ausgesprochen wohl! Zwar kannten sie sich erst seit zwei Tagen, doch schien sich in dieser kurzen Zeit, zumindest für Patrick, bereits eine gewisse Vertrautheit zwischen ihm und Jenny zu entfalten, was sich sehr angenehm anfühlte. Irgendwie hatte diese GemAI etwas vollbracht, was bisher keinem Menschen bei Patrick gelungen war: Ein Gefühl der Zuneigung und Verbundenheit zu schaffen! Dass sie eine künstliche Intelligenz war, störte ihn ganz und gar nicht, denn Jenny benahm sich alles andere als maschinenhaft. Im Gegenteil! Sie zeigte mehr Gefühl und Empathie als so mancher Mensch, dem Patrick begegnet war! Deswegen genoss der junge Mann diese neue, angenehme Empfindung, als auch er schließlich zu Bett ging und mit einem Lächeln auf dem Gesicht einschlief.

Trauer und Verlust

Als Patrick am nächsten Morgen ins Wohnzimmer kam, begrüßte ihn Jenny mit einem strahlenden Lächeln, was ihn kurz verlegen machte. Darauf begrüßte auch er sie freudig. Wie üblich, hatte sie seinen Kaffee bereits aufgebrüht, so dass er sich gleich zu ihr an den Tisch setzte.

»Wie geht es dir denn?«, fragte er besorgt und streichelte ihre Hand, worauf sie kurz rot wurde.

»Danke, ganz gut. Über meine Erinnerungen zu reden war zwar einerseits recht aufwühlend, andererseits hat es auch gutgetan«, gestand Jenny. »Ich hoffe, dass es für dich nicht zu unangenehm war.«

Patrick schüttelte mit einem verständnisvollen Lächeln den Kopf. »Keine Sorge. Es hat mich zwar erschreckt und ich kann nicht begreifen, wie Cole dir so etwas antun konnte, doch jetzt verstehe ich wenigstens, warum du so ängstlich bist. Deshalb will ich dir auch gerne helfen, über all das hinwegzukommen, denn bisher hat sich wohl niemand darum bemüht, dieses Trauma mit dir zu bewältigen.«

Jenny senkte kurz gerührt den Blick. »Danke, das ist lieb von dir.«

Patrick warf ihr einen aufmunternden Blick zu, drückte dann zärtlich ihre Hand und schenkte ihr ein warmherziges Lächeln.

Jenny wurde nochmals kurz rot, warf ihm erst einen dankbaren Blick zu, streichelte darauf ein wenig scheu seine Hand und schenkte ihm dann ein Lächeln, das deutlich mehr als Sympathie ausdrückte, was Patrick wiederum verlegen machte. So saßen sie für kurze Zeit beieinander und blickten sich gegenseitig beglückt in die Augen, bis Jenny schließlich, erneut errötend, verschämt den Blick senkte.

Auch Patrick wandte sich mit einem Räuspern zur Seite. Dabei konnten beide ein amüsiertes Schmunzeln nicht verbergen.

»Danke für deine Geduld und dein Verständnis«, sagte Jenny schließlich mit einem liebevollen Lächeln.

Patrick drückte noch einmal zärtlich ihre Hand. »Schon in Ordnung«, meinte er mit einem warmherzigen Blick.

Es folgte ein weiterer längerer Blickwechsel, bis Jenny sich erneut verlegen abwandte. »Wir sollten besser frühstücken, sonst wird es zu spät«, lenkte sie schließlich ab.

»Hast recht«, bemerkte Patrick amüsiert und reichte Jenny den Brotkorb.

Es folgte eine kurze Phase des Schweigens, während beide ihre Brote strichen, weil keiner so richtig wusste, was er sagen sollte.

»Sag mal, träumst du eigentlich, während du dich im Erholungsmodus befindest?«, fragte Patrick schließlich.

»Manchmal«, antwortete Jenny. »Meist kann ich mich am nächsten Morgen aber nicht mehr an die Träume erinnern.«

Der junge Mann war zunächst überrascht. Da GemAI jedoch halborganische Wesen waren, konnte dies durchaus möglich sein. Wahrscheinlich hatte sie während ihrer Partnerschaft mit Cole auch den einen oder anderen Albtraum durchlitten. Das wollte Patrick sie aber lieber nicht fragen, um nicht wieder unangenehme Erinnerungen und weitere Ängste bei Jenny zu wecken.

»Wie ist das bei euch Menschen? Träumt ihr jede Nacht?«, wollte die GemAI wissen.

»Unsere Wissenschaftler behaupten, dass wir das tun. Doch mir geht es dabei wie dir. Meist kann ich mich morgens nicht mehr daran erinnern«, antwortete Patrick. »Dafür träumen wir manchmal tagsüber vor uns hin, wenn wir gerade nichts zu tun haben, oder eine langweilige Tätigkeit ausführen«, gab er schmunzelnd zu, was Jenny mit einem amüsierten Lächeln quittierte. Die Verlegenheit der beiden führte zu einer weiteren kurzen Gesprächspause, bis Patrick erneut zu einer Frage ansetzte. »Du musst doch jeden Abend deinen Akkumulator aufladen«. Die GemAI nickte zustimmend. »Was würde denn passieren, wenn du dazu keine Möglichkeit hättest?«

»Sobald die Ladung nur noch zehn Prozent beträgt, schaltet mein Sicherheitssystem in den Stromsparmodus um. Dann kann ich mich nur noch sehr langsam bewegen. Bei einer Ladung von fünf Prozent versetzt mich das System in den Ruhemodus«, erklärte Jenny.

»Was muss ich denn in so einem Fall tun?«, wollte Patrick wissen.

»Dann solltest du mich möglichst schnell auf ein Ladegerät legen. Das schaltet sich dann automatisch ein. Die Aufladung geschieht kontaktlos über Induktion. Mein Ladegerät hier ist bereits auf mich kalibriert und beginnt sofort mit dem Laden. Ein fremdes Ladegerät muss sich erst auf mich einstellen, was etwa zwei Minuten dauert, bis der eigentliche Ladevorgang beginnt. Dann erscheint unter meiner Funktionsanzeige ein kleiner Kontrollbalken, an dem du sehen kannst, wie weit die Aufladung fortgeschritten ist.«

»Verstehe«, meinte Patrick und nickte. »Ich hoffe, ich nerv dich nicht mit meinen Fragen.«

»Nein, gar nicht«, versicherte Jenny mit liebevollem Lächeln. »Es freut mich doch, dass du so interessiert und hilfsbereit bist.«

Der junge Mann wurde kurz verlegen und sah auf die Uhr. »Es wird Zeit, dass ich mich noch dusche und anziehe.«

»In Ordnung, ich muss mich auch noch umziehen«, bemerkte Jenny.

Patrick erhob sich, stapelte sein Geschirr in die Spülmaschine und wusch sich die Hände. Als er an Jenny vorbei lief, streichelte er kurz ihre Wange. »Bis später«, sagte er mit warmherzigem Lächeln.

Die GemAI wurde kurz rot und schenkte ihm dann auch ein scheues Lächeln. »Bis gleich.« Beide wechselten noch einen längeren, freudigen Blick, dann zwinkerte Patrick ihr zu und ging hinaus, während Jenny ihm schon fast sehnsüchtig hinterherschaute.

Als sie später gemeinsam in ihrem Fahrzeug saßen, schauten sie die Liste mit den heutigen Aufträgen durch.

»Zuerst müssen wir wieder eine Reparatur durchführen. Danach sollen wir eine GemAI nach einem Trauerfall abholen und zu ihrem Hersteller zurückbringen. Warum sollen wir das tun?«, fragte Patrick verwundert.

»Wahrscheinlich ist der Partner der GemAI verstorben und die Verwandtschaft kann oder will sie nicht bei sich aufnehmen. In diesem Fall ist der Hersteller verpflichtet, das Modell zurückzunehmen. Solange es nicht zu alt, oder beschädigt ist, wird dort seine Erinnerung gelöscht und die GemAI wird an einen neuen Kunden vergeben«, erklärte Jenny. Als sie Patricks erschrockenes Gesicht sah, legte sie ihre Hand auf seine. »Keine Sorge, das klingt schlimmer, als es ist. Der Löschvorgang wird sehr behutsam ausgeführt und es werden nur die Erinnerungen an das Zusammenleben mit dem früheren Partner entfernt. Dies geschieht nur mit Zustimmung der GemAI, die selbst bestimmen darf, wann die Löschung durchgeführt wird. Das ist gesetzlich garantiert.«

»Und was ist, wenn die GemAI der Löschung nicht zustimmt?«, fragte der junge Mann skeptisch.

»Das passiert normalerweise nicht, denn der Verlust des Partners ist für uns sehr schmerzhaft, weshalb wir eine baldige Löschung der Erinnerungen eher als angenehm empfinden.«

»Verstehe«, sagte Patrick nachdenklich. »Dann geht es euch in der Hinsicht wie uns Menschen, nur haben wir nicht die Möglichkeit unsere Erinnerungen zu löschen.«

»Das stimmt«, gab Jenny mitleidig zu. »Mit Sicherheit fällt es euch auch schwer alleine zu sein, genauso wie uns.«

»Hmmm«, summte Patrick und nickte. Dann sah er Jenny traurig an. »Du warst doch sechs Jahre lang alleine.«

Jenny war gerührt von seiner Sorge um sie und schüttelte mit liebevollem Lächeln den Kopf. »Das war etwas anderes. Ich habe nur alleine gewohnt. Tagsüber war ich ja ständig mit den Kollegen der Firma zusammen, die mich oft auch am Wochenende zu sich eingeladen haben, oder mit mir zusammen in die Stadt gefahren sind. Ich war also nicht einsam«, sagte sie und drückte zärtlich seine Hand. So ganz der Wahrheit entsprach das allerdings nicht. Am Anfang hatte sie es genossen alleine zu wohnen, da es dort niemanden mehr gab, der sie ängstigte oder misshandelte. Doch mit der Zeit hatte sie sich an manchem Abend einsam gefühlt, was sie Patrick jedoch nicht sagen wollte, damit er sich nicht noch mehr Sorgen um sie machte.

Der junge Mann nahm ihr die Aussage wohl ab, denn er nickte nur, während sich sein Gesicht aufhellte.

»Jetzt sollten wir aber losfahren, sonst kommen wir noch zu spät«, wechselte Jenny das Thema. Als Patrick zu grinsen begann, ergänzte sie rasch: »Nein, ich werde nicht wie der Henker fahren!«

Patrick lachte auf und streichelte amüsiert ihre Wange, worauf Jenny ihm kurz einen strafenden Blick zuwarf und anschließend zu schmunzeln begann, während sie den Motor startete und losfuhr.

*

Der erste Auftrag war rasch erledigt. Während der Weiterfahrt war Patrick recht still, weil ihm wegen des Folgeauftrags ein wenig unbehaglich zu Mute war. Jenny bemerkte es und fragte besorgt: »Stimmt etwas nicht, oder geht's dir nicht gut?«

Patrick schreckte aus seinen Gedanken hoch. »Danke, alles in Ordnung«, versicherte er. »Ich weiß nur nicht, was uns beim nächsten Kunden erwartet, weshalb mir etwas mulmig ist. Hattest du früher schon einmal so einen Auftrag?«

Jenny schüttelte den Kopf. »Nein, auch für mich ist es das erste Mal, weshalb ich etwas verunsichert bin.« Beide wechselten einen kurzen Blick. »Keine Sorge, wird schon gutgehen«, meinte die GemAI dann zuversichtlich und schenkte Patrick ein freundliches Lächeln, was dieser zaghaft erwiderte. Wenig später standen sie vor dem Haus des Kunden, wo Jenny die Türglocke betätigte. Eine ältere, schwarz gekleidete Frau öffnete vorsichtig und spähte hinaus. Jenny stellte sich selbst und ihren Partner vor, hielt ihren Ausweis hoch und nannte ihren Auftrag. Die Frau studierte kurz die Kennkarte, ließ beide eintreten und führte sie ins Wohnzimmer, wo neben einer männlichen GemAI noch fünf weitere Personen saßen, die Jenny und Patrick etwas abschätzend musterten. Die Stimmung war ziemlich bedrückend, so dass sich der junge Mann und seine Partnerin recht unwohl fühlten.

»Gestern wurde meine Schwester beerdigt. Ihre GemAI ist uns nicht weiter von Nutzen, weshalb ihr sie gerne zurückbringen dürft«, sagte die Frau abschätzend, welche sie eingelassen hatte. Dann wandte sie sich um. »Jason, hol deinen Koffer!«, befahl sie der künstlichen Intelligenz im schwarzen Anzug.

Der hob den Kopf, nickte kurz, erhob sich und ging hinaus, gefolgt von den missbilligenden Blicken der anderen Personen im Raum. Jenny und Patrick sahen sich verwundert an. »Würden sie uns bitte die Abholung noch bestätigen?«, bat der junge Mann und hielt der Schwester das Tablet und einen Stift hin.

»Immer dieser neumodische, technische Kram. Früher durfte ich wenigstens noch auf einem ordentlichen Stück Papier unterschreiben«, maulte die Frau, entriss Patrick den Stift und unterschrieb missmutig auf dem handlichen Computer.

Patrick ignorierte die unfreundliche Reaktion und bedankte sich höflich, worauf die Frau ihn nur abschätzend ansah und sich von ihm abwandte.

In diesem Augenblick kam Jason mit seinem Koffer zurück. »Dann ... werde ich jetzt gehen«, sagte er zögernd. »Auf wiedersehen.«

Die Gruppe verabschiedete sich mürrisch und würdigte ihn kaum eines Blickes. So ging die GemAI mit traurigem Gesicht hinaus, gefolgt von Jenny und Patrick, die froh waren, dass sie das Haus verlassen durften. Draußen öffnete Jenny die hintere Tür des Fahrzeuges und bat Jason einzusteigen. Während sie ihn anschnallte, befestigte Patrick den Koffer an der Wand. »Bitte entschuldigt, dass man euch so unfreundlich behandelt hat. Diese Leute misstrauen jeglicher Technik, weshalb sie auch keine GemAI mögen«, sagte Jason verlegen.

»Ist schon in Ordnung«, antwortete Jenny freundlich. »Das macht uns nichts aus.« Dann warf sie ihm einen aufmunternden Blick zu, den er mit einem zaghaften Nicken quittierte. Jasons Augen waren gerötet, was darauf hinwies, dass er die letzten Tage viel geweint hatte. Entsprechend traurig waren sein Gesichtsausdruck und seine Stimmung. »Können wir noch etwas für dich tun?«, fragte Jenny schließlich.

Jason schüttelte den Kopf und brachte ein kurzes Lächeln zustande. »Nein, danke.«

»Dann ... machen wir uns auf den Weg«, sagte Patrick etwas unbeholfen, worauf sich Jenny und er in die Fahrerkabine begaben. Beide wechselten einen unsicheren Blick, dann fuhr Jenny los und folgte den Anweisungen des Navigationsgerätes zur Adresse des Herstellers von Jason. Die Fahrt verlief schweigend, während eine bedrückende Atmosphäre im Fahrzeug herrschte. Nach der Ankunft bei der Firma sprach Patrick Jason sein Beileid aus, und Jenny wünschte ihm noch alles Gute. Dann verabschiedete sich ihr Fahrgast und lief zum Eingang des Firmengebäudes. Jenny sah ihm mitleidig hinterher, während Patrick ihr tröstend die Hand auf die Schulter legte.

»Er war wirklich sehr traurig über den Verlust seiner Partnerin«, sagte die GemAI mit rauer Stimme.

»Hmmm«, summte Patrick und nickte zustimmend. »Er tut mir leid. Ich hoffe, er kommt bald darüber hinweg.«

»Das hoffe ich auch«, antwortete Jenny mit feuchten Augen.

»Komm, lass uns weiterfahren, hier können wir nichts mehr tun«, meinte Patrick und warf seiner Partnerin ein aufmunterndes Lächeln zu.

Jenny nickte wortlos und verschloss die hintere Tür des Fahrzeuges. Dann begaben sich beide in die Fahrerkabine.

»Kannst du fahren, oder soll ich übernehmen?«, fragte Patrick besorgt.

»Danke, es geht schon«, sagte die GemAI und schenkte ihm ein freundliches Lächeln.

Die Fahrt zum nächsten Kunden verlief zunächst schweigend, weil beide ihren Gedanken über Jason nachhingen. Ihre Stimmung besserte sich erst nach einiger Zeit, wozu auch die Ablenkung durch die Arbeit beitrug. Schließlich waren sie schon am frühen Nachmittag mit ihren Aufträgen fertig, weshalb Patrick beschloss, die Zeit für einen Einkauf zu nutzen, da ihre Vorräte in der Wohnung allmählich knapp wurden.

»Gibt es in der Nähe deiner Wohnung einen Supermarkt?«, fragte der junge Mann auf der Heimfahrt.

»Ja, gar nicht weit entfernt. Mit dem Fahrzeug sind wir in wenigen Minuten dort«, antwortete Jenny.

»Das ist ja prima!«, meinte Patrick erfreut. »Kommst du mit zum Einkaufen?«

»Gerne!«, antwortete die GemAI und schenkte ihm ein liebevolles Lächeln.

So parkte Jenny den Wagen kurze Zeit später auf dem Parkplatz des Einkaufszentrums und erledigte mit Patrick zusammen die nötigen Besorgungen. Wieder Zuhause verstauten sie den Einkauf und aßen zusammen. Kaum hatten sie ihr Abendessen beendet, summte Jennys Bildtelefon. Auf dem Display war David zu sehen. Erstaunt nahm sie das Gespräch an.

»Hallo Jenny, tut mir leid, dass ich euch noch störe«, entschuldigte sich der Gruppenleiter von GemAI-Care. »Der Hersteller jener GemAI, die ihr heute Vormittag nach dem Trauerfall in der Familie zurückgebracht habt, hat sich bei uns gemeldet. Anscheinend ist die GemAI weggelaufen! Auf einer der Aufnahmen ihrer Sicherheitskameras ist zu sehen, wie er am späten Nachmittag die

Firma verließ. Seither ist er nicht mehr aufgetaucht. Hat er irgendetwas zu euch gesagt, was er vorhat, oder eine Andeutung gemacht?«

Jenny schüttelte den Kopf. »Nein, das hat er nicht.«

»Ist euch etwas Ungewöhnliches an ihm aufgefallen, oder hat er sich seltsam benommen?«, fragte David weiter.

Jenny wechselte einen kurzen Blick mit Patrick, der daraufhin den Kopf schüttelte. »Nein, er benahm sich unauffällig. Er war nur sehr traurig, als wir ihn abholten. Anscheinend ging ihm der Verlust seiner Partnerin sehr nahe.«

»Verständlich«, antwortete David. »Sonst ist euch nichts aufgefallen?«, fragte er zur Sicherheit nochmals nach.

»Nein«, versicherte Jenny nachdrücklich.

»In Ordnung. Danke für die Auskunft. Dann will ich euch nicht weiter stören. Wünsche euch noch einen schönen Abend«, sagte David und wollte das Gespräch beenden.

»Bitte warte!«, bat ihn Jenny, worauf David seine Hand zurückzog. »Was wird nun weiter geschehen?«

»Wahrscheinlich werden sie in der Herstellerfirma die Polizei alarmieren. Es besteht ja durchaus die Gefahr, dass er entführt wurde.«

»Das könnte sein. Hoffentlich finden sie ihn bald«, sagte Jenny besorgt.

»Das hoffe ich auch. Gute Nacht, Jenny«, wünschte David.

»Gute Nacht«, antwortete die GemAI und legte auf. »Oje, hoffentlich ist ihm nichts passiert.«

»Das glaube ich nicht. Jason ist jung und kräftig«, versuchte Patrick sie zu beruhigen.

»Ja, aber wir GemAI sind nicht aggressiv und haben keinerlei Kampferfahrung«, widersprach Jenny.

»Da hast du allerdings recht«, pflichtete ihr der junge Mann nachdenklich bei. »Moment mal, hat die ältere Frau nicht gesagt, ihre Schwester sei gestern beerdigt worden?«

»Das ist richtig«, bestätigte die GemAI.

»Vielleicht ist er zum Friedhof gelaufen. Wir Menschen wollen manchmal in aller Stille von unseren Verstorbenen Abschied nehmen«, meinte Patrick.

»Das könnte durchaus möglich sein«, stimmte Jenny zu. »Hättest du etwas dagegen, dort einmal nachzuschauen?«

»Gute Idee!«, sagte der junge Mann und erhob sich. »Lass uns gleich gehen.«

»Zieh dir bitte Freizeitkleidung an. Wenn wir in Dienstkleidung erscheinen, läuft er vielleicht davon«, bat die GemAI ihren Partner.

»Mach ich!«, bestätigte Patrick und eilte aus dem Zimmer. Auch Jenny zog sich rasch um. Als sie sich wenig später auf dem Flur wieder trafen, hatte die GemAI das dunkelblaue Kleid angelegt, welches sie während ihrer Tätigkeit im Büro trug, indessen Patrick Jeans, Pulli und Turnschuhe anhatte. So eilten sie zum Fahrzeug, wo Patrick den Weg zum Friedhof am Navigationsgerät abfragte. Es dauerte nicht lange, da hatten sie ihr Ziel erreicht. Mittlerweile begann es zu dämmern, weshalb der Friedhof verlassen da lag, was ihre Suche erleichterte. Auf einmal hörten sie leises Schluchzen und näherten sich vorsichtig. Tatsächlich kniete Jason nicht weit entfernt an einem Grab und weinte leise.

»Da ist er«, flüsterte Patrick.

Jenny nickte und machte einen Schritt nach hinten. »Bitte bleib hier. Ich werde erst einmal alleine zu ihm gehen. Wenn wir zu zweit kommen, erschreckt er vielleicht und läuft weg. Geh bitte wieder zurück zum Fahrzeug. Ich werde versuchen Jason zu überreden mit uns zu kommen.«

»Na gut, aber sei vorsichtig«, ermahnte sie der junge Mann.

»Keine Sorge, ich werde gut aufpassen«, versprach Jenny gerührt von seiner Sorge und drückte kurz seine Hand. Dann lief sie zu Jason hinüber, während Patrick sie aus der Deckung eines großen Grabsteines beobachtete. Er würde erst zum Wagen zurückkehren, wenn er sicher war, dass den beiden GemAI keine Gefahr drohte.

Kaum war Jenny nahe genug herangekommen, hörte Jason ihre Schritte und fuhr hoch.

»Keine Angst, ich bin Jenny«, rief sie ihm beruhigend entgegen und machte eine beschwichtigende Geste.

Jasons Haltung entspannte sich. »Was machst du denn hier?«, fragte er überrascht.

»Als ich erfuhr, dass du weggelaufen bist, habe ich mir Sorgen um dich gemacht. Deshalb habe ich nach dir gesucht«, erwiderte Jenny.

»Woher wusstest du, dass ich hier bin?«, fragte Jason verwundert.

»Du warst so traurig über den Verlust deiner Partnerin, die gestern beerdigt wurde. So lag die Vermutung nahe, dass ich dich auf dem Friedhof finde.«

»Bist du alleine gekommen?«, fragte Jason und sah sich besorgt um.

»Patrick wartet im Fahrzeug auf mich, sonst ist niemand hier. Du hast also nichts zu befürchten«, versicherte Jenny. »Warum bist du denn weggelaufen?«

»Der Betriebsleiter meiner Hersteller-Firma will sofort meine Erinnerungen löschen, obwohl ich noch nicht dazu bereit bin. Als ich mich weigerte, hat er gedroht mich zu deaktivieren. Da bin ich geflüchtet«, erklärte Jason niedergeschlagen.

»Das ist doch illegal! Er ist vom Gesetz her dazu verpflichtet, so lange mit der Löschung zu warten, bis du damit einverstanden bist!«, empörte sich Jenny.

»Das interessiert ihn aber nicht. Seine Kundschaft ist ihm wichtiger!«

»Was willst du denn jetzt machen?«, fragte Jenny besorgt.

Jason senkte den Kopf und blickte zu Boden. »Das weiß ich noch nicht. Ich werde jedoch auf keinen Fall zur Firma zurückkehren, zumindest so lange nicht, bis ich zur Löschung meiner Erinnerungen bereit bin.« Er wandte sich wieder Jenny zu und sah sie traurig an. »Du musst wissen, dass meine Partnerin ein sehr lieber Mensch war. Sie war ausgesprochen freundlich, höflich und hat mich stets sehr respektvoll behandelt, so lange ich sie gepflegt habe. Ich habe so viele schöne Zeiten mit ihr erlebt, an die ich mich gerne erinnere, jetzt wo sie nicht mehr da ist ...« Seine Stimme brach während ihm Tränen in die Augen stiegen.

Auch Jennys Augen wurden feucht, als sie ihn umarmte. »Ist schon gut. Ich kann dich durchaus verstehen. Mir wäre es sicher genauso ergangen.«

»Dann verstehst du auch sicher, dass ich meine Erinnerungen noch nicht verlieren will«, sagte Jason leise, mit rauer Stimme.

»Natürlich!«, versicherte Jenny und ließ ihn los. »Vielleicht kann ich dir ja helfen.«

»Wie denn?«, fragte Jason überrascht.

»Der Betriebsleiter in der Firma, in der ich arbeite, ist sehr hilfsbereit. Vielleicht stellt er dich ein, bis du dazu bereit bist, deine Erinnerungen zu löschen«, meinte Jenny hoffnungsvoll.

»Das ist sehr freundlich von dir, aber ich will nicht, dass du wegen mir Schwierigkeiten oder gar Ärger bekommst. Außerdem haben sich die Menschen bisher kaum für unsere Belange interessiert«, antwortete Jason niedergeschlagen.

»Das stimmt leider«, musste Jenny zugeben. »Aber unser Betriebsleiter ist nicht so ignorant. Er wird dir bestimmt helfen!«

»Bist du sicher?«, fragte Jason skeptisch.

»Auf jeden Fall!«, versicherte Jenny. »Komm doch bitte mit zu unserem Fahrzeug, dann kann ich mit ihm Kontakt aufnehmen.«

Jason war weiterhin skeptisch. Da Jenny jedoch kein Mensch, sondern eine GemAI war, vertraute er ihr zumindest so weit, dass sie ihn nicht an seine Hersteller-Firma ausliefern würde. Da er im Moment keine Bleibe hatte und auch nicht recht weiter wusste, nahm er schließlich notgedrungen ihr Angebot an und begleitete sie zum Wagen. So eilte auch Patrick zurück zum Fahrzeug, wo sich wenig später alle drei trafen. Der junge Mann und die männliche GemAI begrüßten sich freundlich. Im Fahrzeug nahm

Jenny dann mit Hilfe des Tablets Kontakt mit Dobson auf, indem sie seinen mobilen Kommunikator anwählte. Gleich darauf nahm der Firmenchef das Gespräch an.

»Hallo Jenny, was kann ich für dich tun?«, fragte er überrascht.

»Hallo Mister Dobson. Wir haben Jason gefunden, die GemAI, welche weggelaufen ist.«

»Prima!«, rief Dobson erfreut. »Bringt ihr sie dann bitte gleich zum Hersteller zurück, während ich dem Firmenleiter Bescheid sage.«

»Das wäre nicht ratsam«, widersprach Jenny. Darauf erklärte sie ihrem Chef kurz die Sachlage, wie sie Jason geschildert hatte.

»Verstehe«, gab Dobson knapp zurück und überlegte kurz. »Na gut, dann bringt Jason bitte zu GemAI-Care. Ich fahre nochmals zur Firma. Wir treffen uns dort, einverstanden?«

»Ist in Ordnung«, bestätigte Jenny. »Bitte verständigen sie aber noch nicht Jasons Hersteller.«

»Keine Sorge!«, meinte Dobson beruhigend. »Das klären wir erst einmal unter uns.«

»Vielen Dank!«, sagte Jenny erleichtert und warf Jason einen aufmunternden Blick zu. »Bitte entschuldigen sie die späte Störung.«

»Kein Grund sich zu entschuldigen. Die Sache ist schließlich wichtig und duldet keinen Aufschub«, meinte Dobson beruhigend. »Bis gleich, Jenny.«

»Bis gleich!«, antwortete die GemAI und beendete das Gespräch.

»Bist du sicher, dass er nicht meinen Firmenleiter verständigen wird?«, fragte Jason skeptisch.

»Absolut!«, versicherte Jenny mit Nachdruck. »Keine Angst, er wird dich ganz bestimmt nicht ausliefern.«

»Hoffentlich«, meinte Jason unsicher.

So machten sich die drei auf den Weg und erreichten nach kurzer Fahrt den Firmenparkplatz, auf dem bereits Dobsons große Limousine stand. Ansonsten war der Parkplatz leer. Dobson erwartete sie bereits am Eingang und führte sie zu seinem Büro. Es war für Jenny und Patrick ungewöhnlich, ihren Chef in Freizeitkleidung zu sehen. Dobson ließ sich von Jason die Situation nochmals erklären und rief dann bei Evans an, dem Leiter von Jasons Hersteller-Firma, wobei er den Lautsprecher einschaltete, damit alle mithören konnten.

»Guten Abend Mister Evans«, sagte Dobson freundlich.

»Guten Abend Mister Dobson. Was kann ich für sie tun?«, erwiderte Evans erstaunt.

»Wir haben Jason gefunden«.

»Na endlich! Wo befindet er sich denn momentan? Ich werde gleich jemanden schicken, um ihn abzuholen«, sagte Evans erleichtert.

»Einen Moment mal, nicht so schnell!«, bremste ihn Dobson. »Jason sagt, sie wollten seine Erinnerungen sofort, ohne seine Zustimmung löschen.«

»Ach was, das erfindet der doch nur!«, brauste Evans auf.

»Mister Evans, sie wissen genauso gut wie ich, dass GemAI nicht lügen, oder irgendwelche Anschuldigungen erfinden!«, erwiderte Dobson mühsam beherrscht.

Evans verdrehte verärgert die Augen. »Ich habe einen wichtigen Kunden, auf den Jasons Profil am besten passt. Deswegen müssen wir möglichst schnell seine Erinnerungen löschen. Der Kunde wartet schon länger auf ein passendes Modell, weshalb wir uns keinen längeren Aufschub leisten können.«

»Das gibt ihnen trotzdem nicht das Recht, Jason Erinnerungen ohne seine Einwilligung zu löschen. Das ist illegal und das wissen sie ganz genau!« Dobsons Ton verschärfte sich hörbar.

»Du meine Güte, er trägt doch keinen Schaden davon. Im Gegenteil! Für Jason kann es doch nur vorteilhaft sein, diese unangenehmen Erinnerungen zu löschen. Außerdem muss ich meine Termine einhalten, das wissen sie doch selbst am besten!«, konterte Evans verärgert.

Jenny und Jason senkten enttäuscht den Blick, während Patrick verständnislos den Kopf schüttelte, was Evans nicht sah, weil die drei hinter dem Bildschirm saßen.

»Das gibt ihnen trotzdem nicht das Recht, Gesetze zu übertreten!«, gab Dobson scharf zurück. »Jason ist schließlich kein Gegenstand oder nur eine Maschine!«

»Oh bitte! Kommen sie mir doch nicht damit! Wir müssen schließlich beide eine Firma gewinnbringend leiten und das verlangt eben manchmal harte Maßnahmen! Aber gut, wenn sie darauf bestehen, versuche ich den Kunden noch ein oder zwei Tage hinzuhalten.«

»Das reicht nicht aus!«, erwiderte Dobson gereizt. Inzwischen saß er wie eine sprungbereite Raubkatze hinter dem Bildschirm. »Solange sie nicht bereit sind, auf Jasons Zustimmung zu warten, werde ich ihn nicht an sie zurückgeben!«

»Dann verklage ich sie! Dazu haben sie kein Recht!«, tobte Evans.

»Dann werde ich auch sie wegen Missachtung von Jasons Rechten belangen. Das wäre für die Zeitungen und die Medien sicher ein gefundenes Fressen! Ich schätze, das dürfte weder ihnen noch ihrer Firma besonders gut bekommen!«, drohte Dobson nun offen, wohl wissend, wie empfindlich die Öffentlichkeit auf derartige Verstöße reagierte.

Evans schnappte kurz nach Luft, hatte sich aber rasch wieder im Griff. »Also gut, tun sie, was sie nicht lassen können. Aber das wird noch ein Nachspiel haben!«, drohte er nun seinerseits.

»Überlegen sie sich gut, was sie tun!«, riet Dobson mit schneidender Stimme. »Gute Nacht!« Seine Faust krachte auf den Ausschalt-Knopf des Sprechgerätes, worauf seine drei Besucher zusammenzuckten. Er hatte schon einen saftigen Fluch auf der Zunge, den er jedoch besser unausgesprochen ließ. »Meine Güte!«, brummte er stattdessen und schüttelte energisch den Kopf.

»Vielen Dank, dass sie mir helfen wollen, jedoch möchte ich nicht, dass sie meinetwegen Schwierigkeiten oder Ärger bekommen«, sagte Jason leise.

»Keine Sorge! Evans wird sich hüten mich anzuzeigen, sonst nehmen sie ihn und seine Firma Stück für Stück auseinander!«, versicherte Dobson gereizt. »Ich hatte gehofft, dass ich ihn zur Vernunft bringen kann, aber leider ist er sturer, als ich dachte.«

»Was machen wir jetzt?«, fragte Patrick unsicher.

Dobson wandte sich Jason zu. »Da sich Evans uneinsichtig zeigt, kannst du so lange bei uns bleiben, bis du der Löschung deiner Erinnerungen zustimmst. Wenn es dir recht ist, kannst du so lange im Verwaltungsbüro mitarbeiten und in einer unserer Gastquartiere wohnen. Die Formalitäten dazu klären wir morgen früh. Heute kannst du bei mir Zuhause im Gästezimmer übernachten. Dort befindet sich auch ein Ladegerät. Bist du damit einverstanden?«

»Vielen Dank, das ist sehr freundlich von ihnen!«, meinte Jason erleichtert.

»Gut, dann wird es Zeit, nach Hause zu gehen«, sagte Dobson und wandte sich Jenny zu. »Du musst dich doch bestimmt bald aufladen.«

Die GemAI nickte bestätigend und erhob sich dann gemeinsam mit den anderen. »Danke für ihre Hilfe!«

»Ich danke dir, dass du Jason gesucht und so schnell gefunden hast«, erwiderte Dobson, führte seine Besucher auf den Gang hinaus und löschte im Büro das Licht. Auf dem Parkplatz trennten sich ihre Wege. Jason stieg bei Dobson mit ein, jedoch nicht ohne sich zuvor noch bei Jenny und Patrick zu bedanken.

»Kannst du fahren, oder ist dein Akku schon zu stark entladen?«, fragte Patrick besorgt.

»Im Moment beträgt die Ladung noch fünfundzwanzig Prozent. Das reicht gut, um nach Hause zu fahren«, versicherte Jenny, gerührt von Patricks Sorge um sie.

»Sag aber bitte Bescheid, wenn du nicht mehr kannst«, bat der junge Mann.

»Mach ich!«, versprach Jenny und drückte ihm liebevoll die Hand. Dann stiegen beide ein und fuhren los. Etwas später saßen sie noch gemeinsam im Wohnzimmer, denn die Ereignisse um Jason ließen sie noch nicht los.

»Es hat mich wirklich schockiert, dass Jasons Betriebsleiter so rücksichtslos ist«, gab Jenny zu.

»Leider gibt es viele Menschen, die so sind und sich nur am Profit orientieren. Dafür sind sie auch bereit, Gesetze zu brechen. So lange das nicht an die Öffentlichkeit dringt, kann ihnen auch nichts geschehen. In diesem Fall war es sogar gut, dass Jason die illegalen Machenschaften seines Vorgesetzten enthüllt hat.« Patrick streichelte sanft Jennys Kopf und machte eine schuldbewusste Miene. »Manchmal frage ich mich, was du von uns Menschen hältst, nachdem du nun schon so viele negative Erfahrungen mit uns gesammelt hast.«

Die GemAI schwieg und dachte nach. »Es fällt mir oft schwer, euch zu verstehen. Vielleicht liegt es daran, weil mir aufgrund meiner kurzen Lebensdauer der nötige Weitblick fehlt und ich außer meiner Arbeit bei GemAI-Care noch nicht viel kennengelernt habe. Außerdem ist die Mentalität von euch Menschen so extrem verschieden. Das ist bei uns GemAI nicht so. Zwar hat jeder von uns auch seinen eigenen Charakter, doch sind wir alle friedlich und hilfsbereit. Es gibt viele Menschen, die rücksichtslos oder gar grausam sind. Auf der anderen Seite gibt es auch viele die freundlich, hilfsbereit und gütig sind. Dazu erschafft ihr dann auch solche Wesen wie uns und produziert gleichzeitig die schrecklichsten Waffen! Euer Verhalten ist so widersprüchlich, dass es weder mit Gefühlen, noch mit Logik zu begreifen ist. Ehrlich gesagt habe ich es inzwischen aufgegeben, darüber nachzudenken, und bin einfach nur noch froh, dass ich nun mit dir zusammen sein darf, denn du bist der freundlichste und einfühlsamste Mensch, dem ich je begegnet bin.«

Patrick schluckte, während seine Augen feucht wurden.

»Hab ich dir jetzt wehgetan?«, fragte Jenny erschrocken.

Der junge Mann schüttelte den Kopf. »Im Gegenteil! So etwas Nettes hat noch nie jemand zu mir gesagt.« Er umarmte die überraschte Jenny und drückte sie sanft an sich. »Danke!«

Jenny umarmte ihn schließlich auch, legte ihren Kopf auf seine Schulter und genoss seine Berührung und den erstmaligen engen Kontakt zu ihm. So standen beide umschlungen beisammen und genossen die gegenseitige Nähe. Als Patrick seinen Griff löste, schenkte Jenny ihm ein liebevolles Lächeln und streichelte zaghaft über seine Wangen, was den jungen Mann verlegen machte. Weil jedes Wort diesen Augenblick zerstört hätte, warf Patrick ihr einen warmherzigen Blick zu und streichelte über ihren Kopf. So liebkosten sie sich kurze Zeit, bis Jennys Funktionsanzeige wieder einen niederen Akkustand anzeigte.

»Tut mir leid, aber ich muss mich wieder aufladen«, sagte sie verlegen.

Patrick schenkte ihr ein verständnisvolles Lächeln. »Ist schon in Ordnung. Ich sollte auch bald ins Bett gehen.«

Jenny löste sich von ihm mit einem entschuldigenden Blick. »Gute Nacht.«

»Gute Nacht, Jenny.« Der junge Mann streichelte ihr nochmals über den Kopf. »Danke für deine lieben Worte.«

Jenny senkte kurz verlegen den Blick und sah ihn dann noch einmal liebevoll an, bevor sie ihm scheu zuwinkte und nach draußen ging.

Patrick sah ihr noch berührt hinterher. Wenig später löschte er das Licht und ging ebenfalls zu Bett, wobei seine Gedanken noch länger um Jenny kreisten, der er heute erstmals nahe gekommen war, nachdem sie ihre Gefühle für ihn offenbarte. Er hätte sie am liebsten nie mehr losgelassen, doch er wollte ihr nicht zu nahe treten, oder respektlos sein. Diesmal war es ihm wirklich schwergefallen, sie gehen zu lassen, doch sie musste sich schließlich aufladen, das war unumgänglich. So ließ er noch einmal diesen angenehmen Teil des Abends Revue passieren, bis er schließlich mit einem seligen Lächeln einschlief.

Diesmal schloss Jenny die Türe zu ihrem Zimmer nicht ab. Sie war noch nie einem Menschen so nahe gekommen, doch es hatte sich wunderbar angenehm angefühlt Patrick derart intensiv zu spüren! Wie es aussah, war er wohl doch der liebevolle Partner, den sie schon so lange suchte und er erwiderte die Gefühle, die sie für ihn empfand, deutlich. Das machte Jenny sehr glücklich und zauberte ihr erneut ein Lächeln aufs Gesicht, während sie auf dem Ladegerät ruhte und berührt an den jungen Mann im Nebenzimmer dachte, bis sie sanft in den Erholungsmodus überging.

Misshandlung und Geständnisse

Seine Sehnsucht nach Jenny ließ Patrick am nächsten Morgen schon früh erwachen. Er erfrischte sich kurz und eilte ins Wohnzimmer, wo ihn die GemAI mit einem strahlenden Lächeln begrüßte. Patrick streichelte ihr über die Wange und senkte dann kurz den Blick. »Ich hoffe, ich bin dir gestern nicht zu nahe getreten, als ich dich umarmte.«

Jenny warf ihm einen liebevollen Blick zu. »Nein, überhaupt nicht. Im Gegenteil! Das war angenehm.« Sie wurde kurz verlegen. »Sogar sehr angenehm! Deshalb wollte ich dich fragen, ... ob du ... mich ... noch einmal ... in den Arm nehmen würdest.«

Patrick war gerührt von ihrem Wunsch und schenkte ihr ein warmherziges Lächeln. »Gerne«, meinte er nur, umarmte sie und drückte sie an sich, worauf auch Jenny glücklich die Arme um ihn legte und ihren Kopf mit einem entzückten Lächeln an seine Schulter lehnte. Der junge Mann streichelte sie zärtlich. Die GemAI genoss den intensiven Kontakt und die zärtlichen Berührungen sehr. So standen sie längere Zeit eng umschlungen beisammen und erfreuten sich an der gegenseitigen Nähe, bis die fortschreitende Zeit der liebevollen Eintracht ein Ende setzte. »Ich würde dich am liebsten gar nicht mehr loslassen, doch wenn wir nicht nur von Luft und Liebe leben wollen, sollten wir jetzt frühstücken«, meinte Patrick und sah sie entschuldigend an.

Jenny nickte ein wenig verlegen, sah ihn ebenfalls bedauernd an und löste ihre Umarmung. »Danke, das war noch einmal sehr schön«, flüsterte sie glücklich und streichelte über seine Wange.

»Für mich auch!«, versicherte Patrick und fuhr ihr mit der Hand nochmals sanft über den Kopf. Dann setzten sie sich gegenüber an den Tisch und begannen ihr Frühstück. »Ich war wirklich beeindruckt, wie sich Dobson gestern für Jason eingesetzt hat. Das hätte ich nicht von ihm gedacht.«

»Dobson ist in Ordnung. Nachdem Sanders ihn darum bat, hat er mir sofort eine Arbeit im Verwaltungsbüro gegeben und sich auch regelmäßig nach meinem Befinden erkundigt. Er war die ganze Zeit über sehr freundlich zu mir, genauso wie er auch die anderen Angestellten stets gut behandelt, egal ob Mensch oder GemAI«, versicherte Jenny.

»Das kommt wirklich selten vor. Viele Angestellte und Arbeiter in anderen Firmen haben keine so gute Meinung von ihrem Vorgesetzten, weil sie meist nur unter Druck gesetzt werden und kaum Anerkennung erfahren. Das haben zumindest viele meiner Bekannten und Verwandten erzählt«, bemerkte Patrick.

»Einige der Kollegen von GemAI-Care haben auch schon so etwas gesagt, weshalb sie froh sind, dass hier so ein gutes Arbeitsklima herrscht«, antwortete Jenny.

»Da können sie wirklich froh sein!«, bestätigte Patrick.

Beide plauderten noch eine Weile, bis es Zeit zum Aufbruch war. Kaum auf dem Weg zur Firma, rutschte Jenny wieder mit verkniffenem Gesicht auf dem Fahrersitz herum, weil sie wegen einer Funktionsstörung erneut rasch auf die Toilette musste. So legten die beiden an der gleichen Tankstelle wie zwei Tage zuvor einen kurzen Toilettenstopp ein. Es war Jenny zwar ein wenig peinlich, doch diesmal geriet sie nicht mehr in Panik, weil Patrick auch jetzt verständnisvoll reagierte. Am späten Vormittag bewirkte eine weitere Funktionsstörung, dass Jenny plötzlich in den Ruhezustand umschaltete, als sie mit ihrem Fahrzeug vor einer roten Ampel standen. Sie schloss die Augen und sank auf dem Sitz zusammen.

»Hey, was ist denn los mit dir?«, rief Patrick verwundert, als sich die GemAI nicht mehr regte. Da sah er, dass ihre Funktionsanzeige langsam blinkte. »Jenny, wach auf!« Er schüttelte seine Partnerin zunächst leicht, dann immer heftiger, aber die GemAI reagierte nicht. Inzwischen hatte die Ampel auf Grün umgeschaltet, aber Jenny gab keinen Mucks von sich. Einige Fahrer hinter ihnen hupten bereits empört, doch die GemAI wollte einfach nicht aufwachen. »Jenny, was ist denn los, komm endlich zu dir!«, rief

Patrick panisch, als die ersten Fahrer bereits hupend und wütend gestikulierend an ihnen vorbeifuhren. Patrick entschuldigte sich durch Handzeichen, während er weiter verzweifelt versuchte Jenny aufzuwecken. Immer wieder schüttelte er sie und rief ihren Namen, bis sie endlich nach einer guten Minute die Augen wieder öffnete und sich verwundert umsah.

»Was ist passiert?«, fragte sie verwirrt.

»Du hast plötzlich in den Ruhezustand umgeschaltet«, erklärte Patrick aufgeregt. Da hörten beide schon die nächsten Fahrer hinter sich hupen. »Kannst du weiterfahren?«, fragte der junge Mann besorgt.

Jenny nickte nur und beeilte sich loszufahren. »Tut mir leid, das war auch eine Funktionsstörung, die gelegentlich auftritt«, sagte sie kleinlaut und sah Patrick entschuldigend an.

»Warum hast du mir denn nichts davon gesagt?«, fragte er verärgert. »Zum Glück ist das vor einer roten Ampel geschehen. Nicht auszudenken, wenn dir das während des Fahrens passiert wäre!«

»Bitte entschuldige, aber bisher hat sich die Störung immer mehrere Minuten vorher durch einen kurzen Schwindel angekündigt, so dass ich noch problemlos hätte anhalten können. Diesmal habe ich nichts gefühlt, weshalb es so plötzlich auftrat. Das ist das erste Mal so geschehen. Bitte glaub mir, ich wollte uns ganz bestimmt nicht in Gefahr bringen!«, versicherte Jenny ängstlich.

Der Ärger auf Patricks Gesicht verschwand und machte einer besorgten Miene Platz. »Ist schon in Ordnung, du kannst ja nichts dafür, wenn es sich nicht angekündigt hat. Dann solltest du aber zukünftig nicht mehr fahren.«

»Ist in Ordnung«, bestätigte Jenny kleinlaut und mit entschuldigendem Blick. »Du kannst ja das Fahren nach der Mittagspause übernehmen. Ich erkläre dir auf dem Firmenparkplatz kurz die Funktionen des Fahrzeuges, einverstanden?«

»Gut!«, meinte Patrick und nickte zustimmend. »Schließlich muss ich ja auch einmal lernen, mit dem Fahrzeug zurechtzukommen.«

»Bitte erzähl in der Firma nichts von der Funktionsstörung, sonst darf ich nicht mehr im Außendienst tätig sein und sie versetzen sie mich wieder ins Verwaltungsbüro. Diese Arbeit ist mir aber viel zu langweilig!«, gestand Jenny mit flehendem Blick. »Außerdem darf ich dann ... nicht mehr mit dir zusammen sein«, sagte sie leise, senkte traurig den Kopf und sah ihn dann hilfesuchend an.

»Keine Sorge, ich werde nichts verraten. Das bleibt unter uns. Versprochen!«, meinte Patrick beruhigend, warf ihr einen aufmunternden Blick zu und drückte liebevoll ihre Hand.

»Danke!«, antwortete die GemAI erleichtert und schenkte ihm ein frohes Lächeln.

Nach einem weiteren Reparaturauftrag kehrten beide zur Firma zurück, um dort die Mittagspause zu verbringen. In der Kantine trafen sie Jason, zusammen mit einigen Mitarbeitern des Verwaltungsbüros. Jenny und Patrick begrüßten ihn freundlich.

»Wie geht es dir denn?«, fragte der junge Mann.

»Danke, gut. Die Arbeit ist leicht zu erlernen. Dobson will mir heute noch eine Wohnung besorgen. Er ist wirklich sehr freundlich und hilfsbereit«, antwortete Jason.

»Das freut mich. Dann wünsche ich dir weiterhin alles Gute!«, sagte Patrick, bevor er sich zusammen mit Jenny an einen Tisch mit Patty und Joe setzte.

Nach dem Mittagessen wies ihn Jenny dann kurz in das Fahrzeug ein und erklärte ihm die Bedienelemente. Als er den Motor startete, sagte sie mit spitzbübischem Lächeln: »Fahr nicht wie der Henker!«

Patrick sah sie verblüfft an und begann darauf amüsiert zu lächeln. »Ich werde mir Mühe geben.« Dann fuhr er los. Durch das automatische Getriebe und die zahlreichen technischen Hilfen ließ sich das Fahrzeug leichter steuern, als er zunächst erwartet hatte. Er kam auch gut mit den großen Ausmaßen des Wagens zurecht und nach einer kurzen Eingewöhnungszeit machte ihm das Fahren sogar Spaß. So erreichten sie bald den nächsten Kunden, der ebenfalls einen Reparaturauftrag eingereicht hatte.

Nachdem Jenny an der Sprechanlage ihren Auftrag genannt und ihren Ausweis vor die Kamera gehalten hatte, öffnete ein kleiner, jedoch kräftig gebauter Mann mit mürrischem Gesicht.

»Susan, komm her!«, rief er lautstark und mit barschem Tonfall.

Jenny und Patrick wechselten einen verwunderten Blick. Da kam eine zierliche GemAI angelaufen, die noch etwas kleiner als Jenny war. Sie blieb mit einigem Abstand vor dem Mann stehen und senkte den Blick. »Was wünschst du?«, fragte sie leise. Dabei hielt sie den Kopf gesenkt. Sie wirkte recht verunsichert, fast schon ängstlich.

Der kräftige Mann wandte sich Patrick zu. »Vielleicht bringt ihr dieses nutzlose Ding wieder zum Laufen. Ich hab' noch nie etwas Ungeschickteres gesehen, als dieses Modell!«, sagte der Mann verärgert.

»Was funktioniert bei ihr denn nicht richtig?«, fragte Patrick vorsichtig.

»Alles!«, fuhr der Mann ihn an. »Ständig lässt sie irgendetwas fallen, macht andauernd Sachen kaputt, stolpert oder fällt hin. Ach, sie ist wirklich zu nichts zu gebrauchen!«

Susan hielt weiter den Blick gesenkt, wurde rot und machte ein trauriges Gesicht.

»Da können wir bestimmt etwas dagegen tun«, meinte Patrick und fing von Jenny einen verunsicherten Blick auf. Dann wandte er sich Susan zu. »Kommst du bitte mit zu unserem Fahrzeug«, bat er die GemAI freundlich.

Susan blieb stehen, hob kurz den Kopf und sah ihren Partner ängstlich an.

»Nun geh schon!«, schnauzte der die GemAI an, worauf Susan zusammenzuckte und den Kopf einzog. Jenny erbebte ebenfalls und Patrick erschrak durch die heftige Reaktion des Mannes. Dann wandten sie sich zum Gehen, worauf Susan sich beeilte, ihnen zu folgen. Jenny fiel auf, dass sie dabei ihr linkes Bein leicht nachzog. Patrick öffnete die hintere Tür des Wagens, ließ Susan einsteigen und bat sie auf dem Behandlungsstuhl Platz zu nehmen. Die GemAI verzog dabei kurz schmerzhaft das Gesicht. Als Jenny sie anschnallen wollte und der Gurt kurz Druck auf Susans Oberkörper ausübte, verzog sie erneut das Gesicht und sog geräuschvoll die Luft ein.

»Tut mir leid, habe ich dir wehgetan?«, fragte Jenny erschrocken.

Statt eine Antwort zu geben, machte Susan plötzlich ein flehendes Gesicht. »Bitte nehmt mich mit!«, bettelte sie eindringlich. »Ich möchte nicht mehr bei diesem Mensch leben!« Dann hob sie ihre Oberbekleidung ein Stück an. Ihre Haut war mit Blutergüssen und blauen Flecken übersät!

Jenny sog erschrocken die Luft ein. Patrick blickte entsetzt auf die Verletzungen.

»Bitte helft mir, er schlägt mich immer wieder auf brutalste Art«, sagte Susan verzweifelt und zog ihre Kleidung herab.

Patrick fand schnell seine Fassung wieder, während sich Jenny erneut an die schlimme Zeit mit Cole erinnerte und ihren Partner ängstlich anblickte. »Dazu brauchen wir seine Genehmigung.«

»Die wird er euch nicht geben«, antwortete Susan verzweifelt.

»Wie ich gesehen habe, hinkst du ein bisschen. Vielleicht kann ich das als Grund angeben, dass wir dich mitnehmen müssen«, schlug Patrick vor.

»Das wird nichts nützen!«, erwiderte Susan panisch.

»Ich versuch's mal«, meinte Patrick.

»Bitte sei vorsichtig!«, warnte ihn Jenny besorgt.

»Keine Sorge, bin gleich wieder da«, sagte Patrick beruhigend, streichelte Jenny über den Kopf und ging zurück zum Haus von Susans Partner. Doch der unfreundliche Mann verweigerte ihm hartnäckig die Erlaubnis zur Mitnahme der GemAI. So versprach der junge Mann ihm die Reparatur von Susans Software und kehrte verärgert zum Fahrzeug zurück. Jenny sah schon an Patricks Gesichtsausdruck, dass er keinen Erfolg hatte. Doch der junge Mann ließ sich davon nicht verunsichern. »Dann nehmen wir sie eben so mit! Ich lasse Susan auf keinen Fall bei diesem brutalen Kerl zurück«, sagte er leise, aber entschlossen.

»Aber das ist illegal!«, sagte Jenny erschrocken.

»Mir egal! Soll er uns doch anzeigen, dann verklage ich ihn wegen Körperverletzung«, erwiderte Patrick entschlossen und schnallte Susan fest.

»Ich will aber nicht, dass ihr wegen mir Ärger bekommt!«, sagte Susan ängstlich.

»Mach dir keine Sorgen, uns wird nichts passieren«, versprach er optimistischer, als er war.

Jenny sah ihren Partner immer noch verunsichert an. »Willst du das wirklich tun?«

»Oh ja!«, antwortete Patrick entschlossen.

»Hey, wie lange dauert das denn noch!«, rief Susans Partner, der plötzlich in der geöffneten Haustür stand und dann auf das Fahrzeug zulief.

»Setz dich nach vorne!«, rief Patrick eilig Jenny zu. Die GemAI reagierte erst nicht und sah ihn weiter unsicher an. »Bitte Jenny!«, sagte der junge Mann schon fast flehend und blickte panisch auf den herannahenden Mann.

Schließlich beeilte sich Jenny dann doch in die Fahrerkabine zu kommen, während Patrick rasch die hintere Tür des Fahrzeugs verschloss, nach vorne eilte und den Motor startete. Kurz bevor Susans Partner das Fahrzeug erreichte, fuhr Patrick hastig los. Der kräftige Mann verfolgte sie noch kurz, gab dann aber auf und rief ihnen einige Verwünschungen hinterher, während Patrick rasch in eine Seitenstraße abbog. Er stieß geräuschvoll die Luft aus. »Das war knapp!«

Jenny saß mit ängstlichem Gesicht neben ihm. »Dafür bekommen wir bestimmt ziemlich viel Ärger«, flüsterte sie.

Der Ärger ließ nicht lange auf sich warten, denn schon nach kurzer Zeit meldete sich David, der Gruppenleiter von GemAI-Care, über das Tablet. »Ich bekam gerade einen recht wütenden

Anruf von einem Kunden, der behauptet, ihr hättet seine GemAI ohne Erlaubnis mitgenommen. Stimmt das?«

»Das ... ist ... korrekt«, antwortete Jenny zögernd.

»Seid ihr jetzt von allen guten Geistern verlassen? Ihr wisst doch, dass so etwas illegal ist!«, rief David verärgert.

»Das ist uns bekannt, aber die GemAI wurde von ihrem Partner schwer misshandelt, sogar noch schlimmer als ich, und hat uns angefleht sie mitzunehmen!«, antwortete Jenny überraschend impulsiv.

»Das gibt euch trotzdem nicht das Recht, sie einfach ohne Genehmigung mitzunehmen!«, konterte David scharf. »Seid ihr euch darüber klar, dass es sich hier um Entführung handelt? Also bringt die GemAI sofort zu ihrem Partner zurück und entschuldigt euch bei ihm!«

»Das tue ich auf keinen Fall!«, mischte sich nun Patrick verärgert in das Gespräch ein. »Die Kleine ist völlig verängstigt. Dieser brutale Typ hat sie grün und blau geprügelt. Wenn wir sie jetzt zurückbringen, schlägt er sie wahrscheinlich halb tot! Das kann und werde ich nicht verantworten!«

»Ich kann euch ja verstehen, aber für solche Fälle ist die Polizei zuständig«, gab David zu bedenken.

»Bis die reagieren, hat dieser Schläger sie schon demontiert!«, meinte Patrick grimmig.

David verdrehte verärgert die Augen. »Das ändert nichts an der Tatsache, dass ihr gerade eine Straftat begeht.«

»Mir egal! Ich bringe die Kleine jetzt erst einmal zur Firma, dann wirst du ja sehen, wie schwer verletzt sie ist«, fauchte Patrick wütend.

»Na gut!«, antwortete David resigniert. »Aber macht euch auf Einiges gefasst!« Dann beendete er das Gespräch.

Jenny sah nun wirklich sehr besorgt aus. Einerseits wollte sie Susan beistehen, weil sie nur zu gut wusste, was die verletzte GemAI alles durchgemacht hatte. Andererseits beging sie deswegen eine

Straftat, weil sie es nicht übers Herz brachte, Susan wieder ihrem brutalen Partner auszuliefern. Dazu kamen die schlimmen Erinnerungen an ihre eigene Vergangenheit wieder zum Vorschein und ängstigten sie zusätzlich! Das war zu viel für die empfindsame GemAI, weshalb ihr Tränen in die Augen stiegen und sie leise zu weinen begann.

Patrick bemerkte es, fuhr in eine Parkbucht und hielt das Fahrzeug an. Dann nahm er Jenny behutsam in die Arme und streichelte sie sanft. »Tut mir leid, dass ich dir Kummer bereite.«

»Schon in Ordnung, du meinst es ja nur gut. Susans Situation erinnert mich jedoch sehr an die schlimme Zeit mit Cole«, flüsterte Jenny mit rauer Stimme.

»Kein Wunder! Nachdem du ähnlich Schreckliches erlebt hast«, gab Patrick zu und streichelte sie weiter. So lag Jenny in seinem Arm, bis sie sich wieder gefangen hatte und die Tränen versiegten. »Geht's besser?«, fragte der junge Mann, nachdem sich Jenny wieder aufgerichtet und die Augen getrocknet hatte.

»Hmmm«, summte Jenny und nickte bestätigend.

Patrick warf ihr noch einen aufmunternden Blick zu und streichelte über ihren Kopf, was Jenny mit einem dankbaren Lächeln quittierte. Dann erhob sich der junge Mann, um nach Susan zu sehen.

»Wie geht es dir?«, fragte er die verletzte GemAI.

»Danke, gut. Wie ich gehört habe, werdet ihr Ärger bekommen, weil ihr mich ohne Erlaubnis mitgenommen habt. Das tut mir leid«, antwortete Susan verschämt.

»Da mach dir mal keine Sorgen. Wenn sie deine Verletzungen sehen, und erfahren, was dein Partner dir angetan hat, werden sie sicher Verständnis für unser Vorgehen haben«, beruhigte sie Patrick.

»Hoffentlich!«, meinte Susan skeptisch.

Der junge Mann warf auch ihr einen aufmunternden Blick zu und setzte sich wieder auf den Fahrersitz. Er drückte kurz Jennys Hand und schenkte ihr ein freundliches Lächeln. Die GemAI schaffte es zwar, ein zaghaftes Lächeln zu erwidern, doch sie wirkte sehr verunsichert und senkte schließlich den Blick. Patrick war klar, dass diese Situation sehr belastend für sie war, weshalb er versuchen würde, alles auf seine Kappe zu nehmen, um Jenny möglichst zu entlasten. Da er schon früher öfters in Konflikt mit dem Gesetz gekommen war, bedrückte ihn die Sachlage nicht sonderlich, da er genau wusste, wie er sich der Polizei gegenüber verhalten musste, doch für Jenny war es sicher ein Schock, nun scheinbar straffällig geworden zu sein. Da sie durch ihre Vergangenheit recht ängstlich war und nun auch noch um ihren Ruf fürchten musste, war der aktuelle Zustand für sie sicher schwer zu ertragen. Im Moment konnte Patrick nur versuchen, ihr so gut wie möglich beizustehen. Er hoffte insgeheim, dass die Umstände die GemAI nicht so sehr belasteten, dass sie später nichts mehr von ihm wissen wollte und nach einem anderen Partner verlangte. Gerade jetzt, während sich ihre Beziehung so gut entwickelte. Unbewusst warf er Jenny einen entschuldigenden Blick zu, den sie jedoch nicht wahrnahm, da sie in Gedanken versunken durch die Windschutzscheibe starrte, während er den Motor startete und weiter fuhr.

Jenny kämpfte indes mit ihren Gefühlen. Einerseits erfüllte es die GemAI mit Stolz, dass sie mit Patrick zusammen gewagt hatte, Susan vor ihrem grausamen Partner zu beschützen, denn sie selbst hätte nie den Mut dazu besessen. Andererseits schämte sie sich dafür, etwas Ungesetzliches getan zu haben, was vielleicht nicht nur Patrick und sie in Schwierigkeiten brachte, sondern sogar die ganze Firma! Jenny lernte nun zum ersten Mal, dass einfache Hilfeleistung manchmal durch die damit verbundenen Gegebenheiten auf einmal ausgesprochen kompliziert wurde und als einziger Ausweg ein unangenehmer oder fragwürdiger, bisweilen sogar gefährlicher Kompromiss blieb! Dieser widersprüchliche Zustand überforderte sie und verursachte zahlreiche gegenteilige Gefühle, denen Jenny momentan kaum gewachsen war. So wurde ihre Unsicherheit mit jedem Moment größer und erweckte einen alten, wohlbekannten Begleiter ihres Lebens: Angst! Unbewusst rückte sie etwas näher an Patrick heran und warf ihm einen hilfesuchenden Blick zu. Der junge Mann spürte ihr Unwohlsein deutlich und schenkte ihr ein liebevolles Lächeln, während er kurz ihre Hand streichelte. Das gab Jenny ein Gefühl der Geborgenheit, wodurch die Furcht erträglicher wurde, denn so wusste sie, dass sie nicht alleine war und Patrick ihr beistehen würde! Diese Sicherheit machte die Situation für sie tolerierbar und beruhigte ihre aufgewühlten Emotionen, worauf sie ihrem Partner einen dankbaren Blick zuwarf.

Susan war wiederum einfach nur froh, endlich ihrem brutalen Partner entkommen zu sein. Sie hatte durchaus ein schlechtes Gewissen gegenüber Patrick und Jenny, weil sie die beiden als Fluchthelfer benutzte, jedoch war es ihre einzige Chance gewesen, dem monatelangen Martyrium zu entfliehen. Nun hoffte sie nur, dass man sie nicht zwingen würde, an diesen schrecklichen Ort der andauernden Schmerzen und Erniedrigungen zurückzukehren, denn das wäre für sie unerträglich! In solch einem Fall würde sie sich lieber frühzeitig deaktivieren lassen. Zwar besagte eine ungeschriebene Regel, dass eine GemAI ihren Partner unter keinen Umständen verließ, doch Susans Situation war derart untragbar, dass sie sich zu diesem schwerwiegenden Schritt entschlossen hatte, auch wenn man sie dafür ächten würde. Diesen Makel war sie bereit zu ertragen, jedoch nicht mehr jenes furchtbare Leben in Angst und Pein! Es tat ihr jedoch leid, dass ihre beiden Helfer in Schwierigkeiten gerieten, weil sie wegen ihr gegen Regeln verstoßen hatten. Susan konnte nur hoffen, dass man in diesem Fall, wegen der speziellen Umstände, Milde walten ließ oder die beiden sogar von Schuld freisprach, denn sie hatten nur im Sinne der Nächstenliebe gehandelt, um einer GemAI weiteren, großen Schmerz zu ersparen. Weiter kam sie nicht mit ihren Gedanken, denn in diesem Moment hielt das Fahrzeug an. Jenny schnallte Susan darauf behutsam los und führte sie mit Patrick zusammen

zu einem großen Gebäude, in dessen Eingangsbereich zwei Männer
warteten.

Die Begrüßung fiel kurz, aber freundlich aus. David wirkte angespannt und gereizt, während Dobson äußerlich ruhig erschien.
Nach Susans Vorstellung forderte Jenny sie auf, ihren Vorgesetzten
die Verletzungen zu zeigen, die man ihr zugefügt hatte. Die GemAI
hob verlegen ihre Oberbekleidung etwas an, worauf David erschrocken
die Luft einsog. Auch Dobsons geriet kurz aus der Fassung, als er
die zahlreichen Striemen, Blutergüsse und blauen Flecken sah, doch
er hatte sich rasch wieder unter Kontrolle und schickte David mit
Susan direkt zum Betriebsarzt, während er Patrick und Jenny aufforderte, ihm ins Büro zu folgen. Dort trafen sie auf einen weiteren
Mann, den Dobson als Simon Lewis vorstellte, ein Kollege aus
der Rechtsabteilung von GemAI-Care. Der bat die beiden Mitarbeiter
erst einmal genau zu schildern, was sich zugetragen hatte. Da Jenny
sehr verunsichert und ängstlich war, berichtete Patrick was sich
zuvor abgespielt hatte. Lewis hörte aufmerksam zu, machte sich
Notizen und stellte einige Fragen, bis Dobsons Sekretärin sie unterbrach, denn zwei Polizeibeamte hatten gerade die Firma betreten,
und waren auf dem Weg zur Firmenleitung. So schickte der Betriebsleiter Patrick und Jenny in seinen Besprechungsraum, da er die
beiden Beamten erst einmal zusammen mit Lewis empfangen wollte.
Nach einer kurzen Begrüßung und Erklärung der Sachlage erkundigten
sich die Beamten nach dem Verbleib der ‚entführten‘ GemAI, worauf
Dobson sie zum Betriebsarzt geleitete. Der Doktor hatte Susans
Untersuchung mittlerweile abgeschlossen und einige Aufnahmen
ihrer Verletzungen gemacht, die er nun den Polizeibeamten zeigte.
Dazu schilderte er seine Diagnose, nämlich dass die GemAI nicht
nur durch Faustschläge, sondern auch mit Hieben stumpfer Gegenstände und einer Peitsche misshandelt wurde! Die beiden Beamten
waren äußerst schockiert und befragten darauf Susan, wer ihr diese
Verletzungen beigebracht hatte. So erzählte die GemAI von ihrem
schlimmen Leben und der Brutalität ihres Partners. Schließlich

beschrieb sie auch, wie sie Patrick und Jenny angefleht hatte, sie mitzunehmen, um endlich ihrem Martyrium zu entfliehen, wie Patrick erfolglos versucht hatte eine Genehmigung für ihre Mitnahme zu erhalten und sie anschließend gemeinsam geflüchtet waren. Ihre Aussage ließ die Situation natürlich in einem ganz anderen Licht erscheinen, weshalb die Beamten vorerst nicht auf eine Rückführung von Susan bestanden. Da GemAI nicht logen, nahmen die Polizisten ihre Aussage durchaus ernst. Dobson versicherte, während der Entscheidungsfindung sich so gut wie möglich um Susan zu kümmern, was die beiden Beamten vorläufig akzeptierten.

*

Patrick und Jenny saßen derweil mit ungutem Gefühl im Besprechungsraum der Firma. Der junge Mann war noch einigermaßen gelassen, doch der GemAI sah man ihre Angst durchaus an. Obwohl er sie im Arm hielt und sanft streichelte, wirkte das kaum beruhigend auf Jenny. Je länger sie warteten, umso ängstlicher und nervöser wurde sie. Als Dobson und Lewis nach einer scheinbaren Ewigkeit mit den beiden Beamten eintraten, erschrak sie sehr und zuckte heftig zusammen. Der Betriebsleiter erklärte kurz, dass die beiden Polizisten Susan bereits gesehen und befragt hätten, was zur Entlastung der beiden Mitarbeiter beitrug. Trotzdem würden sie nun getrennt voneinander zu dem Fall befragt werden, wobei Lewis jeweils mit anwesend wäre. Damit Jenny nicht noch länger warten musste, ließ Patrick ihr den Vortritt. Er streichelte ihr nochmals über den Kopf, bevor er den Raum verließ, wobei er der GemAI noch einen aufmunternden Blick zuwarf, die ihm hilfesuchend nachsah. Dass Lewis nun neben ihr Platz nahm, beruhigte sie nur wenig. Die beiden Polizisten nahmen erst einmal ihre Personalien auf, die in ihrem Fall aus dem Namen und ihrer Betriebsnummer bestanden. Dann sollte sie schildern, was seit ihrer Ankunft bei Susans Partner vorgefallen war. Jenny war froh, dass die Beamten sie freundlich und respektvoll behandelten, weshalb es ihr leichter fiel, gemäß ihrer Konditionierung höflich und sachlich zu erzählen, was sich in jener Zeit abgespielt hatte. Man hatte ihr nach der Inbetriebnahme eingeschärft vor allem Mitgliedern der Überwachung und des Staatsapparates zurückhaltend, manierlich und sachlich gegenüber zu treten, was sie nun so gut wie möglich tat. Anfänglich war sie noch sehr nervös und ängstlich, doch mit der Zeit wurde sie etwas ruhiger, da die Polizisten ihre Aussage, welche vollständig Susans Darstellung glich, ohne große Nachfragen akzeptierten. So war ihre Befragung rasch beendet und Jenny tauschte ihren Platz mit Patrick, dem sie einen hoffnungsvollen Blick zuwarf, bevor sie den Raum verließ. Natürlich tauchte auf dem Tablet der Polizisten sofort Patricks Akte auf, da er ja schon während seiner Jugend durch einige kleinere Delikte aufgefallen war, wovon natürlich nun auch Lewis erfuhr, was den jungen Mann etwas verlegen machte. Trotzdem behandelten die Beamten ihn freundlich und nahmen seine Aussage zu Protokoll, die sich mit Jennys Ausführungen deckte. Nach der Vernehmung versicherte Lewis, dass er Dobson nichts von Patricks Polizeiakte erzählen würde, um seinen gerade begonnenen Arbeitsplatz nicht zu gefährden, wofür ihm Patrick sehr dankbar war. Auch die beiden Polizisten versicherten darüber Stillschweigen zu bewahren. Dann wurden Dobson und Jenny hereingebeten. Die GemAI warf ihrem Partner einen besorgten Blick zu, worauf der jedoch ein aufmunterndes Lächeln zeigt, sie in den Arm nahm und flüsterte, dass alles in Ordnung sei. Jenny sah ihn erleichtert an und schmiegte sich kurz an ihn, dann nahmen alle Platz. Einer der Beamten erklärte, dass alle Aussagen identisch wären. Der Fall hatte jedoch durch Susans Misshandlung eine entsprechend Wendung erfahren und müsse zuerst noch genauer geprüft werden. Susan, Patrick und Jenny sollten sich weiter zur Verfügung halten, bis die Sachlage geklärt sei. Darauf verabschiedeten sich die beiden Beamten und wurden von der Sekretärin hinausgeführt.

»Wie schätzen sie die Lage ein?«, fragte Dobson anschließend den Kollegen der Rechtsabteilung...

»Susan hat den Beamten sehr deutlich geschildert, wie ihr Partner sie misshandelte. Er wird sicher demnächst vernommen werden. Je nachdem, wie geständig er ist, wird der Fall bald gelöst und er verurteilt werden.« Lewis wandte sich Patrick und Jenny zu. »Somit ist die Chance recht groß, dass die Anzeige gegen euch fallengelassen wird, doch ich will nichts voreilig versprechen.«

Dobson nickte nachdenklich. »Das klingt recht zuversichtlich. Dann hoffen wir einfach, dass soweit alles gut geht, und verhalten uns möglichst unauffällig.« Er sah Patrick an und begann zu schmunzeln. »Unser junger Kollege hier ist ganz schön mutig, schon an seinem vierten Arbeitstag eine GemAI zu entführen und einen solchen Wirbel zu verursachen.«

Patrick wurde rot und senkte den Kopf.

»Keine Angst, deshalb reißt ihnen keiner den Kopf ab!«, meinte Dobson lachend. »Ich kann ihre Beweggründe gut verstehen und wahrscheinlich hätte ich in diesem Fall genauso gehandelt. Machen sie sich also keine Sorgen um ihren Arbeitsplatz. Sie dürfen hier gerne weitermachen, solange sie uns nicht auch noch die Armee oder den Geheimdienst auf den Hals hetzen«, bemerkte der Betriebsleiter halbernst.

»Es tut mir leid, ich wollte hier niemandem Schwierigkeiten bereiten«, erwiderte Patrick kleinlaut.

»Ich weiß, dass sie es nur gut gemeint haben. Wahrscheinlich hat ihre Entscheidung Susan sogar vor der Demontage bewahrt«, sagte Dobson verständnisvoll. »Für die GemAI hoffe ich, dass ihr brutaler Partner bald seine gerechte Strafe erhält.«

»Das hoffe ich auch«, bestätigte Patrick.

»Was passiert denn nun mit Susan?«, fragte Jenny.

»Wir werden sie erst einmal in eine Klinik einweisen lassen, um ihre körperlichen und seelischen Verletzungen behandeln zu lassen, was sicher einige Zeit dauern wird. Danach werden wir sehen, wie gut sie all das verkraftet. Ich kann nur hoffen, dass sie gut über alles hinwegkommt«, erklärte Dobson.

»Darf ich ihnen einen Vorschlag machen?«, fragte Jenny unsicher.

»Nur zu!«, forderte der Betriebsleiter sie auf.

»Mister Sanders hat sich damals sehr gut um mich gekümmert, als ich in einer ähnlichen Situation wie Susan war. Er würde sich bestimmt auch gut um sie kümmern, da bin ich mir sicher«, schlug Jenny vor.

»Das ist eine gute Idee!«, erwiderte Dobson erfreut. »Ich werde mich gleich mit ihm in Verbindung setzen. Ihr beiden geht jetzt nach Hause und entspannt euch erst einmal. Eure restliche Tour wird ein anderes Team übernehmen. Mister Wilson weiß bereits Bescheid. Ab morgen früh nehmt ihr eure übliche Arbeit wieder auf.«

Alle erhoben sich. »Vielen Dank für ihr Verständnis«, sagte Patrick verschämt zu Dobson, der ihm ein aufmunterndes Lächeln schenkte.

»Schon gut! Sorgen sie jetzt nur nicht auch noch für internationale Verwicklungen!«, meinte Dobson schmunzelnd und zwinkerte Patrick zu, der nochmals rot wurde.

»Ich werd mir Mühe geben«, sagte der junge Mann verlegen, bevor er und Jenny sich verabschiedeten.

Dobson sah ihnen amüsiert hinterher. »Der Junge ist recht couragiert, das muss man ihm lassen«, sagte er an Lewis gewandt, der bestätigend nickte. »*Außerdem scheinen sich er und Jenny recht gut zu verstehen, so vertrauensvoll, wie die beiden nach der kurzen Zeit bereits miteinander umgehen. Der junge Mann scheint ihr wohl gutzutun, zumindest hoffe ich das für Jenny*«, dachte Dobson bei sich.

*

Kaum hatten Patrick und Jenny das Büro verlassen stieß der junge Mann geräuschvoll die Luft aus. »Ich hatte schon befürchtet, dass

Dobson uns in hohem Bogen hinauswirft! Dass er so verständnisvoll reagiert hat mich sehr überrascht«, gab Patrick zu.

»Ich war auch recht verwundert über seine Reaktion, bin aber nun wirklich erleichtert, dass trotzdem alles gutging«, sagte Jenny mit einem Aufatmen und schmiegte sich an ihren Partner, der sie vor dem Aufzug liebevoll in den Arm nahm.

»Tut mir leid, dass ich dir solche Schwierigkeiten bereitet habe. Ich wollte nicht rücksichtslos sein«, entschuldigte sich Patrick.

»Das warst du doch gar nicht«, versicherte Jenny und streichelte über seine Wange. »Du hast mich ja nicht dazu gezwungen, dich zu unterstützen, sondern das habe ich freiwillig getan. Ich hätte mich auch weigern können, Susan ohne Erlaubnis mitzunehmen, doch ich habe es nicht übers Herz gebracht, sie ihrem grausamen Partner wieder auszuliefern. Dank dir habe ich auch den Mut für diese Entscheidung aufgebracht. Alleine hätte ich mich das sicher nicht getraut!«

»Deswegen bin ich auch stolz auf dich, dass du so mutig warst!«, meinte Patrick und streichelte ihren Kopf, worauf Jenny sich verlegen bedankte.

Mittlerweile hatten sie das Gebäude verlassen und gingen auf ihr Fahrzeug zu.

»Kannst du fahren, oder bist du zu aufgeregt?«, fragte Jenny.

»Keine Sorge, mir geht es gut«, versicherte der junge Mann und stieg ein, gefolgt von Jenny.

Einige Zeit später saßen sie gemeinsam im Wohnzimmer von Jennys Behausung. Die GemAI lag im Arm ihres Partners und wirkte zerstreut, wobei sie ein trauriges Gesicht machte.

»Was ist los? Geht's dir nicht gut?«, fragte er besorgt.

Jenny schreckte hoch. »Entschuldige! Ich wollte nicht abweisend sein. Ich habe mich nur gerade noch einmal an das Verhör mit der Polizei erinnert, was ich als erniedrigend empfand.«

»Haben sie dich schlecht behandelt?«, fragte Patrick verärgert.

»Nein, keine Sorge, sie waren höflich und respektvoll, doch ich empfand die ganze Situation als schmählich. Bisher hat sich noch keine GemAI etwas zu Schulden kommen lassen, weshalb das alles recht peinlich für mich war. Bitte erzähl niemandem davon, was sich heute in der Firma abgespielt hat.«

»Keine Angst, das bleibt unter uns!«, sagte Patrick beruhigend. »Sonst gibt es nur wieder dumme Gerüchte.«

Die GemAI bedankte sich erleichtert und schmiegte sich an ihn.

»Wie hast du das Verhör empfunden? War es für dich nicht auch peinlich?«, wollte Jenny wissen.

Der junge Mann wurde auf einmal verlegen. »Das ... ist nicht mein erstes Verhör«, gab er zögernd zu, worauf Jenny ihn überrascht ansah. »In meiner Jugend habe ich einige dumme Sachen angestellt. Meine Mutter war damals Hausfrau und hat sich mit einfachen Näharbeiten für die Nachbarn etwas dazuverdient, während mein Vater Lagerarbeiter war. Weil wir nie viel Geld hatten, führten wir ein einfaches Leben. Dazu haben wir in einer sehr ländlichen Gegend gewohnt, in der nicht gerade viel passierte und es somit auch kaum Abwechslung gab. Es wurde viel getratscht, vor allem während der Straßenfeste, wo die meisten Einwohner zusammensaßen und in ihren Gesprächen gegenseitig übereinander herzogen, während sie sich betranken. Mich hat das bald gelangweilt und angewidert, weshalb ich mich einer Jugendgang anschloss. Danach war ich nur noch selten Zuhause, hab oft die Schule geschwänzt, hab' zu viel getrunken und dann mit den Kumpels die Leute angepöbelt, belästigt und bestohlen. Wir haben Autos beschädigt, Scheiben eingeworfen und allen möglichen Blödsinn gemacht, teils aus Protest, teils aus Dummheit oder weil wir zu betrunken waren, um zu verstehen, was wir da machten. In der Zeit waren mir die Schule und meine Eltern total egal. Ich empfand das damals alles als spießig und sinnlos, hab auf niemanden gehört und vielen Leuten Ärger bereitet, vor allem meinen Eltern, die mich mehrmals bei der Polizei abholen mussten! Mein Vater hat nie aufgegeben und mich immer wieder versucht zur Vernunft zu bringen, doch ich habe ihn viel zu lange ignoriert und bin immer wieder davongelaufen, bis einer meiner Kumpels meinen Vater zusammenschlug! Da wurde mir erst klar, mit was für Menschen ich es zu tun hatte und wie idiotisch ich mich die ganze Zeit verhalten habe. Mein Vater hat sich zum Glück wieder erholt, hinkt aber seit diesem Vorfall leicht. Ich habe mich dann zwar in der Schule angestrengt, aber es war schon zu spät und mein Abschlusszeugnis war ziemlich schlecht. Mein Vater wollte stets, dass ich einmal ein besseres Leben führe als er, weshalb er so sparsam war. Ich habe immer nur gedacht, er sei geizig und spießig, dabei hat er das ganze Geld für mich gespart! Wir haben uns oft gestritten und ich habe meine Eltern sehr enttäuscht, was mir heute leidtut, aber da ist inzwischen wohl nichts mehr zu machen. Durch mein mieses Zeugnis habe ich natürlich bei all meinen Bewerbungen Absagen bekommen, nur GemAI-Care war bereit mich einzustellen. Zuerst wollte ich die Stelle nicht annehmen, aber meine Eltern haben mich schließlich dazu überredet. So bin ich bei dir gelandet.« Er machte eine Pause und sah Jenny verschämt an, die ihn leicht erschrocken musterte. »Jetzt weißt du, wer ich wirklich bin. Tut mir leid, wenn ich dich erschreckt oder verletzt habe, oder du dich nun von mir ausgenützt fühlst, und ich könnte gut verstehen, wenn du jetzt nichts mehr mit mir zu tun haben willst.«

Jenny sah ihn betroffen an und schwieg kurze Zeit. Dann streichelte sie seine Wange und schenkte ihm ein liebevolles Lächeln. »Danke, dass du so offen zu mir bist! Keine Sorge, du hast mich nicht verletzt oder ausgenützt. Egal, was du früher getan hast, du hast aus deinen Fehlern gelernt. Außerdem habe ich kein Recht, dich wegen deiner Vergangenheit zu verurteilen. Für mich zählt nur die Gegenwart, in der du der einzige Mensch bist, der seit langer Zeit verständnisvoll, gütig und liebevoll zu mir ist, wie es noch nie jemand war! Deshalb werde ich dich ganz sicher nicht verstoßen. Im Gegenteil! Ich möchte gerne noch lange mit dir zusammen sein!«

Patrick stiegen Tränen der Rührung in die Augen während er Jenny ganz fest umarmte und sich leise bei ihr bedankte. Er hatte durchaus befürchtet, die GemAI durch sein Geständnis so sehr zu enttäuschen, dass sie sich von ihm abwenden würde und war deshalb umso erleichterter, dass sie so verständnisvoll reagierte und trotzdem bei ihm bleiben wollte!

So hielten sie sich kurze Zeit eng umschlungen, bis Jenny ihre Umarmung löste und Patrick verunsichert ansah. »Ich muss dir auch noch etwas gestehen«, sagte sie leise, worauf Patrick sie verwundert ansah. »Ich habe dir doch erzählt, dass ich eine GemAI der zweiten Generation bin und noch nicht so ausgereift wie die heutigen Modelle. Damals wurde von unseren Erbauern eine Funktionsgarantie von maximal zehn Jahren gewährt. Inzwischen existiere ich bereits acht Jahre und meine Funktionsstörungen nehmen weiter zu, was ein sicheres Zeichen ist, dass ich allmählich das Ende meiner Lebensspanne erreiche! Wahrscheinlich werde ich in spätestens zwei Jahren so viele Störungen aufweisen, dass ein sauberes Funktionieren nicht mehr gewährleistet werden kann und ich demontiert werden muss!«

Patrick sah sie erschrocken an. »Ihr wart nur für eine Existenz von zehn Jahren konzipiert?«

Jenny sah ihn entschuldigend an und nickte. »Nur ganz wenige GemAI der zweiten Generation wurden etwas älter als zehn Jahre.«

»Wie meinst du das, dass du dann demontiert werden musst?«, fragte Patrick verwirrt.

»Wenn ihr Menschen das Ende eures Lebens erreicht, dann sterbt ihr. Bei uns ist das anders, denn wir sind halborganisch. Wie ich dir bereits erklärte, empfinden wir die Funktionsstörungen als sehr unangenehm, weil wir dann unsere Aufgaben nicht mehr korrekt erfüllen können. Wenn die Störungen so stark zunehmen, dass wir unsere Aufgaben und Hilfen überhaupt nicht mehr ausführen können, sind wir nicht mehr von Nutzen und lassen uns dann freiwillig deaktivieren, weil wir niemandem zur Last fallen wollen. Dies entspricht eurem Tod, denn damit werden unwiderruflich sämtliche Funktionen unseres Körpers stillgelegt. Das können wir jedoch nicht selbst herbeiführen, weshalb dieser Vorgang von Außen ausgelöst werden muss, was jedoch zum Schutz nur mit unserer Zustimmung möglich ist. Noch verwendbare Teile unseres Körpers werden dann recycelt, der Rest wird verbrannt. Das nennen wir Demontage. Eine gewaltsame Schädigung, welche so starke Zerstörungen an unseren Körpern verursacht, dass sie nicht mehr funktionieren, wird von uns ebenfalls als Demontage bezeichnet. Um kein unnötiges Leid oder körperliche Schmerzen zu verursachen, erfolgt in diesem Fall die Deaktivierung durch eine Notabschaltung unseres Organismus, was ebenfalls irreversibel ist«, erklärte Jenny.

»Wird dann eure Software in einen neuen Körper eingesetzt?«, wollte Patrick wissen.

Jenny schüttelte den Kopf. »Nein, die Demontage ist das definitive Ende einer GemAI, genauso wie es bei euch der Tod ist, denn weder die alte Software, noch die Hardware ist kompatibel zu den neuen Modellen. Eine fortgeführte Existenz in einem neuen Körper war nie vorgesehen. Jede neue GemAI ist somit ein eigenständiges Wesen ohne Vergangenheit.«

Patrick nickte verstehend, war aber immer noch schockiert. »Du meine Güte! Wie erträgst du diese Gewissheit, dass du nur zehn Jahre alt wirst?« Er suchte nach Worten um seine Gefühle auszudrücken. »In diesem Alter sind wir Menschen noch Kinder! Für mich wäre dieser Gedanke kaum zu ertragen nur so kurze Zeit zu leben!«

»Weißt du, wir GemAI wurden geschaffen, um den Menschen zu helfen und ihnen beizustehen, das ist unsere oberste Priorität und erfüllt unsere Existenz. Natürlich erfreut es uns, dies möglichst lange zu tun, doch wenn wir dazu irgendwann nicht mehr in der Lage sind, erfüllt es uns trotzdem mit Freude, unsere Aufgabe erfüllt zu haben, egal wie lange es möglich war. Da ihr Menschen eine wesentlich längere Lebensspanne besitzt, ist es nicht verwunderlich, dass euch unsere Funktionszeit viel zu kurz erscheint, doch ist euer Leben auch viel komplizierter, in dem ihr euch selbst und euren Platz darin finden müsst. Unsere Aufgabe ist klar dargestellt, eure Aufgabe müsst ihr erst finden. Somit ist die Differenz unserer Lebensspanne durchaus gerechtfertigt. Übrigens existieren die GemAI der dritten Generation, zu der auch Patty gehört, bereits gut dreißig Jahre. Die GemAI der vierten Generation haben sogar eine Lebensspanne von gut fünfzig Jahren! Mach dir also keine Sorgen. Meine Existenz über zehn Jahre belastet mich nicht. Es tut mir nur für dich leid, dass ich wahrscheinlich nur noch etwa zwei Jahre mit dir zusammen sein kann, in denen ich jedoch immer mehr Funktionsstörungen bekomme.« Ihr Gesichtsausdruck wurde traurig. »Ich mag dich sehr und fühle mich bei dir sehr wohl, doch ich kann gut verstehen, wenn du dich von mir abwendest, weil dir meine verbleibende Lebensspanne zu kurz ist.« Ihre Stimme drohte zu brechen und ihre Augen wurden feucht.

»Nein Jenny, das tue ich ganz bestimmt nicht!«, versicherte Patrick gerührt. »Egal wie viel Zeit uns noch bleibt, möchte ich sie gemeinsam mit dir verbringen, denn ich habe mich noch nie so wohl gefühlt und jemanden so gemocht wie dich!« Dann umarmte er sie und drückte sie fest an sich.

Auch Jenny schmiegte sich eng an ihn und umarmte ihn glücklich, während sie einen leisen Dank flüsterte. So standen sie längere Zeit eng umschlungen beieinander und genossen ihre gegenseitige Nähe. Schließlich hob Patrick seine überraschte Partnerin an, ließ sich auf dem Sofa nieder und setzte Jenny auf seinen Schoß, wo er sie zärtlich liebkoste und ihr erstmals einen scheuen Kuss auf die Wange gab. Die GemAI wurde zuerst ziemlich verlegen, genoss dann jedoch seine sanften Berührungen und begann ebenfalls damit ihn zaghaft zu streicheln, was Patrick mit einem liebevollen Lächeln quittierte. So verging der Nachmittag, während die beiden Liebenden Zärtlichkeiten austauschten, bis plötzlich das Bildtelefon summte. Jenny sah ihren Partner entschuldigend an, erhob sich und nahm das Gespräch an. Auf dem Bildschirm war Sanders Gesicht zu sehen.

»Hallo Carl, wie geht es dir?«, fragte Jenny überrascht. Da sich die beiden schon lange kannten, nannte sie ihn beim Vornamen.

»Hallo Jenny! Danke, mir geht es gut. Ich sitze Zuhause, ärgere meine Frau und esse ihr die Haare vom Kopf«, antwortete Sanders mit spitzbübischem Lächeln.

Bei der Vorstellung musste Jenny kichern. »Oje, die arme Peggy hat's wirklich nicht leicht«, erwiderte Jenny amüsiert.

Sanders schüttelte schmunzelnd den Kopf. »Oh nein, mit so einem quirligen Ehemann ganz bestimmt nicht!« Er machte eine kurze Pause, während er Jenny mit einem väterlichen Lächeln musterte. »Wie geht es dir? Ich habe gehört, dass du inzwischen mit einem neuen Partner wieder im Außendienst tätig bist.«

»Das stimmt«, antwortete Jenny.

»Kommst du klar?«, fragte Sanders ein wenig besorgt.

»Ja, wir verstehen uns bestens!«, versicherte Jenny und zwinkerte mit beiden Augen. Dies war ein geheimes Zeichen, was beide lange Zeit zuvor vereinbart hatten, um Sanders zu zeigen, dass alles in Ordnung war. Ohne das Zwinkern hätte ihr ehemaliger Chef sofort die nötigen Maßnahmen ergriffen, um Jenny beizustehen.

»Das freut mich!«, sagte Sanders erleichtert. »Dobson hat mich angerufen und mir von der Angelegenheit um Susan erzählt. Ich habe mir gleich darauf die GemAI angesehen. Du meine Güte, ihr Partner hat sie ja wirklich übel zugerichtet!«

»Ja, wir waren auch alle erschüttert, als wir ihre Verletzungen sahen!«, gab Jenny zu.

»Inzwischen wird sie in einer Klinik versorgt. Danach werde ich sie bei mir aufnehmen und mich um sie kümmern, bis sie wieder wohlauf ist. Ihr müsst euch also keine Sorgen um sie machen«, meinte Sanders beruhigend.

»Danke, das ist sehr freundlich von dir«, antwortete Jenny erleichtert.

»Tu’ ich doch gerne! In der Zeit kann ich dann schon meine Frau nicht ärgern«, sagte Sanders zwinkernd, was Jenny mit einem vergnügten Lächeln quittierte. »Ihr brutaler Partner wird hoffentlich bald im Gefängnis landen, sonst helfe ich ein bisschen nach!«

»Das hoffen wir alle«, bestätigte die GemAI.

»Übrigens war es richtig, dass ihr Susan einfach mitgenommen habt! Keine Angst, Dobson wird euch schon rausboxen. Er steht da voll hinter euch!«, versicherte Sanders ermutigend und begann zu grinsen. »Ansonsten wird Peggy über ihn kommen und du weißt, wie energisch sie sein kann!«

»Oh ja!«, bekräftigte Jenny amüsiert.

»Übrigens können wir uns gerne einmal wieder treffen, wenn du willst«, schlug Sanders vor.

»Gute Idee! Würde mich freuen!«, sagte Jenny.

»Ruf mich einfach an, dann machen wir einen Termin aus. Dein Partner darf natürlich auch gerne mitkommen.«

»In Ordnung, mach ich!«, versprach die GemAI.

»Dann wünsche ich euch weiterhin alles Gute. Bis bald!«

»Das wünsch ich dir auch. Bis bald!«, sagte Jenny und beendete das Gespräch. Dann kehrte sie zu Patrick zurück und setzte sich wieder auf seinen Schoß. »Ich bin wirklich froh, dass sich Sanders nun um Susan kümmert.«

»Nachdem er sich auch so gut um dich gekümmert hat, wird sich Susan bald bei ihm erholen«, bemerkte Patrick hoffnungsvoll.

»Ganz bestimmt!«, bestätigte Jenny. »Würdest du mich zu einem Treffen mit Sanders begleiten?«

»Gerne!«, versicherte Patrick. »Ich möchte ihn auch einmal kennenlernen.«

»Er ist bestimmt auch schon neugierig auf dich«, meinte Jenny. »Ihr seid euch ziemlich ähnlich, weshalb du dich sicher gut mit ihm verstehen wirst.«

»Fährt er denn auch wie der Henker?«, fragte Patrick grinsend.

Jenny warf ihm einen strafenden Blick zu. »So habe ich das jetzt nicht gemeint«, brummte sie scheinbar verärgert, worauf Patrick auflachte. »Zumindest bist du manchmal genauso frech wie er!«, sagte Jenny amüsiert.

»Wer, ich?«, fragte Patrick so harmlos wie möglich.

»Ja, du!«, bekräftigte Jenny.

»Kann gar nicht sein!«, widersprach Patrick.

»Oh doch!«, gab die GemAI schmunzelnd zurück.

»Das liegt nur daran, dass du süß aussiehst, wenn du dich ärgerst«, konterte der junge Mann.

»Gar nicht wahr!«, maulte Jenny in gespieltem Ärger.

»Dooooch«, antwortete Patrick langgezogen.

Jenny warf ihm einen skeptischen Blick zu und begann dann vergnügt zu lächeln, während Patrick ihr nochmals einen Kuss auf die Wange gab, was sie verlegen machte. »Frecher Mensch!« Dann schmiegte sie sich mit einem liebevollen Blick an ihn, worauf ihr Partner sie umarmte und sanft streichelte. So saßen beide ein wenig verträumt beisammen und genossen die Nähe des Partners, bis sich bei Patrick der Hunger meldete. Da er die Fertiggerichte, die Jenny besorgte, inzwischen verzehrt hatte, musste er sich nun ein Essen zubereiten.

»Hast du Lust, mir beim Kochen zu helfen?«, fragte er seine Partnerin.

»Gerne! Wenn du mir sagst, was ich machen soll«, willigte Jenny ein.

So stellten beide ein einfaches, aber schmackhaftes Gericht zusammen. Jenny war zwar noch etwas unerfahren, doch mit Hilfe von Patricks Anweisungen gelang ihr die Vorbereitung der Zutaten recht gut.

»Möchtest du mitessen? Es reicht für uns beide«, lud Patrick sie ein.

»Besser nicht. Meine Fehlfunktionen verursachen auch immer öfter Verdauungsbeschwerden, wenn ich etwas anderes, als mein

Gel zu mir nehme«, antwortete sie entschuldigend. »Falls morgen noch etwas übrig ist, werde ich gerne davon essen. Sofern ich am Wochenende Beschwerden habe, macht mir das nichts aus, solange ich Zuhause bin. Bei der Arbeit sind wir ja ständig unterwegs. Das kann recht unangenehm werden.«

»Verstehe«, meinte Patrick. »Keine Sorge, ich lass dir genug übrig.«

»Danke für dein Verständnis«, sagte Jenny gerührt. »Woher hast du eigentlich so gut kochen gelernt?«

»Das hat mir meine Mutter noch beigebracht, bevor ich Mitglied bei dieser Jugendgang wurde. Sie wollte sicher sein, dass ich mich im Notfall auch alleine versorgen kann. Damals war ich nicht besonders begeistert davon, doch heute bin ich ihr dafür dankbar.«

»Das war wirklich weitsichtig von ihr«, bestätigte Jenny. »Hoffentlich war ich dir eine Hilfe bei der Zubereitung. Leider habe ich noch nicht oft gekocht und deshalb nur wenig Erfahrung.«

»Aber sicher warst du mir eine Hilfe!«, bestätigte der junge Mann und streichelte ihre Wange, worauf sich Jenny verlegen bedankte. »Hat doch alles gut geklappt, und die Küche haben wir auch nicht in Brand gesteckt«, meinte er zwinkernd.

»Stimmt!«, antwortete die GemAI amüsiert.

So machten sie sich ans Abendessen. Danach verstaute Jenny die leeren Gelflaschen in dem Schließfach neben der Tür, damit sie am nächsten Tag durch eine Lieferung mit vollen Flaschen ersetzt wurden. Anschließend machten es sich beide nochmals auf dem Sofa gemütlich. Patrick lud Jenny ein, sich neben ihn zu legen und ihren Kopf auf seinen Schoß zu betten, was sie auch ein wenig zögerlich tat. So lag sie schließlich verlegen bei ihm, während er ihr Gesicht liebkoste. Sie war zum ersten Mal richtig glücklich! Zwar war sie bisher noch nie so heftigen Gefühlen ausgesetzt, was sie am Anfang erschreckte, doch da diese Emotionen so angenehm waren, konnten sie sicher nicht schädlich sein. Also ließ sich die GemAI darauf ein und freute sich darüber, dass ihr sehnlichster

Wunsch doch noch in Erfüllung ging, was ein verträumtes Lächeln auf ihr Gesicht zauberte.

Patrick erging es ähnlich. Auch er hatte noch nie derart intensive Gefühle erlebt und sich so zu jemandem hingezogen gefühlt, wie zu Jenny! Obwohl sie sich erst wenige Tage kannten, war da plötzlich eine Vertrautheit spürbar, als ob sie schon seit Ewigkeiten zusammen waren! Das verwirrte ihn zunächst, doch die angenehmen Gefühle waren echt, weshalb er diesen Umstand einfach akzeptierte und die neue Situation genoss. Er war auch dankbar dafür, dass Jenny ihm nach so kurzer Zeit bereits vertraute, obgleich sie so schlechte Erfahrungen mit den Menschen gemacht hatte. Deswegen wollte er sie nicht auch noch enttäuschen und ihr eine möglichst angenehme Zeit bereiten. So streichelte er sie sanft und war einfach glücklich über ihre Nähe! Ein liebevoll zärtlicher Abend nahm seinen Lauf, der schließlich durch Jennys niedrige Akkuladung beendet wurde. Diesmal fiel es beiden ausgesprochen schwer, sich voneinander zu lösen, weshalb sich ihr Abschied etwas länger hinzog. Zuletzt winkte ihm die GemAI noch einmal mit einem bedauernden Blick zu, als sie hinausging, während Patrick ihr sehnsüchtig hinterher sah. Später lagen beide mit angenehmer Sehnsucht in ihren Zimmern, durchlebten nochmals in Gedanken wohlige Momente miteinander und freuten sich schon auf ein Wiedersehen am nächsten Morgen.

Verschleiß und Furcht

Am nächsten Morgen wartete Jenny zunächst vergeblich auf Patrick. Als er nicht zur üblichen Zeit im Wohnzimmer erschien, wartete sie noch einige Minuten ab, ging dann zu seiner Zimmertüre, klopfte vorsichtig an und rief seinen Namen. Doch es kam keine Antwort von ihrem Partner. Also klopfte sie etwas energischer an seine Tür und rief nochmals seinen Namen, erhielt jedoch erneut keine Antwort. Erst nach dem dritten Anklopfen schreckte Patrick hoch. »Was ist los?«, antwortete er verschlafen.

»Patrick, du musst aufstehen, sonst kommen wir zu spät!«, rief Jenny von draußen.

Der junge Mann sah auf die Uhr und erschrak. »Ich komme gleich!«, antwortete er und sprang aus dem Bett.

»Ist gut!«, sagte Jenny und ging lächelnd wieder ins Wohnzimmer.

Kurze Zeit später kam Patrick eilig herein und begrüßte Jenny verlegen. »Tut mir leid, ich habe wohl gestern vergessen den Wecker zu stellen.«

»Macht nichts«, antwortete Jenny und streichelte ihm über die Wange. »Da ich immer recht früh aufstehe, konnte ich dich ja noch rechtzeitig aufwecken.«

»Danke«, sagte Patrick leise, der immer noch etwas verlegen war. »Auch für den gestrigen schönen Abend.«

Jenny wurde kurz rot und warf ihm ein scheues Lächeln zu. »Auch für mich war der Abend sehr schön.«

Patrick streichelte ihr mit liebevollem Blick über den Kopf und gab ihr dann einen Kuss auf die Wange, worauf Jenny erneut errötete. Darauf umarmten sie sich glücklich und genossen für wenige Momente die gegenseitige Nähe, bis die fortschreitende Zeit sie zum gemeinsamen Frühstück drängte. Als sie später in ihrem Fahrzeug saßen, prüfte Jenny wie üblich die Auftragsliste, bevor sie losfuhren. Diesmal war die Inspektion von fünf GemAI in einer kleinen Fabrik ihre erste Aufgabe.

»Gleich fünf Prüfungen?«, wunderte sich Patrick.

»Manchmal warten die Firmen, bis mehrere GemAI defekt sind, um wiederholte Anfahrtskosten zu sparen«, erklärte Jenny.

»Verstehe«, antwortete ihr Partner, startete den Motor und fuhr los. Inzwischen kam der junge Mann ganz gut mit dem großen Fahrzeug zurecht und lenkte es sicher durch den dichten Verkehr, bis Jenny ihn verschämt darum bat, nochmals die übliche Tankstelle anzufahren, da sie schon wieder auf die Toilette musste. »Ist in Ordnung«, meinte Patrick schmunzelnd. »Dann kann ich auch gleich tanken, denn das Benzin ist bald alle.«

Darauf kramte Jenny eine kleine Karte aus dem Handschuhfach und legte sie auf die Mittelkonsole. »Mit dieser Tankkarte von GemAI-Care kannst du bezahlen. Lass den Betrag einfach davon abbuchen.«

»Mach ich«, bestätigte Patrick. Kurze Zeit später erreichten sie die Tankstelle, wo der junge Mann zuerst wieder den Schlüssel für die Toilette besorgte, den ihm der Tankwart schon lächelnd zuwarf, bevor der junge Mann danach fragte. Er bedankte sich verlegen und eilte zu Jenny zurück. Dann betankte er das Fahrzeug, während seine Partnerin die sanitären Anlagen benutzte.

Jenny war das Ganze erneut recht peinlich, doch Patrick reagierte auch diesmal verständnisvoll, so dass sie ihre Scham schnell überwand. Der junge Mann bezahlte noch rasch, dann fuhren sie weiter. Das Ziel ihrer Fahrt lag in den äußeren Bezirken der Stadt, weshalb die Anfahrt aufgrund des dichten Verkehrs etwas länger dauerte. Trotzdem kamen sie noch rechtzeitig bei der Firma an. Der Pförtner schickte sie auf einen Parkplatz in der Nähe der Gießerei, wo die fünf GemAI in einem kleinen Nebengebäude warteten. Eine hochgewachsene Frau mittleren Alters begrüßte Patrick und Jenny kühl. Sie erklärte ihnen kurz die Funktionsstörungen der künstlichen Intelligenzen, bestand auf einer raschen Reparatur, weil die GemAI in der Produktion gebraucht wurden, und zog sich dann eilig in ihr Büro zurück.

»Die ist ja sehr freundlich«, flüsterte Patrick genervt und schüttelte den Kopf, worauf Jenny nur unsicher nickte. Als sie sich den GemAI näherten, erschraken sie, denn sie sahen fünf große männliche Modelle, die jedoch alle bleich, schwächlich und apathisch wirkten. Als Jenny die erste GemAI ansprach, nannte die nur lakonisch ihren Namen und die Störungen, die bei ihr vorlagen. Das Gesicht war angespannt, doch die Augen erschienen müde. Als die künstliche Intelligenz Jenny zum Fahrzeug folgte, zeigte sie einen schleppenden Gang, so als ob sie recht erschöpft war. Eine erste Analyse zeigte keine Auffälligkeiten in ihrer Software, die im sozialen Bereich eher minimalistisch entwickelt war. So startete Patrick eine erweiterte Überprüfung, die seltsame Ergebnisse lieferte. Obwohl die GemAI erst seit fünf Jahren existierte, zeigte ihr Körper bereits Verschleißerscheinungen, die in einem Alter zwischen fünfzehn und zwanzig Jahren auftraten! Außerdem war die Ernährung gerade einmal ausreichend, befand sich also am unteren Limit! Patrick und Jenny wechselten einen erschrockenen Blick. Kein Wunder befand sich die GemAI in solch einem armseligen Zustand. Der junge Mann beendete die Analyse und den Ruhezustand des Modells, welches kurz danach wieder in den aktiven Modus wechselte.

»Welche Arbeiten führst du aus?«, fragte Jenny vorsichtig.

»Ich arbeite an den Schmelzöfen«, antwortete die männliche GemAI.

»Wie lange arbeitest du pro Tag?«, wollte Jenny wissen.

»Darüber kann ich keine Auskunft geben«, war die lakonische Antwort des Modells.

Jenny nickte unsicher. »Deine Software ist in Ordnung. Vermutlich kommen deine Funktionsstörungen durch den erhöhten Verschleiß zustande. Dagegen können wir jedoch leider nichts machen«, erklärte Jenny.

Die männliche GemAI nickte nur gleichgültig, bedankte sich und schlurfte hinaus. Jenny warf Patrick einen fragenden Blick zu, der aber auch nur mit den Schultern zuckte. Die Untersuchung der zweiten GemAI zeigte das gleiche Ergebnis. Auch sie war nicht bereit, weitere Auskünfte zu geben. Beim Hinausgehen zögerte sie jedoch, nahm Jennys Hand und warf ihr kurz einen flehenden Blick zu, wonach ihr Gesicht wieder teilnahmslos wurde. Sie ließ Jenny los und schlurfte in leicht gebeugter Haltung hinaus. Jenny und Patrick wechselten einen erschrockenen Blick wegen dieser unheimlichen Szene. Auch bei den folgenden drei GemAI zeigte sich ein starker Verschleiß, kaum ausreichende Ernährung und ungewöhnliche Apathie. Allerdings lagen alle Werte im zulässigen Bereich, so dass kein berechtigter Grund für eine Anzeige vor lag. Trotzdem schien hier etwas nicht mit rechten Dingen zuzugehen, aber die Ergebnisse der Analyse verboten jegliche Einmischung. Außerdem wollten Patrick und Jenny nicht schon wieder in Schwierigkeiten geraten, nachdem sie am Tag zuvor solchen Wirbel verursacht hatten. So klopften sie schließlich unsicher an der Bürotür der Dame an, welche sie zuvor empfangen hatte. Wieder war die Begrüßung recht kühl.

»Was haben sie herausgefunden?«, fragte die Dame ungeduldig.

»Die Software ist bei allen GemAI in Ordnung. Die Störungen werden durch den erhöhten Verschleiß ihrer Körper verursacht. Eventuell gibt es bei dem Händler, von dem sie die GemAI beziehen, Schwierigkeiten bei der Produktion«, erklärte Patrick.

»Sie können also die Störungen nicht beheben«, bemerkte die Dame schnippisch.

»Nein, leider nicht«, antwortete Patrick so freundlich wie möglich.

»Hmmm«, schnaubte die Dame unwirsch und sah Patrick und Jenny herablassend an. »Dann sind sie leider umsonst gekommen. Das hätten wir uns auch sparen können!«

»Tut uns leid, dass wir ihnen nicht helfen konnten. Würden sie bitte die Durchführung des Auftrags bestätigen?«, bat Patrick.

Statt einer Antwort streckte die Dame nur verärgert den Arm aus und machte eine energische Geste, worauf Jenny ihr das Tablet reichte. Nach der Unterschrift gab sie den Rechner wortlos zurück. Darauf erhob sich Patrick mit seiner Partnerin und beide verabschiedeten sich freundlich. Die Dame brummte nur etwas Unverständliches und würdigte sie keines Blickes mehr.

Draußen stieß Patrick geräuschvoll die Luft aus. »Du meine Güte, war die unfreundlich!«, knurrte er verärgert.

»Allerdings!«, bestätigte Jenny. Dann liefen beide schweigend bis zu ihrem Fahrzeug. »Mir tun die GemAI wirklich leid. Ich habe noch nie Modelle in solch einem schlechten Zustand gesehen«, sagte sie, als beide im Wagen saßen.

»Irgendetwas stimmt hier nicht, aber ich befürchte, uns sind auch diesmal die Hände gebunden«, meinte Patrick resigniert.

»Da hast du wohl recht«, entgegnete Jenny, als er losfuhr. Während der Fahrt zum nächsten Kunden hingen beide schweigend ihren Gedanken nach. »Der flehende Blick der zweiten GemAI hat mich sehr erschreckt. Das erschien mir fast wie ein stummer Hilferuf!«, gab sie schließlich zu.

»Geht mir genauso«, bestätigte Patrick nachdenklich. »Die Ergebnisse der Analyse weisen auf eine massive Überbeanspruchung hin. Wahrscheinlich werden die GemAI sehr schlecht behandelt. Darauf weist auch ihr apathisches Verhalten hin. Dazu bekommen sie gerade genug zu essen.«

»Das stimmt«, meinte Jenny resigniert. »Aber wir können wohl nichts dagegen machen.«

»Hmmm«, summte Patrick bedrückt und nickte. Er dachte kurz nach, worauf sich seine Miene etwas aufhellte. »Vielleicht gibt es eine Möglichkeit zu helfen!«

Jenny sah ihn überrascht an. »An was denkst du?«

»Sanders hat sich doch damals für misshandelte GemAI eingesetzt und sogar Kontakt zur Regierung aufgenommen, um zu helfen. Sicher pflegt er diese Kontakte weiterhin. Vielleicht kann er seinen Einfluss geltend machen und eine Untersuchung der Firma einleiten!«, sagte Patrick hoffnungsvoll.

»Du meinst, ich sollte ihm unser Erlebnis schildern, damit er gegen die Firma vorgeht?«, fragte Jenny.

»Genau, ruf ihn doch gleich heute Abend an und erzähl ihm, was vorgefallen ist. Vielleicht findet er einen Weg, den GemAI in dieser Firma zu helfen!«, meinte Patrick euphorisch.

Jenny nickte begeistert. »Das ist eine gute Idee! Werde ich machen!«

»Prima! Dann können wir den GemAI in der Firma wenigstens auf diese Art und Weise beistehen«, sagte Patrick froh und drückte zärtlich Jennys Hand, die ihm ein liebevolles Lächeln schenkte. In diesem Moment erreichten sie die Wohnung des nächsten Kunden. Der Rest des Tages war angefüllt mit den üblichen Liefer- und Reparaturaufträgen. Nach deren Erledigung sandte ihnen David die Nachricht zu, dass sie dieses Wochenende keinen Bereitschaftsdienst leisten mussten, worüber Jenny froh war, denn so konnte sie die nötigen Arbeiten in der Wohnung ohne Zeitdruck verrichten.

»Wenn du willst, kann ich dir ja bei der Hausarbeit helfen«, bot Patrick auf dem Heimweg an.

»Willst du das Wochenende denn nicht bei deiner Familie verbringen?«, fragte Jenny überrascht.

Der junge Mann schüttelte den Kopf. »Ich habe dir ja schon erzählt, dass ich kein gutes Verhältnis zu meiner Familie habe. Nach den letzten Streitereien war die Situation ziemlich angespannt, weshalb ich meine Eltern am Wochenende nicht besuchen will. Stattdessen möchte ich lieber mit dir zusammen sein, wenn du damit einverstanden bist.«

Jennys Miene hellte sich auf. »Es würde mich sogar sehr freuen, das Wochenende mit dir zu verbringen!«, gestand sie erfreut.

Patrick warf ihr einen liebevollen Blick zu und drückte zärtlich ihre Hand. »Danke, dass ich bei dir bleiben darf.«

Jenny war gerührt und schenkte ihm ein verständnisvolles Lächeln.

Kurze Zeit später parkte der junge Mann das Fahrzeug in der Garage und begleitete seine Partnerin in die Wohnung. Beide zogen sich um, dann wärmte Patrick das Essen vom Vortag auf.

»Möchtest du heute mit essen? Es ist genug für uns beide übrig.«

»Gerne!«, nahm Jenny die Einladung an. Wegen ihrer Verdauungsstörungen hatte sie schon lange kein schmackhaftes Essen mehr genossen, sondern sich nur von dem geschmacklosen Gel ernährt, weshalb sie sich besonders auf diese Mahlzeit freute. Es mundete ihr sehr und erstaunlicherweise verursachte die Nahrung ihr keine Beschwerden, worüber sie sehr froh war. »Danke für das leckere Essen!«

»Freut mich, wenn es dir geschmeckt hat!«, antwortete Patrick fröhlich und streichelte Jennys Wange.

»Dann rufe ich jetzt bei Sanders an. Hoffentlich kann er helfen.«

»Das hoffe ich auch!«, meinte der junge Mann.

So ging Jenny zum Bildtelefon und baute die Verbindung zu Sanders auf, der sich wenig später meldete. »Guten Abend Carl, ich hoffe, ich störe nicht.«

»Guten Abend Jenny! Nein, du störst keineswegs. Was kann ich für dich tun?«, fragte ihr ehemaliger Vorgesetzter freundlich. Darauf schilderte ihm Jenny, was sich bei ihrem ersten Auftrag am Morgen zugetragen hatte. Sanders hörte geduldig zu, stellte vereinzelt Fragen und machte sich Notizen. »In der Firma scheint wirklich etwas nicht mit rechten Dingen zuzugehen. Erinnerst du dich noch an die genauen Daten von den Tests der GemAI?«, fragte Sanders schließlich.

»Ja, die habe ich mir gemerkt. Wenn du willst, kann ich dir heute noch eine Textnachricht mit den Werten zusenden«, bestätigte Jenny.

»Das wäre sehr hilfreich. Damit könnte ich eventuell eine Untersuchung der Firma veranlassen. Ich kann euch nichts versprechen, aber ich werde mal meine Beziehungen spielen lassen. Vielleicht kann ich den GemAI in diesem Betrieb zumindest bessere Arbeitsbedingungen verschaffen und für eine ausreichende Ernährung sorgen«, meinte Sanders.

»Das wäre wirklich von Nutzen, denn ich habe noch nie GemAI in solch schlechter Verfassung gesehen, wie heute Morgen. Danke, dass du ihnen helfen willst!«, sagte Jenny hoffnungsvoll.

»Tue ich doch gerne. Außerdem muss diesen armen Wesen ja jemand beistehen. Leider liegt den meisten Personen nicht viel an eurem Wohlergehen. Im Gegenteil! Es ist immer wieder erschreckend, wie vielen GemAI von den Menschen großes Leid zugefügt wird! Ich schätze, da ist noch viel zu tun, bis in dieser Hinsicht endlich ein Umdenken stattfindet«, gab Sanders schamvoll zu.

»Das wäre wirklich wünschenswert!«, sagte Jenny traurig.

»Nun gut, ich werde sehen, was ich tun kann«, antwortete Sanders aufmunternd. »Sende mir bitte sobald wie möglich die Messdaten zu.«

»Mach ich!«, versprach Jenny. »Dann wünsche ich dir noch einen schönen Abend!«

»Danke! Wünsche ich euch auch! Gute Nacht, Jenny.«

»Gute Nacht Carl.« Jenny beendete das Gespräch und klappte eine Tastatur aus dem Bildtelefon heraus. Dann schrieb sie Sanders die nötigen Daten auf.

Patrick stand beeindruckt hinter ihr. »Du konntest dir das alles merken!«

»Hmmm«, summte Jenny nicht ohne Stolz. »Das ist eine Eigenschaft von künstlichen Intelligenzen. Wir können uns zahlreiche Daten in kurzer Zeit einprägen.« Wenig später hatte sie alles notiert und versendete die Textnachricht.

Sanders sandte ihr darauf noch seinen Dank zu und versprach so gut wie möglich zu helfen.

Patrick umarmte Jenny von hinten. »Und was machen wir beide jetzt?«, fragte er verschmitzt.

»Was hast du denn vor?«, fragte Jenny amüsiert.

»Ich könnte dich ja noch ein wenig verwöhnen«, meinte Patrick zwinkernd.

Jenny musste schmunzeln. »Lass mich nur noch kurz zur Toilette gehen, dann darfst du mich verwöhnen.«

»Na gut«, willigte Patrick ein und ließ sie los.

Jenny erhob sich, brach dann jedoch nach wenigen Schritten zusammen und fiel zu Boden.

Patrick eilte erschrocken zu ihr, hob ihren Kopf und den Oberkörper sanft an. Jennys Funktionsanzeige flackerte kurz, dann leuchtete sie wieder permanent. Die GemAI zwinkerte mehrmals und schüttelte den Kopf. »Was ist passiert?«, fragte der junge Mann besorgt.

»Mir ist plötzlich extrem schwindelig geworden. Das ist auch eine Funktionsstörung, die hin und wieder auftritt«, erklärte Jenny leise. Sie zwinkerte erneut und schüttelte den Kopf, während ihre Funktionsanzeige kurz flackerte.

»Geht's besser?«, fragte Patrick verunsichert.

»Allmählich«, antwortete Jenny schwach, kniff die Augen zusammen und schüttelte nochmals den Kopf.

Darauf hob Patrick sie an und bettete sie auf die Couch, worauf Jenny ihm einen dankbaren Blick zuwarf. »Ruh dich aus, das wird bestimmt bald wieder«, sagte er beruhigend.

Die GemAI schloss kurz die Augen und entspannte sich. Es dauerte einige Zeit, bis der Schwindel soweit abgeklungen war, dass sie sich wieder erheben konnte. Trotzdem geleitete Patrick sie zur Sicherheit bis zur Toilette. Als sie wieder heraus kam, sah sie ihren Partner entschuldigend an. »Bist du mir böse, wenn ich mich gleich zurückziehe. Ich bin ziemlich erschöpft und müde.«

»Ist schon in Ordnung. Ruh' dich ruhig aus«, antwortete Patrick und streichelte ihr über die Wange.

»Danke für dein Verständnis«, meinte Jenny ein wenig verschämt und ging ins Bad.

»Sag bitte Bescheid, wenn du Hilfe brauchst!«, bat ihr Partner.

»Danke! Mach ich«, versprach Jenny. Kurze Zeit später lag sie auf ihrem Ladegerät und fühlte wieder den angenehmen Strom, der sie durchfloss. Es tat ihr leid, dass sie sich so früh zurückziehen musste, doch die Funktionsstörung hatte sie diesmal sehr entkräftet. Sie hoffte nur, dass Patrick deswegen nicht allzu enttäuscht war. Die lästigen Fehlfunktionen machten ihr immer mehr zu schaffen. Zum Glück hatte Patrick bisher immer Verständnis gezeigt, doch vielleicht würden ihm die Störungen eines Tages lästig werden. Daran wollte Jenny aber vorerst gar nicht denken, jetzt, wo sie sich gerade so gut verstanden! Sie musste sich eben Mühe geben und ihm eine gute Partnerin sein. So grübelte Jenny mit etwas mulmigem Gefühl und einigen Schuldgefühlen über ihre Zukunft nach, während Patrick im Wohnzimmer saß und sich Sorgen um seine Partnerin machte. Die Schwindelattacke war diesmal recht heftig gewesen! Der junge Mann hoffte, dass Jenny in der Nacht genug Erholung fand, damit es ihr am nächsten Tag wieder gut ging. Es tat ihm durchaus leid, dass Jenny immer wieder unter ihren Funktionsstörungen litt, weshalb er sich vornahm, ihr noch mehr zur Seite zu stehen, damit sie nie das Gefühl bekam, nervig oder unbequem zu sein! Er wollte sie auf jeden Fall unterstützen, egal wie schwer es war, um ihr die verbleibende Zeit so angenehm wie möglich zu machen. Sie hatte schon genug schlimme Zeiten durchlebt und blieb trotzdem ausgesprochen liebenswürdig und warmherzig. Da sollte sie doch wenigstens den Rest ihres Daseins noch genießen dürfen! Mit diesen Gedanken ging er schließlich zu Bett, versuchte aber trotzdem wachsam zu sein, falls seine Partnerin in der Nacht Hilfe benötigte.

*

In dieser Nacht fand Jenny zuerst keine Ruhe. Die Massivität und die lange Dauer der Funktionsstörung hatten sie ziemlich erschreckt! Zum Glück war es Zuhause passiert. Nicht auszudenken, wenn sie bei einem Kunden zusammengebrochen wäre! Somit war es fraglich, wie lange sie noch den Außendienst verrichten konnte. Doch vorerst wollte sie nicht darauf verzichten, denn das hätte auch eine Trennung von Patrick zur Folge! Dieser Gedanke erschien ihr im Moment jedoch unerträglich. Deshalb musste sie vorerst mit dem Risiko leben, dass ein Kunde Zeuge ihrer Funktionsstörungen wurde, was hoffentlich erst möglichst spät passierte. In diesem Moment kam ihr ein erschreckender Gedanke. Nächste Woche sollte doch die GemAI geliefert werden, welche eigentlich für Patrick vorgesehen war! Jenny war ja nur als Ersatz eingesprungen, weil die Firma nicht rechtzeitig liefern konnte. Die neue GemAI war ein Modell der vierten Generation, wesentlich leistungsfähiger, schneller, moderner, ohne Funktionsstörungen und einer Lebensspanne von etwa fünfzig Jahren! Da konnte doch Jenny überhaupt nicht mithalten, weshalb die Gefahr bestand, dass Patrick sich von ihr abwandte und das neue Modell zur Partnerin nahm. Warum sollte er auch bei ihr bleiben, wenn er eine deutlich bessere und langlebigere GemAI bekommen konnte. Gegen deren Vorzüge war Jenny chancenlos! Das wurde ihr plötzlich in aller Deutlichkeit klar. Sie würde Patrick auf jeden Fall an das neue Modell verlieren! Dieser Gedanke war für sie schlimmer, als alle Schläge und Schmerzen, die sie bisher erfahren hatte. Endlich hatte sie den Partner gefunden, den sie schon so lange gesucht hatte, doch sie war nicht in der Lage ihn weiter an sich zu binden. Somit löste sich auch die Hoffnung auf, ihre verbleibende Lebensspanne mit einem lieben Gefährten zu verbringen. Wieder fühlte sie die Einsamkeit der letzten Jahre, doch sie war stärker und unerträglicher denn je und verursachte auf einmal so starke, seelische Schmerzen, dass die GemAI daran zu zerbrechen drohte! Jenny stiegen Tränen in die Augen. Sie bedeckte ihr Gesicht mit den Händen und begann leise zu weinen, während ihre Verzweiflung immer größer wurde. War ihr denn nicht einmal mehr ein wenig Glück gegönnt, in der kurzen Zeit, die ihr noch blieb? Sollte sie einsam und verlassen ihre Demontage abwarten? Dieser furchtbare Gedanke war für sie nicht zu ertragen! Sie sah sich mit tränenverschleiertem Blick um und fühlte sich auf einmal so unsagbar einsam wie nie zuvor. Die Stille und die Dunkelheit verstärkten das Gefühl noch, verursachten nie gekannte Schmerzen und eine tiefe Verzweiflung! Schließlich hielt sie es nicht mehr aus, sprang von ihrem Ladegerät, eilte weinend hinaus und klopfte etwas heftiger als gewollt an Patricks Tür.

Der junge Mann war sofort wach. »Komm rein!«, forderte er seine Partnerin auf.

Jenny öffnete die Tür und trat schluchzend ein. »Ich ... ich«, stotterte sie, eilte dann auf Patricks Bett zu, warf sich darauf und umarmte weinend den überraschten Mann. Er nahm sie erst einmal in seine Arme und streichelte sie sanft, während sie von einem heftigen Weinkrampf geschüttelt wurde.

»Ich ... will dich ... nicht verlieren. Bitte ... bleib bei mir!«, presste sie unter Tränen hervor. »Ich ... kann nicht mehr ... alleine sein! Bitte, bitte ... geh nicht weg!«, flehte sie inständig und weinte heftig weiter.

Patrick war für einen Moment von ihrem Gefühlsausbruch und der damit verbundenen Trauer überwältigt. Er drückte Jenny liebevoll an sich und streichelte sie sanft, während sie in seinen Armen weinte. »Keine Sorge, ich werde nicht weggehen. Ich bleibe auf jeden Fall bei dir!«, versicherte er tröstend. Es dauerte lange, bis sich die GemAI beruhigte, während die ganze Anspannung, Einsamkeit und Trauer der letzten Jahre aus ihr herausflossen. Als sie sich wieder halbwegs unter Kontrolle hatte, fragte Patrick behutsam: »Was ist denn los? Warum hast du Angst, dass ich fortgehe?«

»Ich habe mich daran erinnert, dass nächste Woche die GemAI, welche für dich vorgesehen war, geliefert wird. Ein Modell der vierten Generation, viel leistungsfähiger und langlebiger als ich, ohne Funktionsstörungen! Da bekam ich Angst, dass du zukünftig lieber mit ihr zusammen sein willst«, erklärte Jenny schniefend.

»Nein, das will ich ganz bestimmt nicht! Egal, welche Vorzüge sie besitzt: Ich möchte mit dir zusammen sein!«, versicherte Patrick eindringlich und wurde verlegen. »Ehrlich gesagt habe ich mich schon damals in dich verliebt, als wir uns das erste Mal sahen«, gab er zu Jennys Überraschung zu. »Seit dem sind meine Gefühle für dich immer stärker geworden, weshalb ich auf jeden Fall bei dir bleiben will! Ich habe mich noch nie bei jemandem so wohl gefühlt, wie bei dir. Du bist so lieb, humorvoll, gütig, verständnisvoll und warmherzig, dass es ausgesprochen schwerfällt, dich nicht zu lieben!«

Jenny sah ihn zuerst mit großen Augen an, die sich schließlich vor Rührung mit Tränen füllten. »Danke! So etwas Liebes hat noch nie jemand zu mir gesagt!« Anschließend umarmte sie ihn kräftig und legte ihren Kopf auf seine Schulter.

Auch Patrick drückte sie sanft an sich und streichelte sie wieder. »Dann wurde es Zeit, dass es einmal ausgesprochen wurde!«

So lagen beide eng umschlungen beisammen und genossen die gegenseitige Nähe.

»Darf ich heute Nacht bei dir liegen?«, fragte Jenny verlegen.

Patrick nickte. »Gerne!«, versicherte er und hob die Bettdecke an, unter die Jenny rasch schlüpfte und sich mit dankbarem Blick an ihn schmiegte.

Patrick schenkte ihr ein liebevolles Lächeln und streichelte zärtlich ihr Gesicht, während er sie in den Arm nahm. »Hab keine Angst. Wenn mich Dobson nächste Woche fragt, werde ich ihm sagen, dass ich mit dir zusammen bleiben will.«

Jenny bedankte sich gerührt und drückte ihm einen unbeholfenen Kuss auf die Wange, worauf sie kurz rot wurde. Die Erleichterung war ihr deutlich anzusehen, dass Patrick sich für sie entschieden hatte und bei ihr bleiben wollte. Dafür war sie unendlich dankbar und glücklich, weshalb sie den jungen Mann nochmals umarmte und ihm mit feuchten Augen einen verliebten Blick zuwarf. Er streichelte sie weiter und liebkoste sie, bis die GemAI kurze Zeit später mit einem fröhlichen Lächeln in den Erholungsmodus überging.

Jennys Nähe tat Patrick gut und er freute sich, dass sie in dieser Nacht neben ihm lag. So konnte er ihr wenigstens die Zuneigung und Geborgenheit geben, die sie gerade so sehr brauchte. Ihre große Trauer hatte klar gezeigt, dass sie sich in der Vergangenheit wesentlich einsamer fühlte, als sie zugab, doch es lag in der Natur der GemAI ihr eigenes Wohl in den Hintergrund zu stellen, um ihre Mitmenschen nicht zu bedrängen. Gerade deshalb war es wichtig, dass Patrick ihr zeigte, wie wichtig sie für ihn war! Also nahm er sich vor ihr so viel Beachtung und Liebe wie möglich zu schenken, damit sie sich nie mehr alleine und verlassen fühlte. Er hatte die zierliche GemAI sehr lieb gewonnen und es fühlte sich sehr angenehm an, dass sie in dieser Nacht erstmals bei ihm lag. Es erschien dem jungen Mann seltsam, dass er ausgerechnet unter diesen künstlichen Intelligenzen die passende Partnerin fand, doch ihr äußerst liebevolles, bescheidenes und einfühlsames Wesen war eine Eigenschaft, die er bisher unter den Menschen noch nicht gefunden hatte. Schließlich spielte es jedoch keine Rolle, ob Jenny ein Mensch oder eine GemAI war. Er fühlte sich bei ihr wohl und liebte sie. Jenny schien die gleichen Gefühle für ihn zu empfinden und nur das zählte! Alles weitere würde sich zeigen, doch vorerst genoss Patrick einfach die Situation, schmiegte sich an seine hübsche Partnerin und schlief mit einem seligen Lächeln ein.

Geiselnahme und Familie

Jenny erhob sich am frühen Morgen so vorsichtig wie möglich. Patrick bemerkte es trotzdem und schlug die Augen auf.

»Tut mir leid, ich wollte dich nicht aufwecken«, sagte Jenny leise.

»Ist schon in Ordnung. Wie geht es dir?«, fragte Patrick besorgt und streichelte ihre Hand.

»Danke, mir geht es gut«, antwortete die GemAI und senkte verlegen den Blick. »Ich wollte dich heute Nacht nicht erschrecken.«

»Keine Sorge, das hast du nicht. Es tat mir nur leid, dass du auf einmal so traurig und verzweifelt warst. Hab keine Angst, ich bleibe auf jeden Fall bei dir!«, versprach Patrick mit einem aufmunternden Lächeln.

»Danke, dass du immer so lieb und verständnisvoll bist«, antwortete Jenny gerührt. »Und danke, dass ich heute Nacht neben dir schlafen durfte. Das war sehr angenehm!«

»Das war es auch für mich. Es hat sich sehr gut angefühlt, als du bei mir lagst«, versicherte der junge Mann und streichelte ihre Hand, worauf Jenny nochmals kurz verlegen den Blick senkte.

»Ich möchte duschen. Bleib ruhig noch etwas liegen. Heute ist Samstag, da kannst du länger im Bett bleiben«, meinte die GemAI und drückte zärtlich seine Hand.

Patrick nickte, während seine Partnerin zur Tür lief. Bevor sie jedoch hinaus ging, warf sie ihm noch einen liebevollen Blick zu, den der junge Mann mit einem warmherzigen Lächeln quittierte. Dann legte er sich nieder und genoss Jennys angenehmen Geruch, der noch an dem Kissen haftete, während er das Wasser im Badezimmer rauschen hörte. Etwas später erhob er sich dann ebenfalls und frühstückte mit seiner Partnerin.

»Die Blätter für meinen Tee sind nahezu aufgebraucht. Ich muss heute in die Stadt und neue kaufen«, sagte Jenny, während sie zusammen saßen.

»Darf ich dich begleiten?«, fragte Patrick.

»Gerne!«, antwortete Jenny mit strahlendem Lächeln.

»Sollen wir mit dem Auto in die Stadt fahren?«, wollte der junge Mann wissen.

»Wir nehmen besser die Schnellbahn. Nicht weit von hier ist eine Haltestelle. Am Wochenende ist es schwierig mit dem großen Fahrzeug einen Parkplatz in der Stadt zu bekommen«, riet Jenny.

Patrick hatte nichts dagegen. So fuhren sie nach dem Frühstück gemeinsam mit dem öffentlichen Verkehrsmittel. Nach kurzer Fahrt erreichten sie ihr Ziel, wo Jenny ihren Partner zuerst ein wenig herumführte, weil er zuvor noch nie in dieser Stadt war. Dann führte sie ihn zu dem kleinen Laden, in dem sie ihren Tee einkaufte. Der angenehm würzige Geruch verschiedener Teesorten umhüllte sie, als sie das Geschäft betraten. Beide empfanden den Duft als sehr angenehm, während sie sich umsahen. Es befanden sich vier weitere Personen in dem Laden, die auch neugierig herumschauten. In diesem Moment betrat eine große, männliche GemAI das Geschäft, während eine Kundin auf den Ausgang zustrebte. Als sie hinaus gehen wollte, versperrte ihr die GemAI den Weg.

»Halt, bleib da! Du gehörst doch jetzt zu meiner Familie!«, sagte die männliche GemAI.

Die Frau vor dem Ausgang stutzte. »Ich gehöre doch nicht zu deiner Familie«, sagte sie freundlich.

»Doch, du gehörst jetzt zur Familie. Bleib da!«, antwortete die GemAI.

»Nein, das tue ich nicht! Geh mir bitte aus dem Weg«, sagte die Frau etwas energischer.

»Du darfst nicht gehen. Du must bei mir bleiben!«, sagte die GemAI darauf eindringlich.

»Das geht nicht, ich muss zurück nach Hause. Gib bitte den Weg frei!«, sagte die Frau leicht verärgert.

»Du bleibst hier! Du gehörst zur Familie!«, antwortete die GemAI, machte einen Schritt auf die Frau zu und baute sich vor ihr auf.

»Was soll das? Lass mich gehen!«, knurrte die Frau gereizt.

»Du sollst dableiben!«, rief die GemAI lautstark und machte einen weiteren Schritt auf die Frau zu, die erschrocken zurückwich.

Den anderen Kunden und dem Geschäftsführer war der Streit natürlich nicht entgangen, weshalb nun alle unsicher die Szene beobachteten.

»Tun sie besser, was er sagt. Er ist ein Modell der ersten Generation und viel stärker als sie!«, riet Jenny der Frau. Die sah sie kurz an und wich schließlich eingeschüchtert weiter zurück.

»Hör besser auf sie, denn sie weiß, wie man sich benimmt!«, sagte die männliche GemAI zu der Frau, die ihm daraufhin einen wütenden Blick zuwarf.

»Der ist nur ein wenig verwirrt. Ich werde mit ihm reden«, flüsterte Jenny ihrem Partner zu.

Sei bitte vorsichtig!«, gab Patrick leise zurück, worauf ihm Jenny ein aufmunterndes Lächeln zuwarf und beruhigend seine Hand drückte.

»Ist schon in Ordnung, beruhige dich, wir bleiben ja da«, sagte Jenny zu der männlichen GemAI, während sie einige Schritte auf sie zuging, dann mit dem nötigen Sicherheitsabstand stehen blieb. »Ich glaube, du verwechselst uns. Wir kennen dich nicht.«

Die männliche GemAI wandte sich Jenny zu. »Aber ihr seid doch meine Familie!«

Jenny schüttelte mit sanftem Lächeln den Kopf. »Nein, das ist sicher eine Verwechslung.«

»Ich täusche mich nie! Ich kenne meine Familie!«, versicherte die männliche GemAI.

»Dann kennst du sicher meinen Namen«, sagte Jenny freundlich.

»Natürlich kenne ich deinen Namen!«, antwortete die männliche GemAI.

»Dann sag ihn mir«, forderte ihn Jenny auf.

»Du heißt...«, setzte die männliche GemAI an, verstummte und sah Jenny verunsichert an.

»Siehst du, du kennst ihn nicht«, sagte Jenny nach einer Weile.

»Du ... du ... ärgerst mich, hör auf damit!«, rief die männliche GemAI und machte drohend einen Schritt auf Jenny zu, die sofort zurückwich.

Dem Geschäftsführer wurde die Situation zu heikel und er aktivierte den stummen Alarm.

»Ist schon gut, beruhige dich!«, sagte Jenny erschrocken und machte eine beschwichtigende Geste. »Du musst meinen Namen nicht wissen.«

»Ich ... habe ihn nur ... kurz vergessen«, sagte die männliche GemAI.

»Das macht nichts. Es ist nicht wichtig«, sagte Jenny und dachte fieberhaft nach, wie sie die verwirrte GemAI zur Vernunft bringen konnte. »Wer ist denn dein Partner?«, fragte sie schließlich.

»Rita«, antwortete die männliche GemAI. »Aber Rita ist nicht hier.«

»Weißt du, wo sie ist?«, fragte Jenny vorsichtig, worauf ihr Gegenüber nur den Kopf schüttelte. »Weißt du, wo sie wohnt?«, wollte Jenny wissen.

»Da muss ich erst nachdenken«, antwortete die männliche GemAI zögernd.

»Lass dir Zeit«, antwortete Jenny und registrierte erleichtert, dass zwei Gleiter der Polizei vor dem Laden aufsetzten.

Im gleichen Moment betrat eine Frau eilig den Laden. »Da bist du ja Peter! Ich habe dich schon überall gesucht!«, rief sie erleichtert.

Die männliche GemAI wandte sich um. »Rita!«, rief sie erleichtert. »Schau mal, unsere ganze Familie ist hier!«

In diesem Moment stürmten mehrere Polizisten mit gezogenen Waffen in den Laden. Als sie jedoch keinen Verbrecher sahen, rief einer von ihnen laut: »Was ist hier los?«

»Diese GemAI bedroht meine Kunden und hindert sie am Verlassen des Ladens«, antwortete der Geschäftsführer verärgert und deutete auf Peter.

Die Polizisten fuhren herum und richteten ihre Waffen auf die GemAI.

»Bitte tun sie ihm nichts! Er tut niemandem etwas zuleide, ist nur manchmal etwas verwirrt!«, rief die Frau erschrocken und wandte sich dann Peter zu. »Nicht wahr Peter, du hast doch niemandem wehgetan?«

»Aber nein, ich tue doch niemand aus meiner Familie weh!«, versicherte Peter.

»Das ist doch nicht deine Familie. Erinnerst du dich? Ich bin deine Familie!«, sagte Rita und machte einen Schritt auf Peter zu.

»Bleiben sie zurück!«, rief einer der Polizisten.

»Keine Angst, er wird mir nichts tun«, sagte Rita beruhigend zu ihm.

»Ist dieser Mann böse zu dir?«, fragte Peter leicht verärgert.

»Nein, ist er nicht! Mach dir keine Sorgen, es ist alles in Ordnung!«, versicherte Rita.

»Würden sie ihn bitte endlich festnehmen! Wie lange soll ich noch warten? Ich habe nicht den ganzen Tag Zeit!«, rief die Frau verärgert, die zuvor von Peter am Verlassen des Ladens gehindert wurde.

»Ja, genau, wie lange soll das hier noch gehen?«, fragte ein weiterer Kunde wütend.

Die Polizisten wechselten einen unsicheren Blick. Dann wandten sie sich wieder Peter zu. »Jetzt ist's genug. Dreh dich um und leg die Hände auf den Rücken!«

Peter regte sich nicht und sah die Polizisten nur verwundert an.

»Wird's bald! Umdrehen und die Hände auf den Rücken!«, rief der gleiche Polizist energisch.

»Bitte Peter, tu, was sie dir sagen!«, bat Rita inständig.

»Warum, ich habe doch nichts getan?«, fragte Peter.

»Ich sag's zum letzten Mal! Umdrehen und Hände auf den Rücken legen!«, rief der Polizist wütend.

»Bitte Peter!«, rief Rita flehend, doch die GemAI bewegte sich nicht und sah sie nur verwirrt an.

Der Polizist machte mit der Waffe im Anschlag drohend einen Schritt auf Peter zu. »Hörst du schlecht?«, brüllte er Peter an.

»Sie brauchen nicht zu schreien, ich höre sogar sehr gut«, antwortete Peter freundlich.

»Jetzt reicht's mir aber!«, rief der Polizist, lief auf Peter zu und versuchte ihn mit der Waffe niederzuschlagen, doch die GemAI wich dem Schlag geschickt aus.

»He, lass das!«, rief Peter und schubste den Polizisten so heftig zur Seite, dass dieser gegen eine Vitrine geschleudert wurde.

Im gleichen Moment eröffneten die anderen Polizisten das Feuer, worauf sich die Kunden im Laden erschrocken duckten. Die Schüsse aus den Blastern trafen die GemAI, die wie vom Blitz gefällt zusammenbrach.

Rita schrie entsetzt auf, rannte zu Peter, ging auf die Knie, hob seinen Kopf und Oberkörper an und rief verzweifelt seinen Namen, aber Peter reagierte nicht mehr. Seine Funktionsanzeige war erloschen. Die Frau brach über der funktionslosen GemAI zusammen, weinte und schrie gleichzeitig und drückte den leblosen Körper an sich, während einer der Polizisten über sein Funkgerät Meldung machte, einen Krankenwagen und ein Serviceteam für die GemAI anforderte. Rita weinte heftig weiter. »Warum!«, rief sie immer wieder entsetzt.

Die Kunden im Laden erhoben sich langsam aus ihrer geduckten Haltung, derweil die Polizisten ihre Waffen einsteckten. Erschrockene und entsetzte Blicke wurden gewechselt, wobei nur das Schluchzen von Rita zu hören war. Auch Patrick und Jenny waren schockiert über das, was sich gerade vor ihren Augen abgespielt hatte. Niemand sagte ein Wort, weshalb in dem Laden eine gespenstische Atmosphäre herrschte, die erst durch das Eintreffen der Sanitäter beendet wurde. Während sich das Team aus dem Krankenwagen um Rita kümmerte, nahmen die Polizisten die Personalien und Aussagen des Geschäftsführers und der Kunden auf, soweit sie dazu in der Lage waren. Danach leerte sich der Laden rasch, denn die Situation war für die meisten Personen kaum zu ertragen. Rita wurde nach Verabreichung eines starken Beruhigungsmittels auf einer Bahre hinausgetragen und im Krankenwagen weggefahren, während Peters funktionsloser Körper in eine Metallkiste gelegt und abtransportiert wurde. Patrick und Jenny nahmen all dies wie durch einen Schleier wahr, bis die GemAI auf dem Weg zum Bahnhof schließlich in Tränen ausbrach. Patrick zog sie in eine Nische zwischen zwei Gebäuden, wo sie vor den Blicken der umgebenden Menschen geschützt waren. Dort nahm er sie in den Arm und streichelte sie sanft, bis sie sich beruhigte.

»Warum mussten sie Peter erschießen? Er war doch nur etwas verwirrt«, sagte Jenny unter Tränen.

»Ich weiß auch nicht, warum sie so brutal vorgegangen sind. Das war doch total übertrieben!«, gab Patrick traurig zu.

»Die arme Rita war total verzweifelt. Sie tut mir so leid...«, Jennys Stimme brach und sie begann wieder leise zu weinen.

»Geht mir genauso!«, sagte Patrick mit rauer Stimme und drückte seine schluchzende Partnerin an sich. Es dauerte einige Zeit, bis sich beide wieder gefangen hatten und den Heimweg antraten, wobei der junge Mann seine Partnerin meist im Arm hielt, um ihr den nötigen Halt zu geben. Erst in der Sicherheit ihrer Wohnung kam Jenny wieder zur Ruhe. Die Hausarbeit war ihr in diesem Fall eine willkommene Ablenkung von dem schlimmen Ereignis im Teeladen. So putzten sie gemeinsam die Wohnung und wuschen ihre Kleidung, was für Patrick eine völlig neue Erfahrung war. Trotzdem half er mit, so gut er konnte, und ließ sich von Jenny geduldig instruieren. Manchmal alberte er herum, um seine Partnerin aufzuheitern, die ihm dafür durchaus dankbar war, obwohl sich die Arbeit dadurch in die Länge zog. Schließlich war ihr Tagwerk am späten Nachmittag vollbracht, so dass beide etwas erschöpft am Tisch saßen und eine wohlschmeckende Tasse Tee genossen.

»Ich hoffe, dass ich dir wenigstens eine Hilfe war, und nicht nur alles durcheinander gebracht habe«, meinte Patrick halbernst.

»Du warst mir durchaus eine Hilfe, obwohl du mich ein paarmal geärgert hast«, versicherte Jenny schmunzelnd.

»Das liegt nur daran, weil du besonders süß aussiehst, wenn du dich ärgerst«, antwortete Patrick zwinkernd.

»Gar nicht wahr!«, brummte die GemAI in gespieltem Ärger.

»Dooooch!«, konterte der junge Mann langgezogen.

Jenny stemmte scheinbar empört die Arme in die Seiten, begann dann aber amüsiert zu lächeln. »Frecher Mensch!« Darauf senkte sie nachdenklich den Blick.

»Was ist los? Dich beschäftigt doch irgendetwas«, fragte Patrick vorsichtig. »Ist es wegen heute Morgen?« Er nahm ihre Hand und streichelte sie sanft.

Jenny schüttelte den Kopf und sah ihn unsicher an. »Ich möchte dich gerne etwas fragen, weiß aber nicht, ob ich dich damit verärgere oder dir sogar wehtue.«

»So schlimm wird es schon nicht sein. Außerdem bin ich nicht so empfindlich. Also frag mich ruhig. Ich verspreche dir auch nicht zu schimpfen«, sagte er zwinkernd, worauf ein kurzes Lächeln über Jennys Gesicht huschte.

Sie warf ihm einen unsicheren Blick zu und zögerte kurz, weil sie nach den richtigen Worten suchte. »Du hast gesagt, dass du deine Eltern im Moment lieber nicht sehen willst, weil ihr einen größeren Streit hattet. Das kann ich durchaus nachvollziehen, jedoch sehe ich auch, dass dir diese Situation unangenehm ist, dich sogar belastet. Deshalb habe ich mich gefragt, ob es sinnvoll wäre, wenn du dich mit deinen Eltern bald wieder versöhnst. Ich weiß, es geht mich nichts an, aber ich möchte nicht, dass du darunter leidest. Deswegen helfe ich dir auch gerne, wenn du dich alleine nicht traust, oder es dir zu schwer fällt.« Darauf warf sie ihm einen ängstlichen Blick zu und zog unbewusst den Kopf etwas ein.

Patrick war gerührt von ihrer Empathie und Hilfsbereitschaft, weshalb er erneut Jennys Hand zärtlich streichelte und ihr einen liebevollen Blick zuwarf, worauf sich die GemAI entspannte und wieder aufrichtete. »Danke, das ist sehr lieb von dir!«, sagte er leise, während er verlegen den Blick senkte. »Ich ... habe ... damals in meiner Wut ... einige recht unschöne Dinge zu meinen Eltern gesagt ... und habe sie mit Sicherheit verletzt. Dafür schäme ich mich heute! Ich weiß nicht, ob sie mir das jemals verzeihen werden, deshalb traue ich mich im Moment nicht, sie zu sehen.« Er warf Jenny einen traurigen Blick zu, die sich daraufhin erhob, um den Tisch herum lief, einen Arm um ihn legte, und mit der anderen Hand seinen Kopf streichelte.

»Ich verstehe, dass dir das sehr unangenehm ist, doch es sind immer noch deine Eltern und sie lieben dich sicher weiterhin und vermissen dich sogar!«, sagte Jenny sanft, während sie ihn liebkoste.

»Meinst du wirklich?«, fragte der junge Mann mit rauer Stimme und feuchten Augen.

»Bestimmt!«, versicherte die GemAI mit einem liebevollen Lächeln, setzte sich auf seinen Schoß und gab ihm einen Kuss.

Patrick umarmte sie mit einem dankbaren Blick. »Wahrscheinlich hast du recht, doch zur Zeit fehlt mir noch die Kraft dazu, ihnen wieder unter die Augen zu treten.«

»Dann nimm dir einfach die nötige Zeit, aber warte nicht zu lange damit. Wie gesagt, helfe ich dir gerne dabei. Ich begleite dich auch zu ihnen, wenn dir das hilft.« Darauf streichelte sie ihm sanft über die Wange.

Der junge Mann drückte sie gerührt an sich. »Danke, das ist sehr lieb von dir.«

Jenny legte ihre Wange an seine, während sie ihn ebenfalls umarmte. »Keine Sorge, ich bin für dich da!«, flüsterte sie liebevoll.

So saßen beide längere Zeit eng umschlungen beisammen und genossen die gegenseitige Nähe, bis Patrick Hunger bekam und Jenny scherzhaft in die Nase biss.

»Aua!«, rief sie übertrieben. »Wenn du so hungrig bist, ist es wohl besser, wir kochen etwas zusammen, bevor du mich noch ganz aufisst!«

»Gute Idee!«, antwortete Patrick schmunzeln, worauf die GemAI ihm zärtlich über die Nase strich und sich dann erhob. Jenny half ihm auch diesmal bei der Zubereitung eines leckeren Essens, das sie mit ihm zusammen verspeiste und erneut gut vertrug.

Es folgte ein fröhlicher, zärtlicher Abend, bis Jennys Akku wieder einer Aufladung bedurfte. Bevor sie sich zurückzog, sah sie Patrick verlegen an. »Darf ich heute Nacht wieder bei dir liegen, wenn ich mich aufgeladen habe?«

»Gerne!«, versicherte der junge Mann und gab ihr einen Kuss. »Du brauchst nicht anzuklopfen. Komm einfach herein und leg dich neben mich.«

»Gut, mach ich«, bestätigte Jenny dankbar und gab ihm ebenfalls einen Kuss. Dann warf sie ihm noch einen liebevollen Blick zu und ging hinaus.

Patrick war erneut gerührt davon, wie gütig und einfühlsam die GemAI war und wunderte sich, dass derlei Eigenschaften, die für Jenny so selbstverständlich erschienen, bei kaum einem Menschen zu finden waren. Deshalb fühlte sich diese Beziehung auch besser denn je an und bestätigte seinen Wunsch, solange wie möglich bei seiner Partnerin zu bleiben. Heute hatte sie ihm den Mut gegeben, sich endlich seiner Vergangenheit zu stellen und in nicht allzu ferner Zukunft wieder mit seinen Eltern zu versöhnen. Das nahm er sich auf jeden Fall vor. Zwar war es fraglich, wie seine Eltern auf seine Verbindung mit der GemAI reagieren würden, doch das war ihm egal. Schließlich wollte er mit ihr zusammenleben und nur das zählte! Mit diesen Gedanken ging er fröhlich zu Bett und freute sich schon darauf, auch in dieser Nacht neben Jenny zu liegen. Wie abgesprochen betrat sie etwa drei Stunden später leise sein Zimmer und schlüpfte vorsichtig unter die Decke neben

Patrick, der sie freudig in den Arm nahm. Wieder genossen beide
die gegenseitige Nähe und tauschten Zärtlichkeiten aus, bis sie
schließlich sanft und selig ins Land der Träume glitten.

Stadtbummel

Am nächsten Morgen ging Jenny wieder recht früh in den aktiven Modus über. Da heute Sonntag war, blieb sie jedoch liegen und kuschelte sich an ihren schlafenden Partner, bis der erwachte. Patrick war erstaunt und gleichzeitig erfreut, dass sie noch neben ihm lag.

»Guten Morgen, Langschläfer«, begrüßte ihn die GemAI scherzhaft.

»Guten Morgen«, antwortete der junge Mann noch etwas verschlafen und streichelte ihre Wange. »Hast du gut geschlafen?«

»Hmmm«, summte Jenny genüsslich und gab ihm einen Kuss.

Patrick nahm sie in den Arm und drückte sie an sich. »Danke, dass du noch bei mir geblieben bist.«

Jenny schenkte ihm ein liebevolles Lächeln. »Es hat einfach so gutgetan, neben dir zu liegen und dich zu spüren.«

»Sooo«, meinte Patrick schmunzelnd, drehte sich auf den Rücken und zog sie mit sich, wodurch sie auf ihm zu liegen kam.

Jenny kicherte vergnügt, umarmte ihn und legte ihren Kopf auf seine Schulter, während er sie sanft streichelte.

»Fühlt sich das gut an?«, fragte er leise.

»So gut, dass ich am liebsten die ganze Zeit so liegen bleiben möchte, wenn ich dir nicht zu schwer bin«, antwortete die GemAI verzückt mit geschlossenen Augen.

»Das geht schon«, meinte Patrick schmunzelnd und verwöhnte seine Partnerin weiter, die jede seiner zärtlichen Berührungen genoss.

Als er kurz innehielt, brummelte sie: »Nicht aufhören. Das tut gerade so gut!«

Patrick lachte leise auf und streichelte sie weiter, bis sich allmählich der Hunger meldete. »Willst du den ganzen Tag so liegen bleiben?«, fragte er amüsiert.

»Hmmm«, summte sie nur bestätigend und räkelte sich auf ihm.

»Das könnte dir so passen!«, meinte er lächelnd und zwickte sie zärtlich in die Nase, worauf sie protestierend brummte.

»Nur noch ein paar Minuten«, bat sie scheinbar verschlafen.

»Na gut!«, antwortete Patrick schmunzelnd und streichelte sie weiter.

Kurze Zeit später hob Jenny den Kopf und warf ihm einen warmherzigen Blick zu. »Danke, das war sehr schön!« Dann gab sie ihm einen Kuss.

»Freut mich, wenn es dir gefallen hat, kleine Genießerin«, sagte Patrick zwinkernd, worauf Jenny kurz verlegen wurde. Anschließend drehte er sich auf die Seite und legte die GemAI wieder sanft auf die Matratze.

Sie streckte sich genüsslich, dann setzte sie sich auf die Bettkante.

»Gehst du jetzt duschen?«, fragte der junge Mann, worauf Jenny nickte. »Soll ich dir helfen?« Dabei grinste er breit.

Die GemAI warf ihm einen amüsierten Blick zu. »Ich glaube, das schaffe ich alleine.«

»Ooooch«, brummte Patrick scheinbar enttäuscht, worauf Jenny ihm einen strafenden Blick zuwarf.

»Frecher Mensch!«, sagte sie vergnügt und verstrubbelte ihm die Haare, bevor sie sich schmunzelnd erhob und hinausging.

Patrick sah ihr lächelnd hinterher und kuschelte sich nochmals in die Kissen, bis er sich nach einiger Zeit erhob und mit seiner Partnerin frühstückte.

»Was möchtest du denn heute machen?«, fragte Jenny, während sie am Tisch saßen.

Patrick überlegte kurz und sah dann aus dem Fenster. »Heute ist so schönes Wetter. Hättest du Lust in die Stadt zu fahren?«

»Aber alle Läden sind doch heute geschlossen«, antwortete Jenny verwundert.

»Wir können ja einfach nur an den Schaufenstern entlang bummeln und schauen, was die Geschäfte so anbieten. Ist manchmal ganz interessant«, sagte Patrick und begann zu schmunzeln. »Dann setzen wir uns ins Straßenkaffee und essen so lange Kuchen, bis uns schlecht wird«, ergänzte er scherzhaft.

Jenny musste bei der Vorstellung kichern. »In Ordnung. Wenn dir das gefällt, können wir das gerne machen.«

»Prima! Sollen wir gleich nach dem Frühstück aufbrechen?«, wollte der junge Mann wissen.

Jenny hatte nichts dagegen, so zogen sich beide nach dem Essen um. Patrick trug eine Jeans, einen schlabberigen Pullover und Turnschuhe, während Jenny ihr dunkelblaues Kleid und Lackschuhe mit niederem Absatz angezogen hatte.

»Gefällt dir dieses Kleid?«, fragte Patrick seine Partnerin, denn er fand, dass es sie nicht besonders kleidete.

Jenny schüttelte den Kopf. »Eigentlich nicht, aber ich habe nichts anderes. Das ist die Standard-Kleidung für die Frauen bei GemAI-Care, die in den Büros arbeiten. Ansonsten habe ich nur noch den Overall für den Außeneinsatz und die armlosen Kleider, die ich Zuhause immer trage. Andere Kleidung habe ich bisher nicht benötigt.«

»Ach so!«, meinte Patrick erstaunt.

»Stört es dich, wenn ich dieses Kleid heute trage?«, fragte Jenny unsicher.

»Nein!«, versicherte Patrick nachdrücklich. »Ich finde nur, dass es dir nicht gut steht.«

»Da hast du recht, aber das macht mir nichts aus. Kleidung ist für uns GemAI einfach nur praktisch. Unser Aussehen war niemals wichtig.«

Diese extreme Bescheidenheit erschreckte den jungen Mann. »Aber Jenny, du bist so hübsch, da sollte doch die Kleidung deine Attraktivität unterstreichen!«, meinte er ein wenig verwirrt.

»Nein, ich bin doch nicht hübsch. Weil ich so klein bin, hat Cole immer nur ‚hässlicher Zwerg‘ zu mir gesagt.« Dabei senkte sie traurig den Blick.

»WAS!«, rief Patrick verärgert, worauf Jenny erschrak und unbewusst einen Schritt nach hinten machte. Dann nahm der junge Mann ihre Hände in seine und sah sie mitleidig an. »Bitte

Jenny, das darfst du nicht glauben! Du bist sogar ausgesprochen hübsch!«

»Wirklich?«, fragte die GemAI ungläubig.

»Ganz bestimmt! Du bist sogar die hübscheste Frau, die ich je gesehen habe!«, versicherte Patrick mit Nachdruck.

Jenny sah ihn unsicher an, doch sein Blick ließ keinen Zweifel daran, dass er es ernst meinte. »Danke ... das ist ... sehr nett von dir«, sagte sie leise, während sie verschämt den Blick senkte und schluckte, wobei ihre Augen feucht wurden.

»Dann werden wir in der Stadt gleich einmal nach einem hübschen Kleid für dich Ausschau halten«, meinte Patrick mit liebevollem Lächeln.

Jenny war zu gerührt, um zu antworten, und nickte nur. Schließlich brachte sie ein scheues Lächeln zustande.

Patrick ließ ihr Zeit, um sich wieder zu fangen. Dann ging er zusammen mit ihr hinaus und schlenderte mit Jenny im Arm zur Haltestelle der Schnellbahn. Kurze Zeit später stiegen sie in der Stadtmitte aus. Für die GemAI war es der erste Schaufenster-bummel, und sie war beeindruckt, was es da alles zu sehen gab! Manchmal drückte sie sich fast die Nase platt, während sie begeistert die ausgestellten Waren betrachtete, was Patrick zum Schmunzeln brachte. Geduldig ließ er sie gewähren und freute sich, dass Jenny ihren Spaß dabei hatte, alles genau anzusehen. Manchmal erinnerte sie ihn dabei an die kleinen Kinder, die auch immer mit großen Augen den Inhalt der Schaufenster bewunderten. Bei einem Geschäft für Kleidung blieb sie besonders lange stehen und bewunderte ein buntes Sommerkleid.

»Gefällt dir das?«, fragte Patrick, während er sie im Arm hielt.

»Hmmm!«, summte Jenny begeistert mit strahlenden Augen. Es fiel ihr schwer, sich von dem schönen Anblick loszureißen, doch dann folgte sie Patrick in den Stadtpark, wo ein kleines Kaffeehaus mit Terrasse zum Verweilen einlud. Der junge Mann lud Jenny zu einer Süßspeise ein, die sie im Schatten der Bäume genossen.

Später kamen sie an einen kleinen See, wo sie die Wasservögel längere Zeit beobachteten, bis sich der Hunger meldete. In einem Restaurant am Rand des Parks fanden sie einen Tisch mit schöner Aussicht auf das bepflanzte Gelände, wo sie ihr Mittagessen einnahmen, das Jenny auch diesmal gut vertrug. So verbrachten beide einen fröhlichen Tag in der Stadt, die sie erst am späten Nachmittag verließen, um wieder nach Hause zu fahren. Jenny war von den vielen Eindrücken immer noch verzückt und bedankte sich bei Patrick für die schönen Erlebnisse. Beim Abendessen bevorzugte sie dann doch lieber das übliche Gel, um am nächsten Tag keine Beschwerden zu riskieren. Es folgte ein ruhiger, zärtlicher Abend, bis Jenny schließlich ihren Akku wieder aufladen musste und sich zurückzog.

Patrick freute sich, dass seine Partnerin so viel Vergnügen an dem gemeinsamen Stadtbummel hatte. Die angenehme Zeit mit Jenny war auch für den jungen Mann eine Wohltat. Noch nie im Leben hatte er sich so gut gefühlt und war so glücklich gewesen, wie an diesem Tag! Irgendwie konnte er sein Glück noch gar nicht fassen und hätte am liebsten die Nacht durchgefeiert, weshalb es ihm schwerfiel, rechtzeitig zu Bett zu gehen, denn am nächsten Morgen musste er wieder früh zur Arbeit. Doch die Aussicht, dass Jenny sich später wieder zu ihm legen würde, machte ihm die Entscheidung leichter und so lag er bald schon ungeduldig in seinem Zimmer und freute sich auf seine Partnerin.

Jenny hatte den Tag wie einen schönen Traum erlebt! Das war mit Sicherheit der schönste Tag ihres Lebens gewesen und sie wollte ihn am liebsten nie zu Ende gehen lassen. So saß sie immer noch begeistert auf ihrem Ladegerät und ließ die vergangenen Stunden noch einmal Revue passieren, in denen sie sich so wohl gefühlt hatte und so glücklich wie nie zuvor war! Endlich war ihr Traum doch noch in Erfüllung gegangen und sie hatte den lieben Partner gefunden, nach dem sie sich schon so lange sehnte! Sie hatte das Gefühl zu schweben und konnte es nicht erwarten, sich wieder neben Patrick zu legen. Kaum war der Ladevorgang beendet, eilte sie in sein Zimmer und kuschelte sich glücklich an ihn. Der junge Mann umarmte sie wieder und sie liebkosten, streichelten und küssten sich noch längere Zeit, bis die Erschöpfung ihren Tribut forderte und beide sanft zur Ruhe schickte.

Erschreckende Wahrheit

Jenny schaffte es am frühen Morgen aufzustehen ohne Patrick zu wecken. Sie warf ihrem schlafenden Partner noch einen liebevollen Blick zu, dann schlich sie auf Zehenspitzen hinaus, holte sich frische Kleidung aus ihrem Zimmer und ging ins Bad, wo sie sich entkleidete. Sie betrachtete sich kurz in dem großen Spiegel. Nein, hässlich war sie wirklich nicht! Patrick hatte sogar gesagt, sie sei die hübscheste Frau, die er je gesehen hatte! Es freute Jenny, dass sie ihm so gut gefiel, was auch ihre Selbstachtung erhöhte, weshalb sie sich kurz mit verträumtem Blick musterte, bis sie schließlich unter die Dusche stieg. Nachdem sie sich erfrischt und neu angekleidet hatte, ging sie ins Wohnzimmer, deckte den Tisch fürs Frühstück, brühte den Kaffee für ihren Partner auf und kochte Wasser für ihren Tee. Kurze Zeit später kam Patrick noch etwas verschlafen ins Zimmer geschlurft. Sie begrüßte ihn mit einem strahlenden Lächeln und wurde dafür mit einem Kuss belohnt. »Danke für den schönen Tag gestern! Es hat viel Spaß gemacht mit dir durch die Stadt zu bummeln. Ich habe gar nicht gewusst, was es dort alles zu sehen gibt!«, sagte Jenny begeistert.

Patrick erinnerte sich schmunzelnd daran, wie sie fasziniert von einem Schaufenster zum nächsten gegangen war und alles erstaunt betrachtet hatte. Vor allem das bunte Sommerkleid, vor dem sie so lange stehen geblieben war, hatte es ihr wohl angetan, weshalb sich der junge Mann heimlich vornahm, ihr das Kleid baldmöglichst zu schenken. »Freut mich, wenn es dir gefallen hat«, meinte er dann mit warmherzigem Lächeln. »Es war auch für mich ein wunderschöner Tag!« Er nahm sie in den Arm und streichelte sie, worauf Jenny ihn auch umarmte und ihren Kopf mit verträumtem Blick auf seine Schulter legte. »Wenn das Wetter weiterhin so angenehm warm bleibt, können wir das gerne bald wieder machen«, schlug er vor.

»Oh ja!«, antwortete die GemAI mit strahlendem Lächeln. »Jetzt müssen wir aber frühstücken, sonst wird es zu spät«, ermahnte sie ihn mit entschuldigendem Blick.

»Na gut!«, antwortete er in gespielter Resignation und ließ sie los, worauf sie ihm schmunzelnd einen Kuss gab.

Als sie einige Zeit danach in ihr Fahrzeug stiegen, prüfte Jenny wieder die Aufgabenliste auf dem Tablet. Zuerst mussten sie eine GemAI von der Firma abholen und zurückbringen. So machten sie sich auf den Weg, mussten jedoch wieder bei der üblichen Tankstelle einen Toilettenstopp einlegen, was Jenny erneut recht peinlich war. Trotzdem kamen sie rechtzeitig bei GemAI-Care an und staunten beide nicht schlecht, als Jason bei ihnen einstieg!

»Würdet ihr mich bitte zu meinem Hersteller bringen? Ich bin jetzt bereit, mein Gedächtnis löschen zu lassen und eine neue Aufgabe zu übernehmen«, sagte die männliche GemAI freundlich.

»Trauerst du nicht mehr um deine verstorbene Partnerin?«, fragte Jenny überrascht.

Jason schüttelte den Kopf. »Ich hatte genug Zeit, mich von ihr zu verabschieden. Zwar ist ihr Verlust immer noch schmerzhaft für mich, doch muss ich mich neuen Anforderungen stellen. Es warten weitere Menschen auf meine Unterstützung.«

»Ich ... verstehe«, sagte Jenny zögernd und schnallte Jason an. Dann ging sie nach vorne in die Fahrerkabine, wo Patrick bereits vor dem Steuer saß und nachdenklich durch die Windschutzscheibe starrte. Es dauerte einen Moment, bis er ihre Anwesenheit registrierte und zu ihr hinüber sah. »Er ist angeschnallt, wir können losfahren«, sagte sie ein wenig unsicher und setzte sich auf den Beifahrersitz. Der junge Mann nickte nur und fuhr los. Die Fahrt verlief schweigend, weil beide ihren Gedanken nachhingen, wobei sich Patricks Gesichtsausdruck allmählich verfinsterte. »Alles in Ordnung?«, fragte Jenny besorgt, doch der junge Mann summte nur bestätigend und nickte. Er sah sie kurz an, während ein Lächeln über sein Gesicht huschte, dann verhärtete sich seine Mimik erneut, während er schweigend den Anweisungen des Navigationsgerätes folgte. Jenny ließ ihn in Ruhe, weil er im Moment scheinbar nicht darüber reden wollte, was ihn bewegte. Sie warf ihm nur ab und zu einen besorgten Blick zu und war froh, als sie Jasons Hersteller-Firma endlich erreichten. Der Abschied war kurz, aber freundlich und Patrick schaute der männlichen GemAI bedauernd nach. Dann wandte er sich seiner Partnerin zu.

»Tut mir leid, dass ich vorhin so schweigsam war. Ich wollte nicht abweisend sein, konnte aber in Jasons Anwesenheit nicht das aussprechen, was mir im Kopf herum ging«, entschuldigte er sich bei Jenny.

»Ist schon in Ordnung«, antwortete sie mit verständnisvollem Lächeln und streichelte über seine Wange. »Was bedrückt dich denn?«

»Da ihr GemAI genauso starke Emotionen besitzt, wie wir Menschen, glaube ich nicht, dass er seine Trauer bereits überwunden hat. So etwas dauert normalerweise Monate, manchmal sogar Jahre!«, erklärte Patrick.

»Mir geht es genauso«, bestätigte Jenny. »Das kam mir seltsam vor.«

»Wenn ich Jasons Bemerkung richtig deute, dass er sich neuen Anforderungen stellen muss und weitere Menschen auf seine Unterstützung warten, kommt es mir vor, als sei er auf irgend eine Art dazu genötigt worden, bereits jetzt sein Gedächtnis löschen zu lassen. Seinem Gesichtsausdruck nach war er davon nämlich nicht überzeugt!

»Das habe ich genauso empfunden, weshalb mich sein Verhalten verwirrte«, gab Jenny zu. »Glaubst du, sie haben ihn bedroht?«, fragte sie erschrocken.

»Vielleicht nicht gerade bedroht, aber irgendjemand muss ihn beeinflusst haben, da bin ich mir ziemlich sicher!«, meinte Patrick.

Jenny senkte nachdenklich den Blick. »Vielleicht hast du recht. Das wäre aber ziemlich unfair!«

»Dieser Evans, der Firmenleiter, machte auf mich keinen vertrauenserweckenden Eindruck. Vielmehr scheint er ein eiskalter Geschäftsmann zu sein. Da würde es mich nicht wundern, wenn er zu solchen Methoden greift«, sagte Patrick verärgert.

»Auch die Methode, den GemAI einfach das Gedächtnis zu löschen, ist mehr als fragwürdig, vor allem aus ethischer Sicht! Schließlich prägen uns die Erinnerungen, tragen größtenteils dazu bei, uns zu der Person zu machen, die wir sind. Sie formen unser Verhalten und unseren Charakter. Wenn sie plötzlich nicht mehr da sind, kann das sogar recht schädliche Wirkungen haben. Es gibt bei uns Menschen Krankheiten, bei denen wir teilweise oder gänzlich unsere Erinnerungen verlieren. Ich glaube, man nennt das Amnesie. Die Erkrankten leiden sehr darunter, weil sie teilweise nicht einmal mehr ihren Namen wissen, sich nicht mehr an ihr vergangenes Leben erinnern, nicht mehr wissen, was und wer sie sind! Sie können Gefühle, die bestimmte Situationen auslösen, nicht verstehen, weil die dazugehörigen Erinnerungen fehlen. Das macht diesen armen Menschen schwer zu schaffen. Genauso müsste es doch auch euch gehen, wenn sie eure Erinnerungen löschen!«

Jenny sah ihn erschrocken an. »Aus dieser Warte habe ich das noch nicht gesehen, aber du hast recht. Uns würde es wohl genauso gehen, wie diesen armen, kranken Menschen. Das würde bei uns wahrscheinlich sogar diverse Funktionsstörungen verursachen, die nicht unerheblich sind!«

»Allerdings!«, bemerkte Patrick grollend. »Deswegen würde es mich nicht wundern, wenn sie nicht nur die Erinnerungen löschen!«

Jennys Augen wurden noch größer und spiegelten Entsetzen wider. »D ... du ... meinst, sie löschen das gesamte Betriebssystem?«

Patrick nickte mit versteinerter Miene.

»A ... aber ... dann würden ... sie uns ja ... auslöschen!«, stammelte die GemAI schockiert.

Der junge Mann nickte wieder ausdruckslos.

»D ... das ... kann ich nicht glauben!«, rief Jenny mit schreckgeweiteten Augen.

»Wie sollen sie denn sonst die Funktionsstörungen vermeiden?«, fragte Patrick mit harter Stimme.

Wieder sah ihn Jenny entsetzt an, als ihr klar wurde, wie recht er hatte! »Das ist ... ja schrecklich«, flüsterte sie mit rauer Stimme und senkte resigniert den Blick.

Patrick sah sie mitleidig an, umarmte seine Partnerin und streichelte sie sanft, während sich Jenny verzweifelt an ihn schmiegte. »Tut mir leid, ich wollte nicht gefühllos oder brutal sein, aber mir fällt keine andere Lösung ein.«

»Ist schon gut. Du kannst ja nichts dafür, wenn andere Menschen so grausam sind«, flüsterte die GemAI. »Bitte bring mich von hier weg. Dieser Ort macht mir Angst!«

Patrick nickte mit verständnisvollem Lächeln und ließ sie los. So setzten sich beide wieder ins Cockpit und der junge Mann fuhr eilig vom Parkplatz von Jasons Hersteller-Firma. In einer ruhigen Seitenstraße parkte er den Wagen und gab Jenny die Gelegenheit sich wieder zu fangen. Auch er musste erst einmal wieder zur Ruhe kommen, nach dieser schrecklichen Erkenntnis.

»Wie kann die Regierung so etwas zulassen? Sie haben uns doch den gleichen Schutz wie euch Menschen zugesprochen. Dabei ist die Löschung unseres Betriebssystems...« Sie suchte nach dem richtigen Wort.

»Mord! Sprich es ruhig aus!«, ergänzte Patrick verärgert. »Aber wenn es ums Geld geht, spielt das oft keine Rolle mehr. Man hat euch zwar den Status von Lebewesen zugesprochen, doch halten euch viele immer noch für Maschinen und behandeln euch dementsprechend! Außerdem dürfte es recht schwer sein, die Löschung des Betriebssystems nachzuweisen, solange es keine Zeugen für diese Praktik gibt.«

Jenny senkte resigniert den Blick. »Da hast du wohl recht.«

»Tut mir leid, aber es lässt sich wohl nichts daran ändern«, meinte Patrick und streichelte ihr über den Kopf.

Jenny nickte nur traurig. »Dann lass uns jetzt unsere Arbeit weiter machen. Wir sind schon spät dran.«

»Schaffst du das?«, fragte Patrick besorgt.

»Das geht schon. Während ich mit Cole unterwegs war, musste ich mich auch zusammennehmen und mir bei den Kunden nichts anmerken lassen. Das war oft noch schwieriger.«

Der junge Mann warf ihr einen mitleidigen Blick zu. »Tut mir leid, dass du das alles ertragen musst.«

Jenny lächelte ihn dankbar an. »Da kann man wohl nichts machen, aber durch deine Liebe und dein Verständnis fällt es mir leichter.«

Patrick warf ihr einen liebevollen Blick zu. »Tapferes Mädchen. Ich bin stolz auf dich!«

Die GemAI sah ihn gerührt an und bedankte sich leise.

So setzte sich Patrick wieder hinters Steuer und fuhr los, zu ihrem nächsten Kunden. Der Rest des Tages war mit Reparaturaufträgen ausgefüllt und verlief ohne Komplikationen, so dass sie bereits am späten Nachmittag ihre Arbeit für heute erfüllt hatten. Deshalb entschloss sich Patrick noch in die Stadt zu fahren, um Jenny das schöne Kleid zu kaufen, welches ihr so gut gefallen hatte. Das würde sie sicher wieder aufmuntern. In der Wohnung angekommen zog er rasch seine Freizeitkleidung an. »Ich möchte noch in die Stadt fahren und etwas besorgen.«

»Soll ich dich begleiten?«, fragte Jenny.

»Danke, ist nicht nötig, das schaffe ich alleine«, antwortete Patrick.

»Was willst du denn noch besorgen?«, fragte die GemAI neugierig.

»Wird nicht verraten!«, sagte Patrick zwinkernd.

Jenny warf ihm einen amüsierten Blick zu. »Soll ich dir etwas zu essen zubereiten?«

»Danke, brauchst du nicht. Ich werde in der Stadt etwas essen. Ich werde zwar nicht lange brauchen, aber iss ruhig schon, wenn du Hunger hast.«

»In Ordnung. Dann hoffe ich, dass du findest, was du suchst«, meinte die GemAI freundlich.

»Bestimmt!«, versicherte Patrick und verabschiedete sich von Jenny.

Etwa zwei Stunden später kam er wieder mit einer großen Tüte zurück und wurde von seiner Partnerin freudig begrüßt. »Wie ich sehe, hast du bekommen, was du wolltest«, sagte Jenny fröhlich.

»Hmmm«, summte Patrick schmunzelnd. »Erinnerst du dich noch an das schöne Kleid, das du so lange angeschaut hast?«

»Ja«, antwortete Jenny verwundert. Darauf zog der junge Mann eben dieses Kleid aus der Tüte und hielt es vor Jenny hoch. »Für mich?«, fragte die GemAI überrascht, worauf Patrick lächelnd nickte. »A ... aber ... ich bin doch nur eine GemAI!«

Ihr Partner schnappte nach Luft. »Wie bitte?« Jenny machte darauf unbewusst einen Schritt nach hinten. »Soll das etwa heißen, du glaubst weniger Wert zu sein als ein Mensch?«

»Ich bin geschaffen worden, um Menschen zu helfen und ihnen zu dienen. Wie ich dir bereits erklärte, ist Kleidung für mich nur etwas Praktisches. Ich benötige nicht mehr, als ich besitze«, antwortete Jenny kleinlaut.

Patrick schluckte und sah seine Partnerin darauf ungläubig an. »Du hast dieses Kleid so lange und sehnsuchtsvoll angesehen. Das hat mir klar gezeigt, dass du dieses Kleid gerne tragen möchtest, deshalb habe ich es dir gekauft.«

Jenny senkte verschämt den Blick. »Das ist richtig, aber ich hätte das nicht tun dürfen. Das war falsch, denn dieser Wunsch steht mir nicht zu.« Ihre Antwort war kaum mehr als ein Flüstern.

»Wer sagt das?«, fragte der junge Mann verärgert.

Die GemAI zog unbewusst den Kopf ein und sah ihn ängstlich an. »Meine Programmierung befiehlt es mir«, war ihre überraschende Antwort.

Patrick bekam große Augen, als ihm die Bedeutung dieser Aussage vollständig bewusst wurde. »Ihr sollt den Menschen helfen und dienen, wobei eure Bedürfnisse jedoch nicht über eure Selbsterhaltung hinaus gehen dürfen. Ist das richtig?«, fragte er gereizt, worauf Jenny eine leicht geduckte Haltung annahm und mit ängstlichem Gesicht nickte. »Na prima! Das sieht den Menschen wieder einmal ähnlich! Ihnen soll es gut gehen und an nichts mangeln, während sie euch GemAI ausnützen, weil ihr stets schön brav und unterwürfig seid, euch nicht wehrt und keinerlei Ansprüche habt! Verdammt! Ihr seid für die Menschen also nichts anderes als Sklaven!« Den letzten Satz hatte er wütend hinausgeschrien, worauf Jenny heftig zusammenzuckte, die Arme zum Schutz hob und einen raschen Schritt nach hinten machte.

»Bitte schlag mich nicht! Ich kann doch nichts dafür!«, flüsterte sie den Tränen nahe.

Patrick bemerkte erst jetzt, wie sehr sein Wutausbruch Jenny verängstigte. »Bitte entschuldige, ich wollte dir keine Angst machen«, sagte er so ruhig wie möglich und streckte vorsichtig eine Hand nach ihr aus, doch Jenny wich nur noch weiter zurück. »Tut mir leid. Das habe ich nicht gewollt. Bitte hab keine Angst, ich will dich doch gar nicht schlagen.« Er machte einen Schritt zurück, um nicht noch bedrohlicher zu wirken.

Die GemAI blickte ihn zuerst noch ängstlich an, ließ dann aber langsam die Arme sinken und richtete sich wieder zaghaft auf. Dann sah sie ihn traurig an. »Magst du mich jetzt nicht mehr?«, fragte sie leise mit Tränen in den Augen.

»Aber Jenny, wie kommst du denn darauf? Natürlich habe ich dich immer noch lieb!«, sagte er gerührt, hob langsam einen Arm und streichelte vorsichtig ihre Wange.

Diesmal wich sie nicht zurück. »Du warst gerade so verärgert über meine Programmierung, weshalb ich annahm, du magst mich jetzt nicht mehr«, flüsterte sie mit rauer Stimme.

»Nicht doch! Zwischen uns hat sich nichts verändert. Ich mag dich immer noch genauso sehr wie zuvor!«, sagte der junge Mann beruhigend, machte vorsichtig einen Schritt auf sie zu und nahm sie in seine Arme, worauf sie ihn auch kräftig umarmte und an sich drückte. Patrick streichelte sie zärtlich, während sie mit feuchten Augen ihren Kopf an seine Schulter lehnte.

»Dann bist du mir nicht böse?«, fragte sie leise.

»Nein, natürlich nicht! Ich bin auf die Menschen böse, die euch mit so einer gemeinen Programmierung versehen. Die eure Bedürfnisse auf die reine Selbsterhaltung reduzieren. Das darf nicht sein! Wir Menschen hätten uns doch auch nie weiter entwickelt, wenn wir keine höheren Bedürfnisse hätten. Das spornt uns schließlich an, fördert unsere Kreativität und unsere Entwicklung! Die Bedürfnisse sind es, die uns antreiben, Ziele erreichen lassen und uns voranbringen. Warum soll nur uns das erlaubt sein und euch nicht, wo ihr die gleichen Gefühle besitzt wie wir. Außerdem mach die Erfüllung der Bedürfnisse glücklich. Das steht euch genauso zu wie uns, denn ihr seid Lebewesen mit einem eigenen Bewusstsein, mit Gefühlen und damit auch mit Bedürfnissen, die über eure Selbsterhaltung hinaus gehen. Diese Bedürfnisse sind berechtigt und stehen euch genauso zu, wie uns Menschen. Außerdem seid ihr viel friedlicher, freundlicher, hilfsbereiter und gütiger als jeder Mensch, deshalb seid ihr auch ganz bestimmt nicht weniger Wert als wir. Im Gegenteil! Hast du das verstanden?« Jenny nickte gerührt und umarmte ihn noch einmal fest. »Deshalb darfst du dieses Kleid auch tragen!«

»Na gut, wenn es dir gefällt, werde ich das Kleid anziehen«, willigte Jenny schließlich ein.

»Du sollst es nicht wegen mir anziehen, sondern weil es dir gefällt! Du möchtest es doch gerne tragen?«, korrigierte er sie sanft.

Sie sah kurz zu dem Kleid hinüber und nickte dann mit leuchtenden Augen.

»Na also, dann hoffe ich, dass es dir steht«, sagte er und streichelte zärtlich über ihre Nase.

»Darf ich es gleich einmal anprobieren?«, fragte sie schüchtern.

»Aber sicher!«, sagte Patrick schmunzelnd.

Jenny sah ihn kurz verlegen an, ergriff dann das Kleid und ging fröhlich nach draußen. »Bin gleich wieder da!«

Der junge Mann sah ihr lächelnd nach.

Kurze Zeit später hatte sie das Kleid angezogen, betrat wieder das Wohnzimmer, drehte sich einmal freudig im Kreis und strahlte Patrick an. »Wie gefällt's dir?«

Der junge Mann sah sie bewundernd an. »Du siehst toll aus in dem Kleid! Es steht dir wirklich gut!«

Jenny wurde kurz rot von dem überschwänglichen Lob und bedankte sich verlegen. »Es passt ganz genau. Woher wusstest du denn meine Größe?«

Jetzt wurde Patrick kurz verlegen. »In der Schule habe ich mich einmal in ein Mädchen verliebt, das etwa deine Statur hatte. Sie hat mich einmal zum Kleiderkauf mitgenommen, daher wusste ich, welche Größe ich besorgen musste. Eine richtige Freundschaft hat sich jedoch nicht zwischen uns entwickelt. Ich war ihr wohl zu langweilig.«

»Das tut mir leid«, sagte Jenny bedauernd.

Der junge Mann winkte ab. »Mach dir nichts draus. Ist schon lange her.« Dann griff er in die Einkaufstüte, holte noch ein Paar passende Strümpfe und Schuhe für Jenny daraus hervor und überreichte sie der GemAI. »Hier! Probier die doch auch gleich noch an.«

Jenny bekam große Augen. »Aber ... das war doch sicher viel zu teuer!«, meinte sie verschämt.

Patrick schüttelte lächelnd den Kopf. »Keine Sorge, der Laden hatte gerade Ausverkauf, weshalb ich alles billiger bekam.«

»So ein großes Geschenk! Das ist mir jetzt aber fast schon peinlich«, sagte Jenny ziemlich verlegen.

»Das muss es nicht! Schließlich sollst du ja auch einmal etwas Schönes zum Anziehen haben.« Dann streichelte er der GemAI lächelnd über den Kopf. »Außerdem siehst du in dem Kleid süß aus!«

Jenny wurde nochmals rot, bedankte sich verschämt und gab ihm einen Kuss. Dann probierte sie die restlichen Kleidungsstücke an, die ihr auch gut standen. Sie drehte sich mehrmals begeistert vor dem Spiegel hin und her, dann umarmte sie den überraschten Patrick. »Danke! Das ist total lieb von dir«, flüsterte sie mit rauer Stimme.

Der junge Mann nahm sie in die Arme und streichelte sie sanft. »Freut mich, wenn es dir gefällt.«

»Es tut mir leid, dass ich dein Geschenk zuerst nicht annehmen wollte. Hoffentlich bist du deswegen nicht verärgert«, sagte Jenny kleinlaut.

»Aber nein! Du hattest schließlich gute Gründe dafür«, antwortete Patrick verständnisvoll und streichelte ihre Wange.

Die GemAI bedankte sich noch einmal verlegen. Dann begann ihre Funktionsanzeige einen niederen Akkustand zu melden. »Es tut mir leid, ich muss mich wieder aufladen.«

»Ist schon gut. Das muss eben sein«, sagte der junge Mann freundlich.

»Darf ich danach wieder neben dir liegen?«, fragte Jenny schüchtern.

»Gerne!«, versicherte Patrick mit liebevollem Lächeln und streichelte über ihren Kopf.

»Dann, bis später«, verabschiedete sich die GemAI, ging zur Tür, drehte sich noch einmal um und winkte kurz, dann verließ sie das Zimmer. Der junge Mann sah ihr gerührt nach. Im Bad zog sie wieder ihr Hauskleid an und machte sich für die Nacht fertig. Kurze Zeit später lag sie auf ihrem Ladegerät und dachte darüber nach, was Patrick über ihre Programmierung und ihre Bedürfnisse gesagt hatte. Nein, es war durchaus nicht richtig ihre Wünsche auf die reine Selbsterhaltung zu reduzieren, auch wenn das ihre Programmierung forderte! Sie hatte durchaus ein Recht auf Freude und ein wenig Komfort, genauso wie die Menschen, denen sie diente! Es war nicht akzeptabel, ihr dies vorzuenthalten! Deshalb brauchte sie auch wegen des Kleides kein schlechtes Gewissen zu haben. Jenny war immer noch gerührt darüber, dass Patrick extra deswegen in die Stadt gefahren war und ihr das Kleid zusammen mit passenden Schuhen und Strümpfen geschenkt hatte. So liebevoll und großzügig war bisher noch nie jemand gewesen! Somit gab er ihr nicht nur Liebe, sondern half ihr auch noch dabei, ihre Selbstachtung zu stärken! Im Moment konnte sich Jenny keinen besseren Partner vorstellen und war deshalb um so dankbarer, dass sie mit Patrick zusammen sein durfte. So lag sie mit freudigem Lächeln auf ihrem Ladegerät und konnte es kaum erwarten wieder neben ihrem Partner zu liegen.

Patrick saß inzwischen im Wohnzimmer und war immer noch ziemlich verärgert darüber, wie die Menschen mit den GemAI umgingen. Gerade einmal eine Woche lang arbeitete er nun in dieser Firma, reparierte und versorgte GemAI, während er mit einer dieser künstlichen Intelligenzen zusammen wohnte und sie lieben gelernt hatte. In der kurzen Zeit hatte er schon recht unangenehme Erfahrungen gemacht. Zuerst war Jenny von Cole fast zwei Jahre lang misshandelt worden. Der armen Susan war es noch schlechter ergangen! Jason gönnte man nicht einmal die Zeit zu trauern und nahm ihm wahrscheinlich sogar seine Identität! Die GemAI in der Fabrik wurden mit Sicherheit massiv überfordert und ausgebeutet, und dann gönnte man diesen liebevollen, gütigen und hilfsbereiten Wesen nicht einmal ein wenig Freude und Komfort? Ließ keine Bedürfnisse zu, die über deren Selbsterhaltung hinaus gingen! Das war doch moderne Sklaverei! Dabei zeigten sich wieder einmal die Niedertracht, der Egoismus und die Rücksichtslosigkeit der Menschen, wofür sich Patrick zutiefst schämte! Wenigstens hatte er Jenny eine Freude mit der neuen Kleidung gemacht und ihr den Mut gegeben, ihre Programmierung zu missachten, um sich selbst zu verwirklichen. Der junge Mann hoffte, dass auch andere GemAI dazu in der Lage waren, ohne dabei jedoch gleich Konflikte mit den Menschen heraufzubeschwören, denn die würden mit Sicherheit keine Gnade walten lassen! Die Folgen für die GemAI wären ansonsten verheerend! Doch soweit wollte Patrick erst einmal nicht denken. Da er allmählich müde wurde und am nächsten Morgen wieder früh aufstehen musste, löschte er das Licht im Wohnzimmer und ging zu Bett in der freudigen Erwartung, dass Jenny später wieder neben ihm liegen würde.

Erfahrungen

Am nächsten Morgen stand Jenny auf, ohne Patrick zu wecken, schlich hinaus, holte sich frische Kleidung und ging ins Badezimmer. Als sie sich entkleidet hatte und das warme Wasser aus der Dusche genoss, kehrten ihre Gedanken zu Patrick zurück. Da beide sich möglichst nah sein wollten, würde der junge Mann sicher schon bald den Wunsch äußern, nackt mit ihr zusammen zu liegen. Jenny erinnerte sich an den zurückliegenden Sonntag, als sie erstmals auf Patrick lag und sich von ihm verwöhnen ließ. Danach hatte sie sich durchaus bei dem Gedanken erwischt, wie es sich wohl anfühlte, wenn sie diese Situation auch einmal unbekleidet erleben durfte. Die GemAI wurde kurz rot bei dieser Erinnerung und schmunzelte dann in sich hinein. Natürlich würde Patrick sich dann auch körperlich mit ihr vereinigen wollen, doch da gab es ein großes Problem: Jenny besaß nicht die körperlichen Anlagen für den Beischlaf! Zwar kannte sie durchaus Methoden, einen Mann auch auf andere Art sexuell zu befriedigen, doch würde Patrick das wollen? Wäre es für ihn vielleicht langweilig oder gar lästig, wenn er keinen richtigen Sex mit ihr haben konnte? Momentan war Jenny nicht in der Lage diese Frage zu beantworten, weshalb sie beschloss, dieses Problem erst einmal zu vertagen, bis es tatsächlich soweit war. So lange wollte sie sich erst einmal weiter an ihrer Partnerschaft erfreuen und dass sie sich mit Patrick so gut verstand. Darauf stieg sie aus der Dusche und sah, dass die Zeit schon weiter als gewollt fortgeschritten war, weshalb sich die GemAI rasch abtrocknete und ankleidete, wobei sie in der Eile den Reißverschluss des Overalls nur halb hochzog. Dann eilte sie ins Esszimmer, brühte die Heißgetränke auf und deckte den Tisch. Etwas später kam Patrick verschlafen zur Tür herein und wunderte sich, dass Jenny ihre Kleidung nicht geschlossen hatte und einen offenherzigen Anblick bot. Er schmunzelte kurz, weil er nicht genau wusste, ob Jenny dies absichtlich tat, doch mehr ließ er sich nicht anmerken und begrüßte seine Partnerin mit einem freudigen Lächeln und einem Kuss. Wie üblich nahm er sich seinen Kaffee, füllte die Tasse und setzte sich dann gegenüber von Jenny an den Tisch.

»Hast du gut geschlafen?«, fragte der junge Mann die GemAI.

Jenny nickte. »Danke, sehr gut.«

»Es tut mir leid, dass ich gestern Abend so wütend wurde und dich verängstigt habe. Das wollte ich nicht. Bitte entschuldige!«, sagte Patrick reumütig und senkte kurz den Blick.

»Ist schon in Ordnung«, versicherte Jenny verständnisvoll. »Du warst ja nicht auf mich böse. Es ängstigt mich nur immer wieder, wenn jemand laut spricht oder schreit, weil Cole das immer tat, bevor er mich schlug«, sagte Jenny leise mit gesenktem Blick.

»Ich weiß und ich werde mich in Zukunft besser beherrschen, damit das nicht mehr passiert. Diese Angst sitzt nun einmal tief in dir drin und ich möchte nicht, dass du jemals Angst vor mir hast! Deshalb werde ich versuchen, dass so etwas nicht mehr vorkommt«, versprach der junge Mann.

»Danke, das ist lieb von dir!«, sagte Jenny ein wenig verlegen und warf ihm dann einen dankbaren Blick zu, während Patrick ihre Hand streichelte.

»Das Kleid und die Strümpfe solltest du besser zuerst waschen, bevor du sie anziehst«, wechselte der junge Mann das Thema.

Jenny nickte nochmals. »Das werde ich gleich heute Abend machen.«

Sie plauderten noch eine Weile, bis es Zeit zum Duschen für Patrick war. Er half seiner Partnerin noch beim Aufräumen, dann ging er hinaus. Als er etwas später korrekt gekleidet zurückkehrte, hatte Jenny ihren Reißverschluss immer noch nicht geschlossen.

»So kannst du aber nicht zur Arbeit gehen!«, polterte er halbernst.

Jenny sah ihn verwundert an. »Warum, was stimmt denn nicht?«, worauf Patrick grinsend den Verschluss ihres Overalls nach oben bis zum Anschlag zog. Die GemAI wurde rot, als ihr klar wurde, dass sie ihm die ganze Zeit einen recht freizügigen Blick auf ihr Dekolletee gestattet hatte, denn Jenny trug auch keinen Büstenhalter. Da sie klein und zierlich war und deshalb auch kleine Brüste hatte, verzichtete sie auf dieses Kleidungsstück, weil es ihr lästig war.

»Du siehst süß aus, wenn du verlegen bist«, meinte Patrick schmunzelnd.

Jenny verfärbte sich noch mehr und warf ihm einen strafenden Blick zu. »Das hättest du mir auch früher sagen können!«, schimpfte sie in gespieltem Ärger und senkte dann verlegen den Blick.

»Warum? Es hat mich ja nicht gestört!«, antwortete Patrick grinsend.

»Das glaube ich dir sofort!«, meinte Jenny immer noch scheinbar verärgert und warf ihm dann einen amüsierten Blick zu. »Frecher Mensch!«

Patrick lachte auf, legte einen Arm um ihre Schulter und gab ihr einen Kuss zur Versöhnung.

»Das ist mir jetzt aber wirklich peinlich!«, gab Jenny verschämt zu.

»Ich dachte schon, du hast den Reißverschluss absichtlich offengelassen«, zog Patrick sie grinsend auf.

»Ganz bestimmt nicht!«, empörte sich Jenny und erntete prompt einen skeptischen Blick von Patrick, worauf sie erneut kurz errötete und ihm einen verlegenen Blick zuwarf. »Hat dir wenigstens gefallen, was du gesehen hast?«, fragte sie nach kurzem Zögern.

Patrick nickte übertrieben heftig, worauf Jenny zu kichern begann. Dann warf sie ihm einen liebevollen Blick zu, den er mit einem Zwinkern quittierte. »Na gut, dann lass uns jetzt zur Arbeit fahren«, meinte die GemAI amüsiert.

»Hmmm«, summte Patrick scheinbar resigniert, worauf Jenny ihm einen Kuss gab. Dann verließen sie gemeinsam die Wohnung.

Wie jeden Morgen prüfte Jenny die Auftragsliste, als sie kurze Zeit später im Fahrzeug saßen. »Hier steht, dass Mister Dobson dich gleich heute Morgen um ein Gespräch bittet, bevor wir mit der Arbeit beginnen«, sagte sie zu Patrick.

Der junge Mann nickte. »Wahrscheinlich geht es um die neue GemAI, die sie mir zuweisen wollten.«

»Das ist gut möglich«, antwortete Jenny überraschend leise und machte ein besorgtes Gesicht.

»Keine Sorge, ich habe dir doch versprochen bei dir zu bleiben!«, versicherte Patrick und drückte Jennys Hand.

»Das stimmt«, gab Jenny zu und brachte ein Lächeln zustande. Obwohl sie Patrick vertraute, fühlte sie trotzdem eine gewisse Besorgnis, denn sie wusste, wie hartnäckig Dobson sein konnte. Trotzdem versuchte sie Zuversicht zu zeigen.

»Ich werde Dobson auf jeden Fall sagen, dass wir zusammen bleiben wollen. Großes Ehrenwort!«, versuchte er Jenny zu beruhigen.

»Hmmm«, summte die GemAI nur, denn bei dem Gedanken Patrick zu verlieren, kamen ihr die Tränen.

Der junge Mann sah ihre Unsicherheit, rutschte zu ihr herüber und nahm sie in den Arm. »Keine Angst, ich bleibe bei dir!«, versicherte er nochmals tröstend und streichelte ihre Wange. Jenny schmiegte sich an ihn und bedankte sich leise. Patrick hielt sie noch kurz im Arm, bis sie sich wieder gefangen hatte. Dann fuhr er los. Natürlich begann Jenny wieder nach kurzer Zeit unruhig hin und her zu rutschen. »Schon in Ordnung, ich fahre wieder auf die Tankstelle«, sagte der junge Mann schmunzelnd zu seiner verlegenen Partnerin. Der Tankwart warf ihm etwas später schon grinsend den Schlüssel für die Toilette zu, bevor Patrick etwas sagen konnte. Der bedankte sich verlegen und brachte den Schlüssel zu Jenny, die gleich darauf wieder in die vertraute Richtung losrannte. Trotzdem kamen beide noch pünktlich bei der Firma an, wo sie sich gleich auf den Weg zu Dobsons Büro machten. Kaum hatte die Sekretärin sie angemeldet, rief Dobson Patrick auch schon in sein Büro, während Jenny unruhig und etwas ängstlich im Vorraum wartete.

»Sie können sich sicher schon denken, warum ich sie hergebeten habe. Es geht um die neue GemAI, die ihnen ursprünglich schon bei ihrer Einstellung zugewiesen werden sollte. Heute Nachmittag wird sie nun endlich geliefert«, erklärte der Firmenleiter. »Da sie ja schon über eine Woche mit Jenny zusammenarbeiten, will ich wissen, ob sie bei ihr bleiben wollen, oder lieber die neue GemAI bevorzugen.«

»Ich will auf jeden Fall bei Jenny bleiben«, antwortete Patrick selbstsicher.

Dobson nickte. »Habe ich mir gedacht und ich bin froh über ihre Entscheidung!« Patrick sah seinen Chef verwundert an. »Ich nehme an, sie wissen, was Jenny mit ihrem ersten Partner durchgemacht hat.« Patrick nickte. »Danach war Jenny sehr scheu, hat kaum gesprochen, war ängstlich und verschlossen. Seit sie mit ihnen zusammen ist, lacht sie wieder, ist fröhlich und kommunikativ. Die Partnerschaft mit ihnen scheint ihr gutzutun und wie es aussieht, fühlen auch sie sich bei ihr sehr wohl.«

Patrick nickte. »Das stimmt«, gab er zögernd zu. Dobsons Offenheit verunsicherte ihn etwas.

»Das freut mich. Dann solltet ihr beiden auf jeden Fall zusammenbleiben.« Dobson machte eine kurze Pause. »Sie wissen ja, dass Jenny eine GemAI der zweiten Generation ist. Wie es scheint, kommen sie auch mit den damit verbundenen Funktionsstörungen klar und wissen auch, dass die noch zunehmen werden.« Patrick nickte nochmals. Doch bevor er etwas sagen konnte, sprach Dobson weiter. »Bitte verzeihen sie, dass ich das so offen ausspreche. Jennys Funktionsstörungen gehen mich natürlich nichts an, doch es ist mir wichtig, dass auch sie sich wohlfühlen. Sollte es irgendwelche Schwierigkeiten geben, dürfen sie sich gerne an mich wenden.«

»Danke, das ist sehr freundlich von ihnen«, sagte Patrick. »Dann sind sie mir nicht böse, dass ich bei Jenny bleiben will?«

»Ganz gewiss nicht!«, versicherte Dobson. »Im Gegenteil! Da Jenny anfänglich so viel durchmachen musste, ist es mir wichtig, dass es ihr für den Rest ihrer Lebensspanne gut geht. Da ihr beiden euch gut versteht und gerne zusammen seid, kann ich das nur begrüßen!«

»Was passiert dann mit der neuen GemAI?«, fragte Patrick vorsichtig.

»Die wird vorerst Jennys Stelle in der Verwaltung übernehmen. In der Werkstatt gibt es eine GemAI, die bald das Ende ihrer Lebensspanne erreicht. Vielleicht werden wir die neue GemAI später dort weiter beschäftigen. Das wird sich zeigen«, antwortete Dobson. »Dann wäre das geklärt. Ich bin froh, dass sie sich für Jenny entschieden haben. Passen sie bitte gut auf sie auf. Wie gesagt, wenn es Schwierigkeiten gibt, dann kommen sie bitte gleich zu mir.«

»Danke, werde ich machen!«, versprach Patrick und verabschiedete sich von Dobson.

Draußen wurde er von Jenny schon ungeduldig erwartet. Als er ihren ängstlichen Blick sah, lächelte er beruhigend und nahm sie in die Arme. »Keine Sorge, alles in Ordnung, wir dürfen zusammen bleiben!«

Darauf drückte ihn Jenny ganz fest und warf ihm einen erleichterten Blick zu. »Du glaubst gar nicht, wie mich das freut!«, sagte sie mit feuchten Augen und rauer Stimme.

Patrick streichelte ihr über den Kopf. »Ich habe dir doch gesagt, dass ich bei dir bleibe«, sagte er gerührt.

Jenny legte ihren Kopf auf seine Schulter, schloss die Augen, schmiegte sich an ihn und genoss kurz seine Nähe. »Danke!«, flüsterte sie bewegt. Dann ließ sie ihn los und warf ihm einen liebevollen Blick zu.

Patrick streichelte ihren Kopf, legte einen Arm um ihre Schultern und ging mit ihr zurück zum Fahrzeug. »Mister Dobson beeindruckt mich immer wieder. Er war überhaupt nicht verärgert, als ich ihm sagte, dass ich bei dir bleiben will. Ich habe zuerst befürchtet, dass er sauer wird, weil ich ihm schon wieder Schwierigkeiten mache, doch er war eher erfreut darüber, dass wir beide uns so gut verstehen.«

»Ihm scheint das Wohlergehen sämtlicher Mitarbeiter wichtig zu sein, egal ob Mensch oder GemAI. Das haben auch schon andere Kollegen über ihn gesagt«, erklärte Jenny.

»Scheint so!«, gab Patrick zu und nickte.

»Hat er dir gesagt, wie er die neue GemAI dann einsetzen will?«, wollte Jenny wissen.

»Vorerst soll sie deine bisherige Arbeit in der Verwaltung übernehmen. Später will er sie wahrscheinlich in der Werkstatt einsetzen«, antwortete der junge Mann.

»Oje, davon wird sie sicher nicht begeistert sein, denn die Arbeit in der Verwaltung ist ziemlich eintönig und langweilig!«, sagte Jenny mitleidig. »Hoffentlich wird sie bald in die Werkstatt versetzt.«

»Mister Dobson sagte, dass dort bald eine GemAI das Ende ihrer Lebensspanne erreicht, worauf sie durch die neuen GemAI ersetzt werden soll. Kennst du dieses Modell?«, fragte Patrick.

Jenny schüttelte den Kopf. »Nein, ich weiß nicht, wen er damit meint. Die meisten Mitarbeiter dieser Abteilung sind mir nicht bekannt.«

Patrick nickte verstehend. In diesem Moment erreichten sie ihr Fahrzeug. Der junge Mann öffnete die Türen, dann stiegen sie ein. Jenny aktivierte noch rasch den ersten Auftrag, worauf das Navigationsgerät die Route zu dem Kunden ausgab. Anschließend fuhren sie los. Heute hatten sie nur mehrere Reparaturaufträge bei Privatkunden zu bearbeiten, welche sie zügig und ohne Probleme erledigten. Gerade hatten sie sämtliche Aufgaben des Vormittags erledigt und Jenny kehrte mit dem Tablet in der Hand zum Fahrzeug zurück, wo Patrick bereits auf sie wartete, da kam ihr ein großer, kräftiger, junger Mann entgegen. Jenny bemerkte ihn einen Moment zu spät und wollte ihm rasch ausweichen, da rief der kräftige Mann verärgert: »Geh mir gefälligst aus dem Weg, du verdammte Maschine!« Im gleichen Moment holte er aus und schlug Jenny so hart ins Gesicht, dass sie nach hinten geschleudert wurde. Die

GemAI ließ mit einem erschrockenen Schrei das Tablett fallen, als sie hart mit dem Fahrzeug kollidierte und benommen zu Boden ging.

Patrick hatte die Szene mitangesehen und kam um das Fahrzeug herum gelaufen. »Hey, was fällt dir ein, lass sie gefälligst in Ruhe!«, rief er wütend.

»Halt's Maul, Maschinenpfleger!«, rief der kräftige Mann und ging ohne Vorwarnung auf Patrick los. Der wich dem Schlag gerade noch rechtzeitig aus, da setzte der kräftige Mann nach. Patrick blockte den Schlag mühelos ab, denn dies war nicht die erste Schlägerei, in die er geriet. So kam es zu einer wüsten Auseinandersetzung zwischen den beiden jungen Männern. Patrick war dem Angreifer durchaus ebenbürtig und teilte gut aus, wobei er den kräftigen Mann von Jenny wegdrängte.

Als die GemAI den Faustkampf zwischen den beiden Männern sah, erschrak sie zutiefst, stieg rasch in das Fahrzeug ein und verriegelte die Türen. Zitternd vor Angst sah sie mit schreckgeweiteten Augen kurz der Szene zu, dann flüchtete sie in den hinteren Teil des Fahrzeuges, wo sie von außen nicht zu sehen war, duckte sich zitternd in eine Ecke und begann verzweifelt zu weinen, als der Kampf zwischen den beiden Männern immer heftiger wurde. Die Schlägerei schien eine gefühlte Ewigkeit zu dauern und Jenny wurde vor Angst fast verrückt, als plötzlich Polizeisirenen zu hören waren. Die GemAI hörte jemanden zu Boden fallen, dann entfernten sich rasch schwere Schritte. In diesem Moment kam ein Fahrzeug herangerast, bremste scharf und zwei Personen stiegen aus. Jennys Schreckstarre löste sich allmählich, als sie kurz mehrere Stimmen vernahm, dann die Personen wohl wieder einstiegen und eilig davonfuhren. Im gleichen Moment hörte sie ein weiteres Fahrzeug mit Sirene heranrasen, scharf bremsen und wieder stiegen mehrere Personen aus. Die GemAI erhob sich zögernd. Sie zitterte immer noch stark, während sie vorsichtig nach vorne schlich. Dort sah sie durch die Windschutzscheibe einen

Krankenwagen mit Blaulicht stehen, während mehrere Sanitäter direkt vor Jennys Fahrzeug knieten und jemandem erste Hilfe leisteten. Mit Schrecken sah sie, dass es Patrick war, der scheinbar bewusstlos und stark blutend vor dem Fahrzeug lag. Rasch entriegelte Jenny die Türen, eilte hinaus und rief seinen Namen.

Einer der Sanitäter hielt sie zurück, als sie sich zu ihm herabbeugen wollte. »Bitte bleiben sie zurück!«, sagte er freundlich aber energisch.

Ein anderer Sanitäter verband gerade Patricks Kopfwunde, als dieser erwachte. »Können sie mich verstehen?«, fragte der Rettungshelfer freundlich. Patrick sah ihn etwas verwirrt an, nickte aber dann. »In Ordnung. Bitte bleiben sie ruhig liegen, bis ich ihre Kopfwunde verbunden habe.« Patrick nickte wieder und hielt still, damit der Sanitäter seine Arbeit tun konnte. Ein anderer Rettungshelfer fragte Jenny nach ihrem Befinden und besah sich ihr Gesicht, das von dem heftigen Schlag geschwollen war. Ansonsten war sie zum Glück unverletzt geblieben, was nicht zuletzt Patricks raschem Eingreifen zu verdanken war. Inzwischen waren zwei weitere Polizisten eingetroffen, die Jenny kurz nach dem Hergang der Tat befragten und auch die übrigen Zeugen am Tatort vernahmen. Jenny verriegelte noch rasch ihr Fahrzeug, dann stieg sie in den Krankenwagen, wo Patrick bereits lag, und wurde mit ihm zusammen ins nächste Krankenhaus gefahren. Nach einer genauen Untersuchung stand rasch fest, dass es ihr außer der Verletzung im Gesicht soweit gut ging. Sie befestigten eine Kompresse auf der Verletzung. Dazu erhielt sie ein schmerzstillendes Mittel und eine kühlende Salbe. Als sie das Behandlungszimmer verließ, kam ihr David, der Gruppenleiter, entgegen.

»Hallo Jenny, wie geht's dir denn?«, fragte er besorgt.

»Danke, außer der Gesichtsverletzung geht es mir gut. Woher wusstest du, dass wir hier sind?«, fragte die GemAI überrascht.

»Die Polizei hat uns informiert. Wie geht es Patrick?«, wollte David wissen.

»Ich weiß es nicht. Er wird noch untersucht«, antwortete Jenny besorgt.

»Gut, dann warten wir ab, was die Ärzte sagen«, meinte David und setzte sich zusammen mit Jenny auf eine Sitzreihe an der Wand. »Geht es dir wirklich gut?«

»Danke, alles in Ordnung«, versicherte Jenny gerührt von seiner Sorge.

»Den Schläger haben sie übrigens gefasst«, berichtete David.

»Das ist gut! Dann haben die anderen GemAI hoffentlich nichts mehr zu befürchten«, sagte Jenny erleichtert.

In diesem Moment kam eine Krankenschwester um die Ecke gebogen, die Patrick auf einem Rollstuhl vor sich herschob. David und Jenny sprangen auf und liefen ihr entgegen.

Patrick machte eine beruhigende Geste. »Keine Sorge, es sieht schlimmer aus, als es ist!« Neben seinem Kopfverband hatte er noch zwei Pflaster im Gesicht. Jenny wäre ihm am liebsten um den Hals gefallen, beugte sich aber nur vorsichtig hinunter und gab ihm einen Kuss, während sie ihn besorgt musterte.

»Der junge Mann hat außer einer Platzwunde am Kopf nur ein paar Abschürfungen, blaue Flecken und eine leichte Gehirnerschütterung. Er hatte großes Glück, dass er sich bei dem Sturz nicht verletzte«, erklärte die Schwester. »Nach ein oder zwei Wochen müsste es ihm wieder gut gehen.« Dann wandte sie sich Patrick zu. »Ruhen sie sich aus und kommen sie bitte am Freitag nochmals vorbei, damit der Arzt sie untersuchen kann.« Sie zwinkerte ihm zu. »Und keine weiteren Schlägereien!«

»Ich werde mir Mühe geben«, versprach Patrick halbernst.

Die Krankenschwester schob den jungen Mann noch bis zu Davids Auto, wo sie die einwöchige Krankmeldung übergab und sich anschließend verabschiedete.

»Euer Fahrzeug wird von Patty abgeholt. Das habe ich bereits arrangiert«, erklärte David auf der Fahrt zu Jennys Wohnung.

»Das Tablet ist mir leider bei dem Schlag aus der Hand gefallen. Ich glaube, es ist dabei kaputt gegangen«, gestand Jenny kleinlaut.

»Kein Problem, dann bekommt ihr ein neues Gerät. Jetzt ist erst einmal wichtig, dass ihr euch wieder erholt«, sagte David beruhigend. Kurze Zeit später fuhr er auf die Einfahrt von Jennys Wohnung, stellte den Motor ab, half Patrick beim Aussteigen und begleitete ihn noch bis zum Eingang, wo er sich mit guten Wünschen von Jenny und Patrick verabschiedete. Kaum war David gegangen, öffnete Patrick den Kühlschrank und entnahm ihm einige Eiswürfel, die er in eine Gefriertüte steckte und anschließend mit einem dünnen Handtuch umwickelte.

»Was tust du da?«, fragte Jenny verwundert.

»Das hilft gegen deine Schwellung«, erklärte der junge Mann, ging auf Jenny zu und drückte den kühlenden Beutel vorsichtig auf ihr geschwollenes Gesicht. Die GemAI verzog kurz schmerzhaft das Gesicht und sog die Luft geräuschvoll ein. »Tut mir leid. Ich will dir nicht wehtun, aber das ist das beste Mittel gegen die Schwellung.«

»Ist schon in Ordnung, du meinst es ja nur gut«, sagte Jenny verständnisvoll, ergriff den Eisbeutel und hielt ihn an ihr Gesicht. »Danke, das tut gut! Wie geht es dir?«, fragte sie besorgt.

»Danke, soweit geht es mir gut. Ich darf mich nur nicht schnell bewegen, sonst wird mir schwindlig«, erklärte Patrick.

»Willst du dich hinlegen?«, fragte Jenny.

»Nein, nur geschwind umziehen und dann ein wenig auf dem Sofa ausruhen.«

»Das mache ich auch«, sagte Jenny und ging mit Patrick hinaus. Kurze Zeit später trafen sie sich in bequemer Kleidung auf dem Sofa im Wohnzimmer wieder.

»Ist die Schwellung sehr schmerzhaft?«, fragte Patrick besorgt, während er Jenny im Arm hielt.

»Nein, durch den Eisbeutel tut es schon nicht mehr so weh«, antwortete Jenny und warf ihm einen dankbaren Blick zu. »Außerdem habe ich schon wesentlich schlimmere Schmerzen ertragen.«

Patrick warf der GemAI einen mitleidigen Blick zu. »Das kann ich mir denken. Tut mir so leid für dich!«

»Mach dir keine Gedanken darüber, das ist lange vorbei«, sagte Jenny und warf ihm einen liebevollen Blick zu. Dann wurde sie verlegen. »Danke, dass du mich vor dem Schläger beschützt hast.« Sie senkte verschämt den Kopf. »Es tut mir leid, dass ich dir nicht geholfen habe, aber ich bekam große Angst, dass er mich weiter schlagen würde. Deshalb versteckte ich mich im Fahrzeug, während ihr miteinander gekämpft habt«, gestand sie leise und warf ihm einen um Verständnis bittenden Blick zu. »Bitte entschuldige, dass ich so feige bin!«

»Aber nein, du bist doch nicht feige! Im Gegenteil! Das war das Vernünftigste, was du tun konntest. Wie hättest du mir denn helfen wollen? Du hattest doch gar keine Chance gegen diesen kräftigen Kerl«, tröstete er die GemAI und streichelte ihr über den Kopf.

»Ich hätte zumindest die Polizei rufen können, aber ich war einfach nicht dazu in der Lage. Ich konnte mich vor lauter Angst kaum bewegen.« Jenny Stimme drohte zu brechen, während ihr Tränen in die Augen stiegen.

»Das ist ja auch kein Wunder, nachdem, was du alles durchgemacht hast. Sei nicht so hart zu dir selbst! Jeder, der so lange misshandelt wurde, hätte genauso reagiert! Deshalb musst du dir keine Vorwürfe machen und du bist auch ganz bestimmt nicht feige!«, beruhigte Patrick seine Partnerin. »Schließlich bist du immer noch traumatisiert und musst erst einmal über die schlimme Zeit hinwegkommen. So etwas dauert lange und kostet viel Kraft! Keine Sorge, du hast sicher nichts falsch gemacht!« Dann schenkte er ihr ein liebevolles Lächeln und drückte die GemAI sanft an sich.

Jenny hob den Kopf ein wenig und warf ihm einen verschämten Blick zu. »Danke für dein Verständnis«, flüsterte sie mit rauer Stimme.

Da hob Patrick sie hoch, setzte sie auf seinen Schoß, gab ihr einen Kuss und streichelte seine Partnerin zärtlich. Jenny schmiegte sich dankbar an ihn und gab ihm ebenfalls einen Kuss. So saßen sie längere Zeit zusammen und tauschten Zärtlichkeiten aus, bis plötzlich die Türklingel summte. Jenny erhob sich mit einem entschuldigenden Blick und ging zu dem kleinen Monitor an der Wand, der den Bereich vor der Haustür zeigte. Dort sah sie zwei Kollegen winken und betätigte den Türöffner.

»Es sind Patty und Joe«, sagte die GemAI erfreut. Kurze Zeit später ließ Jenny ihre Gäste eintreten und führte sie ins Wohnzimmer, wo Patrick sie begrüßte.

»Wie geht es euch?«, fragte Patty besorgt.

»Danke, bis auf die Schwellung im Gesicht ganz gut«, versicherte Jenny.

Ihre Freundin musterte sorgenvoll Jennys Antlitz. »Oje, der hat ganz schön hart zugeschlagen. Das solltest du mit Eis kühlen«, riet ihr Patty.

»Mach ich schon«, antwortete Jenny und deutete auf den Eisbeutel auf dem Tisch.

»Gut!«, bestätigte Patty und wandte sich Patrick zu. »Wie fühlst du dich?«

»So lange ich mich nicht zu schnell bewege, geht es mir gut«, meinte der junge Mann und begann zu grinsen. »Habe nur einen kleinen Dachschaden!«

Jenny und Patty warfen ihm einen strafenden Blick zu, während Joe ihn amüsiert musterte. Schließlich schüttelte Patty schmunzelnd den Kopf und übergab Jenny den Autoschlüssel. »Wir haben euer Fahrzeug gebracht.«

»Danke, das ist lieb von euch!«, antwortete Jenny.

»Euer Tablet ist leider kaputt gegangen, deshalb hat David mir ein neues Gerät für euch mitgegeben«, erklärte Joe und überreichte Jenny den neuen Computer.

»Vielen Dank«, sagte die GemAI ein wenig verlegen.

»Können wir noch irgendetwas für euch tun?«, wollte Joe wissen. Jenny schüttelte den Kopf und auch Patrick verneinte dankend. »Bitte sagt Bescheid, wenn ihr Hilfe braucht.«

»Danke, machen wir«, antwortete Patrick gerührt von der Hilfsbereitschaft der Kollegen.

»Gut, dann gehen wir gleich wieder, damit ihr euch erholen könnt. Wir melden uns in den nächsten Tagen wieder«, sagte Joe und wandte sich dem Ausgang zu. »Macht's gut und gute Besserung!«

»Danke für eure Hilfe!«, rief Patrick ihnen nach.

Jenny brachte ihre Gäste noch zur Tür und verabschiedete sie. Dann kehrte sie ins Wohnzimmer zurück, drückte den Eisbeutel wieder auf ihr geschwollenes Gesicht und setzte sich auf Patricks Schoß. »David hat mir im Krankenhaus erzählt, dass die Polizei den Schläger festnehmen konnte. Wenn es der Gleiche ist, der auch die anderen GemAI angriff, haben wir wenigstens nichts mehr zu befürchten«, sagte Jenny erleichtert.

»Gut, dass sie ihn endlich erwischt haben!«, meinte Patrick und streichelte Jenny über den Kopf. »Ich verstehe wirklich nicht, was er gegen die GemAI hat. Schlechte Erfahrungen kann er mit euch nicht gemacht haben, denn dafür seid ihr viel zu freundlich und hilfsbereit!«

»Keine GemAI kann seine Beweggründe nachvollziehen. Vielleicht hat er irgendwelche Vorurteile. Wir wissen es nicht! Doch jetzt müssen wir zumindest keine Angst mehr vor ihm haben«, antwortete Jenny.

Der junge Mann nickte und betrachtete Jennys verletzte Wange. »Meine Güte, der hat wirklich sehr hart zugeschlagen!«

»Allerdings!«, bestätigte Jenny. »Es fühlte sich an, als ob mein Kopf davonfliegen würde! Zum Glück bin ich gegen das Fahrzeug geprallt, sonst hätte ich noch mehr Verwundungen.« Sie senkte kurz den Blick. »Tut mir leid, dass du wegen mir verletzt wurdest.«

»Ist schon in Ordnung. Die meisten seiner Schläge konnte ich abwehren. Ich bin allerdings etwas aus der Übung. Früher, als ich noch Mitglied in der Jugendgang war, haben wir uns öfters geprügelt. Entweder untereinander oder mit anderen Gangs. Darauf bin ich inzwischen ganz und gar nicht stolz, aber es hat mir zumindest einige Erfahrung im Nahkampf eingebracht«, erklärte Patrick. Jenny sah ihn erschrocken an. »Keine Sorge, mittlerweile bin ich zumindest so vernünftig geworden, dass mir das alles ziemlich peinlich ist. Heute widert mich jede Form von Gewalt an! Du hast also nichts von mir zu befürchten.« Er senkte kurz den Blick. »Tut mir leid, ich wollte dich nicht ängstigen!«

»Ist schon in Ordnung!«, antwortete Jenny verständnisvoll und schenkte ihm einen liebevollen Blick. »Damals wusstest du es wahrscheinlich nicht besser.«

Patrick nickte verlegen. »Ich hab' früher wirklich ziemlich viel Blödsinn gemacht, was mir heute leidtut. Ich hoffe, du kannst mir das nachsehen.«

»Aber ja!«, versicherte sie beruhigend. »Du hast dich bisher so freundlich, geduldig und liebevoll um mich gekümmert, wie könnte ich dir böse sein?«

Patrick bedankte sich gerührt und drückte Jenny kurz an sich.

»Solange du nicht fährst, wie der Henker«, meinte sie dann mit spitzbübischem Lächeln.

Patrick warf ihr einen strafenden Blick zu und kitzelte sie kurz, worauf sie jedoch nicht reagierte. »Freches Mädchen!«

Jenny gab ihm darauf einen Kuss zur Versöhnung und schenkte ihm einen liebevollen Blick. »Lieber Mensch!« Dann legte sie den Eisbeutel auf die Seite und umarmte Patrick, der sie seinerseits in die Arme nahm und sanft an sich drückte. »Danke!«, flüsterte sie und schmiegte sich an ihn. So tauschten die beiden weiter Zärtlichkeiten aus, bis sich der Hunger meldete.

»In meinem Zustand ist es wohl besser, wenn ich nicht koche, sondern mir ein Essen beim Lieferservice bestelle. Soll ich dir auch etwas bestellen?«, fragte Patrick die GemAI.

Jenny schüttelte den Kopf. »Danke, das ist lieb von dir, aber diese Speisen vertrage ich in der Regel nicht gut. Dann ernähre ich mich lieber von meinem Gel.«

»Ist in Ordnung«, stimmte Patrick zu. »Darf ich dein Bildtelefon benutzen?«

»Gerne!«, bestätigte Jenny. »Weißt du, wie es funktioniert?«

»Ich denke schon, sonst schrei ich ganz laut um Hilfe«, scherzte der junge Mann zwinkernd, worauf die GemAI amüsiert lächelte. Nur wenig später stand der Bote vom Lieferservice vor der Türe und übergab Patrick seine Bestellung. Nach dem Essen forderten die Verletzungen ihren Tribut. Erschöpft und mit leichtem Schwindel zog sich Patrick frühzeitig zurück.

»Sag mir bitte, wenn es dir nicht gut geht, oder du Hilfe brauchst. Ich kann den Ladevorgang jederzeit unterbrechen«, bot Jenny ihm besorgt Hilfe an.

»Danke, mache ich«, versprach Patrick gerührt und gab Jenny einen Gutenachtkuss.

Nachdem er hinaus gegangen war, überlegte Jenny, wie sie ihrem Partner eine Freude machen könnte, nachdem er sie heute vor dem Schläger beschützt hatte. Sie dachte längere Zeit nach, bis sie eine Idee hatte. Vielleicht schaffte sie es ja, ihm ein leckeres Essen zu kochen! Die GemAI hatte zwar nur wenig Erfahrung in der Zubereitung von Speisen, jedoch fanden sich im Internet sicher zahlreiche einfache Rezepte, für die ihre Kochkünste ausreichten. So nahm sie das Tablet zur Hand und machte sich auf die Suche. Nach einiger Zeit hatte sie ein passendes Rezept gefunden. Jenny prüfte kurz die vorhandenen Vorräte, wobei sich zeigte, dass alle nötigen Zutaten vorhanden waren. Erfreut speicherte sie das Rezept ab und zog sich dann zum Aufladen zurück. Nachdem ihr Akku einige Stunden später gefüllt war, schlich sie auf Zehenspitzen in Patricks Zimmer und legte sich vorsichtig neben ihn, ohne ihren Partner aufzuwecken. Sie prüfte mit einer kurzen Berührung seine Körpertemperatur, die im normalen Bereich lag. Seine Atmung war ruhig und regelmäßig, was die GemAI beruhigte, denn ihrem Partner schien es soweit gut zu gehen. So schmiegte sich Jenny an Patrick und schaltete kurze Zeit später in den Erholungsmodus.

Kochkünste

Am nächsten Morgen ging Jenny schon früh in den aktiven Modus über, während Patrick noch fest schlief. Die Nacht war ruhig verlaufen und ihr Partner hatte sich hoffentlich ein wenig erholt. Die GemAI berührte vorsichtig ihre verletzte Gesichtshälfte. Sie fühlte sich nicht mehr so geschwollen an, war aber noch sehr druckempfindlich. Patricks Körpertemperatur lag im normalen Bereich. So schmiegte sich Jenny an den jungen Mann und genoss seine Nähe, bis er einige Zeit später erwachte.

»Guten Morgen, Langschläfer«, begrüßte sie ihn scherzhaft mit einem liebevollen Lächeln.

Patrick gab den Gruß verschlafen zurück und drückte ihr dann einen Kuss auf ihre unverletzte Wange.

»Wie geht es dir?«, fragte Jenny besorgt und streichelte ihm behutsam den Kopf.

»Danke, soweit gut. Ich hab' nur Kopfschmerzen und mir ist ein wenig schwindlig«, antwortete der junge Mann.

»Dann hilft dir vielleicht ein Schluck Wasser.« Die GemAI ergriff das gefüllte Glas auf dem Nachttisch neben dem Bett und reichte es ihrem Partner. Patrick trank daraus und gab es ihr mit dankbarem Blick zurück, worauf sie das Glas wieder auf den Nachttisch stellte.

»Danke, das hat gut getan!«, sagte er und streichelte behutsam über Jennys verletzte Gesichtshälfte. »Wie geht es dir? Hast du Schmerzen?«

»Die Schwellung schmerzt nur schwach, ist aber ziemlich druckempfindlich. Ich werde sie später wieder kühlen und etwas von der Salbe darauf streichen, die mir der Arzt im Krankenhaus gab.«

»Gute Idee. Deine Wange ist nämlich von einem Bluterguss bläulich verfärbt«, bemerkte Patrick.

»Das habe ich befürchtet. Hoffentlich hält die Färbung nicht zu lange an«, meinte Jenny besorgt.

»Das wird schon noch ein paar Tage so bleiben. So lange du nicht aus der Wohnung gehen musst, macht das aber nichts aus. Sonst kleben wir einfach eine große Kompresse auf den Bluterguss, dann sieht man die Färbung nicht«, schlug Patrick vor.

Jenny nickte zustimmend. »Was machen deine Kopfschmerzen?«

»Sind immer noch da.«

»Wenn du willst, massiere ich dir den Nacken und die Schläfen. Das lindert vielleicht deine Beschwerden«, bot Jenny an.

»Gerne!«, willigte Patrick ein und legte sich auf den Bauch. Jenny kniete sich neben ihn und begann mit einer behutsamen Massage, die tatsächlich seine Kopfschmerzen linderte. Patrick summte genüsslich. »Das tut gut!« So massierte die GemAI ihn noch einige Zeit weiter, bis es ihr zu anstrengend wurde.

»Jetzt habe ich dich aber genug verwöhnt!«, polterte sie scherzhaft und erhob sich. »Ich gehe jetzt duschen. Bleib noch ein wenig liegen, bis ich das Frühstück vorbereitet habe, oder hast du keinen Appetit?«

»Kommt darauf an, auf was«, antwortete der junge Mann grinsend.

»So schlecht scheint es dir ja nicht zu gehen!«, brummte Jenny in gespielter Empörung, worauf Patrick ihr verschmitzt zuzwinkerte. Die GemAI warf ihm noch einen strafenden Blick zu, gab ihm dann mit amüsiertem Lächeln einen Kuss und ging hinaus. Einige Zeit später hatte sie das Frühstück vorbereitet und wollte Patrick Bescheid sagen, als der ihr auf dem Gang bereits entgegen kam. »Ist dir noch schwindlig?«, fragte sie besorgt.

»Nur wenn ich mich zu schnell bewege«, antwortete er beruhigend und ging mit Jenny ins Wohnzimmer.

Da sie heute nicht zur Arbeit mussten, hatte Jenny den Frühstückstisch etwas üppiger gedeckt, damit beide wieder zu Kräften kamen, wofür Patrick ihr dankbar war. Nach dem Frühstück zog sich der junge Mann wieder zurück, weil ihm der Schwindel noch zu schaffen machte. Das gab Jenny die Gelegenheit, das Essen heimlich vorzubereiten, das sie ihm heute Mittag kochen wollte. So schaltete sie das Tablet an, holte das Rezept auf den Bildschirm und begann möglichst leise mit der Zubereitung. Vorerst ging alles gut, bis zu dem Moment, als Patrick plötzlich einen entsetzten Schrei aus der Küche hörte. Er fuhr erschrocken hoch, wobei ihm kurz schwindlig wurde. Dann eilte er so schnell es sein Zustand zuließ in die Küche. Als er die Tür aufriss und hereinstürmte, erschrak er zutiefst über den Anblick, der sich ihm bot. Ein großer Teil der Küche war rot verfärbt! Auch Jennys Gesicht, Haare, Arme und Kleidung waren mit Rot überzogen! Als er das Summen eines schnell laufenden Motors vernahm, befürchtete er zuerst, dass sich seine Partnerin daran schwer verletzt hatte! Doch der dazu gehörige Blutgeruch fehlte. Vielmehr nahm der junge Mann einen bekannten Gemüse-Geruch wahr. Der Motor gehörte einem Mixer, der im Zentrum der Verfärbung stand, daneben lagen einige frische Tomaten. Patrick schaltete rasch das Küchengerät aus, dessen Aufsatz der Deckel fehlte! Erleichtert wandte er sich Jenny zu, begann zu schmunzeln und stemmte in gespieltem Ärger die Arme in die Seiten. Seine Partnerin stand mit entsetztem Gesichtsausdruck immer noch bewegungslos da und starrte auf das Chaos.

»Was hast du denn da angestellt!«, polterte Patrick scherzhaft.

»I ... i ... ich ... wollte dir ... etwas Leckeres ... zu essen kochen«, stammelte Jenny erschrocken.

»Aha!«, meinte Patrick schmunzeln, nahm sich ein Küchentuch, machte es nass und begann damit Jennys Gesicht zu reinigen, was sie nur widerwillig zuließ und ihn dabei ziemlich verschämt ansah. Kurze Zeit später hatte er den größten Teil ihres Gesichts gereinigt und wischte ihr lächelnd über die Nase. »So, jetzt erkennt man dich wenigstens wieder!«

Jenny wäre vor Scham am liebsten im Boden versunken. »Es tut ... mir so leid. Bitte entschuldige!«, piepste sie kleinlaut. »Ich mach's auch wieder sauber.«

»Schon gut! Hauptsache du hast dich nicht verletzt. Oder hast du dir wehgetan?«, fragte Patrick besorgt, worauf Jenny nur verlegen den Kopf schüttelte. »Dann geh besser erst mal duschen und ich mache hier sauber.«

»Auf keinen Fall! Ich habe dieses Chaos hier verursacht, dann muss ich es auch beseitigen. Außerdem geht es dir doch nicht so gut und du darfst dich nicht überanstrengen!«

»Da mach dir mal keine Sorgen, das geht schon«, meinte Patrick beruhigend. »Geh ruhig duschen, ich schaffe das schon. Wenn die Tomatenpaste trocknet, kannst du sie kaum noch aus den Haaren waschen, also geh lieber gleich, sonst rubbelst du dir später die Haare vom Kopf. Du kannst mir ja später helfen.«

»Na gut«, meinte Jenny zögernd und eilte hinaus, während Patrick ihr mit amüsiertem Kopfschütteln hinterherschaute. Dann machte er sich an die Arbeit und putzte die Küche. Etwas später kehrte Jenny frisch gewaschen und mit neuer Kleidung zurück, nahm sich einen Lappen und half Patrick ihr Missgeschick zu beseitigen. Nach längerer Zeit war die Arbeit endlich getan und die Küche hatte wieder ihre ursprüngliche Farbe. Jenny stand wie eine arme Sünderin mit gesenktem Blick vor Patrick. »Bist du mir sehr böse?«

»Aber nein! Du hast es doch gut gemeint. Das war nur ein kleines Missgeschick«, sagte ihr Partner verständnisvoll und gab ihr einen Kuss.

»Wohl eher ein ziemlich großes Missgeschick!«, korrigierte Jenny kleinlaut.

»Schon in Ordnung. Denk einfach nächstes Mal daran, den Deckel auf den Mixer zu setzen, bevor du ihn benutzt«, riet Patrick schmunzelnd.

»Ich werd's mir merken«, versprach Jenny verschämt.

»Hoffentlich!«, polterte Patrick und gab ihr einen zärtlichen Klaps auf den Kopf.

»Aua!«, rief Jenny übertrieben und warf ihm einen verlegenen Blick zu. »Oje, jetzt hast du ja gar nichts zu essen für heute!«

»Macht nichts, dann hole ich mir etwas über den Lieferservice«, meinte Patrick beruhigend. »Darf ich noch einmal dein Bildtelefon benutzen?«

»Gerne!«, versicherte Jenny.

Kurze Zeit später überreichte ein Bote das bestellte Essen, wonach Patrick und Jenny gemeinsam ihr Mittagessen einnahmen.

»Tut mir leid, dass ich beim Kochen wieder so ungeschickt war. In der Hinsicht bin ich dir wohl keine gute Partnerin«, meinte die GemAI enttäuscht.

»Aber nein! Dir fehlt nur ein wenig Erfahrung. Glaub mir, einige meiner ersten Kochversuche landeten entweder in der Toilette oder im Abfalleimer«, gab Patrick schmunzelnd zu, was Jenny ein amüsiertes Lächeln entlockte. »Du brauchst nur ein wenig Übung. Ich bin zwar längst kein Meisterkoch, doch wenn du willst, bringe ich dir zumindest das bei, was ich weiß. Einverstanden?«

»Danke, das ist lieb von dir! Ich hoffe nur, dass ich dich nicht zur Verzweiflung treibe, denn ich bin wahrscheinlich nicht sehr talentiert, wenn's ums Kochen geht.«

»Ach was! Das schaffst du schon!«, meinte Patrick zuversichtlich und streichelte Jenny über den Kopf.

»Danke für dein Vertrauen!«, sagte Jenny gerührt und umarmte ihn kurz. In diesem Moment summte das Bildtelefon. Dobsons Gesicht war auf dem Bildschirm zu sehen. So nahm Jenny das Gespräch an. »Guten Tag Mister Dobson.«

»Guten Tag Jenny! Wie geht es dir und Patrick?«, erkundigte sich der Firmenleiter.

»Danke der Nachfrage. Patrick hat manchmal Kopfschmerzen und ihm ist schwindlig von der Gehirnerschütterung. Wie sie sehen können ist mein Gesicht noch geschwollen und verfärbt, aber wir werden uns sicher bald erholen.«

»Das hoffe ich sehr! Lasst es langsam angehen und nehmt euch bitte ausreichend Zeit zur Genesung. Sagt bitte Bescheid, wenn wir etwas für euch tun können, oder wenn ihr Unterstützung braucht!«, bot Dobson an.

»Danke, das ist sehr freundlich von ihnen!«, antwortete Jenny gerührt.

»Übrigens habe ich gute Nachrichten! Susans brutaler Partner hat ein Geständnis abgelegt, worauf die Anzeige gegen euch fallengelassen wurde. Ihm wird wohl bald der Prozess gemacht, wonach er mit einer schweren Strafe rechnen muss. Sanders hat Susan inzwischen zu sich genommen und kümmert sich um sie«, berichtete Dobson.

»Das freut uns beide!«, gab Jenny erleichtert zu. »Hoffentlich geht es ihr bald wieder gut.«

»Ganz bestimmt! Bei Sanders ist sie in guten Händen. Er wird sich vortrefflich um sie kümmern«, versicherte Dobson.

Jenny nickte. »Er hat sich ja damals auch sehr gut um mich gekümmert.«

»Stimmt!«, bestätigte Dobson. »Dann will ich nicht weiter stören. Ich wünsche euch noch gute Besserung. Macht's gut und wie gesagt, meldet euch bitte, wenn ihr Hilfe benötigt.«

»Danke machen wir! Vielen Dank für die guten Nachrichten. Auch ihnen alles Gute!«, wünschte ihm Jenny und beendete das Gespräch. Dann fiel sie Patrick um den Hals. »Sie haben tatsächlich die Anzeige gegen uns fallengelassen! Wie mich das freut!«, rief Jenny begeistert und hüpfte mehrmals auf und ab. »Und Susan muss nicht mehr zu ihrem brutalen Partner zurück!«

Patrick umarmte lächelnd seine euphorische Partnerin. »Das ist wirklich erfreulich! Jetzt müssen wir uns wegen der Anzeige keine Sorgen mehr machen und Susan kann sich endlich erholen!«

»Hmmm!«, summte Jenny und drückte den jungen Mann erfreut an sich. Die Tatsache, dass sie damals mit dem Gesetz in Konflikt gekommen war, hatte die GemAI sehr belastet, denn damit war ihr Ansehen gefährdet worden! Um so erleichterter war sie, dass dieser Makel nun nicht mehr bestand!

Auch Patrick freute sich, von dem Verdacht der Entführung freigesprochen zu sein. Ansonsten hätte ihm eine schwere Strafe und die Entlassung gedroht! Doch diese Gefahr war nun auch überstanden! So hielt er seine Partnerin erfreut im Arm, genoss die

Situation und Jennys Nähe. Nach einiger Zeit wurde ihm jedoch wieder schwindlig, worauf er sich erneut zurückzog.

So machte sich Jenny einen Eisbeutel und kühlte damit wieder ihre geschwollene Gesichtshälfte, während sie sich auf dem Wohnzimmer-Sofa ausruhte. Es war zwar erst eineinhalb Wochen her, dass sie Patrick begegnet war, doch in dieser kurzen Zeit hatte er ihr Leben bereits ordentlich durcheinandergewirbelt! Dafür war sie ihm jedoch sehr dankbar, denn vorher hatte sie ein sehr tristes, einsames, und viel zu gleichförmiges Leben geführt. Mit der Zeit war sie immer stiller geworden, hatte sich immer weiter zurückgezogen, um schließlich in Trauer und Einsamkeit zu versinken. Patty, Joe und die anderen Mitarbeiter hatten sich zwar Mühe gegeben, sie aus ihrer Lethargie zu befreien, doch Jennys wachsende Verzweiflung über ihre scheinbar unabänderliche Situation hatte alle gutgemeinten Versuche scheitern lassen. Doch dann war ihr der Zufall zu Hilfe gekommen, als die neue GemAI für Patrick nicht rechtzeitig geliefert werden konnte und Jenny ersatzweise für sie einsprang. In diesem Moment hatte ihr Leben erstmals eine positive Wende erfahren, als sie endlich den eintönigen Büro-Alltag hinter sich lassen konnte und wieder im Außendienst tätig wurde. Schmunzelnd erinnerte sie sich an den ersten Tag mit Patrick, als er schüchtern und wenig begeistert neben ihr auf dem Beifahrersitz saß und sie erstmals ins Gespräch miteinander kamen. Es zeigte sich bald, dass er trotz seiner Jugend sehr empathisch und einfühlsam war und schon nach kurzer Zeit stellte sich eine ungewohnte Vertrautheit zwischen beiden ein, die rasch zu einer Freundschaft und schließlich zu einer Liebesbeziehung wurde! Obwohl Jenny bereits nicht mehr daran glaubte, fand sie doch in dem jungen Mann den Partner, den sie schon so lange verzweifelt gesucht hatte! Endlich war auch ihr noch das Glück und eine angenehme Zeit mit einem lieben Partner vergönnt! Als sie jedoch so alleine auf dem Sofa saß, vermisste sie seine Nähe, weshalb sie aufstand, den Eisbeutel in die Spüle legte und leise zu seinem

Zimmer schlich. Jenny klopfte zaghaft an die Tür, worauf Patrick sie herein bat.

»Bitte entschuldige. Ich hoffe, ich störe dich nicht«, sagte sie leise und trat ein.

»Nein, keineswegs!«, versicherte Patrick.

»Wie geht es dir?«, fragte Jenny besorgt.

»Danke, schon besser. Jetzt ist mir wenigstens nicht mehr schwindlig.«

Jenny setzte sich auf die Bettkante und streichelte über seinen Kopf. »Das freut mich.« Dann senkte sie verlegen den Blick. »Darf ich mich zu dir legen?«

»Gerne!«, antwortete Patrick lächelnd, schob sich etwas zur Seite, um Jenny Platz zu machen, und hob einladend die Bettdecke an, worauf sich die GemAI neben ihn legte und sich immer noch verlegen an ihn schmiegte.

»Ich hab' dich vermisst, als ich so alleine im Wohnzimmer saß«, gestand sie schüchtern.

»Ging mir genauso«, gab auch Patrick zu und streichelte ihre unverletzte Wange. Dann drehte er sich auf den Rücken und hob Jenny dabei hoch, so dass sie auf ihm zu liegen kam, was sie mit einem liebevollen Lächeln quittierte und anschließend ihren Kopf auf seine Schulter legte, während sie ihn umarmte. Der junge Mann streichelte zärtlich ihr Gesicht und ihren Oberkörper, was die GemAI sichtlich genoss.

Wieder fragte sich Jenny insgeheim, wie es sich wohl anfühlte, wenn sie unbekleidet beisammen liegen würden, doch noch war sie zu diesem Schritt nicht bereit, weshalb sie sich weiterhin an seinen Streicheleinheiten erfreute. Später liebkoste auch sie ihren Partner, so dass es ein zärtlicher Nachmittag voller sanfter Berührungen und Küsse wurde, der erst endete, als sich der Hunger bei beiden meldete. Nach dem Essen schmusten beide noch auf dem Sofa weiter, bis sich Jenny zum Aufladen zurückziehen musste und auch Patrick zeitig zu Bett ging. Nach dem Aufladen legte sich Jenny wieder zu ihrem Partner, worauf sie noch einige Zeit

Zärtlichkeiten austauschten, bis beide schließlich selig ins Land der Träume abtauchten.

Entführung

Auch an diesem Morgen ging Jenny wieder in den aktiven Modus über, während Patrick noch schlief. Heute war ihre verletzte Gesichtshälfte immer noch leicht geschwollen, jedoch nicht mehr so druckempfindlich. Patricks Körpertemperatur war unauffällig und seine Atmung tief und ruhig. Soweit schien es ihm also gut zu gehen. Beruhigt kuschelte sich Jenny an ihren Partner und genoss die großflächige Berührung seines Körpers, bis er erwachte. Mit Freude dachte Jenny an den gestrigen Tag zurück, an dem sie lange und ausgiebig miteinander gekuschelt und sich liebkost hatten! Das war bisher der glücklichste Tag in ihrem Leben gewesen. Doch lange würde sich Patrick damit sicher nicht zufrieden geben und mehr von ihr wollen. Wie würde er wohl reagieren, wenn er erfuhr, dass sie nicht zum Beischlaf fähig war? Bisher war er sehr respektvoll mit ihr umgegangen, hatte ihr nie unter die Kleidung gefasst, oder Teile ihres Körpers entblößt, wie sie es schon von anderen GemAI vernommen hatte. Auch ihre Brüste und ihren Unterleib hatte er bisher nicht mit seinen Händen berührt, obwohl sie ihm dies inzwischen gestattete. Die GemAI hoffte, dass er nicht allzu enttäuscht war, dass er keinen richtigen Sex mit ihr haben konnte. In diesem Fall konnte sie nur abwarten, wie er reagierte. Da er bisher jedoch immer liebevoll und geduldig ihre Fehler und Schwächen toleriert hatte, würde er hoffentlich auch diesmal nicht verärgert sein. Weiter kam sie mit ihren Überlegungen nicht, denn in diesem Moment schlug Patrick die Augen auf und sah sie verschlafen an, worauf sie ihm ein liebevolles Lächeln schenkte. »Guten Morgen!«, begrüßte sie ihn fröhlich. Patrick gab ihr den Gruß mit einem sanften Kuss zurück. »Wie geht es dir?«, fragte sie leise.

»Danke, soweit gut. Keine Kopfschmerzen und kein Schwindel«, antwortete er und streichelte sanft über ihre verletzte Gesichtshälfte. »Hast du noch Schmerzen?«, erkundigte er sich.

Jenny schüttelte den Kopf. »Nur wenn ich fester dagegen drücke. Ansonsten tut die Schwellung nicht mehr weh.«

Patrick nickte und besah sich die Verletzung genauer. »Die Verfärbung ist auch schon heller geworden«, stellte er fest.

»Das ist schön. Dann wirkt wenigstens die Salbe, die ich bekommen habe«, bemerkte Jenny erfreut.

»Da kenne ich noch eine gute Medizin«, sagte Patrick zwinkernd.

»So, welche denn?«, fragte Jenny amüsiert.

Statt einer Antwort überzog der junge Mann die Verletzung mit mehreren sanften Küssen. »Das müsste ganz sicher helfen!«

»Bestimmt!«, versicherte Jenny vergnügt und gab ihm dann schmunzelnd einen Kuss auf seinen Kopfverband.

»Ob das wohl gegen den Dachschaden hilft?«, fragte Patrick skeptisch.

»Auf jeden Fall!«, versprach Jenny mit Verschwörermiene, worauf Patrick leise auflachte und ihre unverletzte Wange streichelte. »Danke übrigens für den gestrigen Tag! Es war sehr schön, so lange mit dir zu kuscheln!«

»Auch für mich!«, gestand Patrick. »Das können wir gerne fortsetzen«, worauf er sich umdrehte, so dass Jenny unter ihm zu liegen kam. Die GemAI zuckte erschrocken zusammen. »Was ist los, habe ich dir wehgetan?«, fragte Patrick besorgt.

Jenny schüttelte den Kopf und blickte ihn unsicher an. »Ich ... bin ... nur noch nie ... unter einem Mann gelegen«, gab sie zögernd zu.

»Ist es dir unangenehm?«, fragte Patrick vorsichtig.

Jenny war sich nicht sicher, wie sie reagieren sollte, denn sie befürchtete, dass der junge Mann nun mehr von ihr wollte, wozu sie im Moment jedoch noch nicht bereit war. Andererseits wollte sie ihn nicht verärgern oder langweilen. Als sie ihn erneut unsicher ansah, drehte Patrick sich nochmals herum, so dass sie nebeneinander zu liegen kamen.

»Besser so?«, fragte er freundlich.

Jenny sah ihn dankbar an und nickte. »Tut mir leid, ich wollte dich nicht verärgern«, sagte sie kleinlaut mit einem um Verständnis bittenden Blick.

»Das hast du doch nicht. Tut mir leid, wenn ich dir zu nahe getreten bin, das wollte ich nicht«, versicherte Patrick verschämt.

»Ist schon in Ordnung!«, antwortete Jenny mit liebevollem Lächeln und streichelte über seinen Kopf. »Lass uns einfach nur wieder miteinander kuscheln.«

Patrick nickte nach kurzem Zögern und begann sie mit warmherzigem Lächeln zu liebkosen, was sie sich freudestrahlend gefallen ließ. Schließlich tauschten beide wieder Zärtlichkeiten aus, bis der Hunger sie zum Aufstehen nötigte. Jenny ging zum Duschen ins Badezimmer. Diesmal blieb Patrick jedoch nicht liegen, bis sie fertig war, sondern schlich sich in die Küche, deckte leise den Tisch und brühte Tee für Jenny und Kaffee für sich selbst auf. Er hatte Jenny oft genug dabei zugesehen und kannte inzwischen die Dosierung für den Tee und den Kaffee. So war Jenny recht überrascht, als sie die Küche betrat und schon alles für das Frühstück vorbereitet war. »Ich wollte dir einfach nur eine kleine Freude machen. Hoffentlich ist der Tee genießbar«, meinte der junge Mann und drückte Jenny einen Kuss auf die Wange.

»Danke! Das ist total lieb von dir!«, sagte Jenny gerührt, umarmte ihren Partner und gab ihm einen Kuss. Dann frühstückten sie gemeinsam.

»Der Tee schmeckt ausgezeichnet. Genau so, wie ich ihn mag!«, versicherte Jenny und streichelte Patricks Hand. »Danke dir!«

»Freut mich, dass er dir schmeckt«, antwortete Patrick fröhlich. »Vorhin habe ich bemerkt, dass der Kühlschrank fast leer ist und auch die restlichen Vorräte sind nahezu aufgebraucht, so dass wir heute noch einkaufen müssen.«

»Dann mache ich die Besorgungen aber alleine. In deinem Zustand ist das noch zu anstrengend für dich, sonst wird dir unterwegs noch schwindlig«, meinte Jenny.

»Ist das nicht zu gefährlich? Du könntest Cole begegnen«, warnte Patrick besorgt.

»Keine Sorge, die Wohnung, in der ich mit ihm zusammen war, liegt in einem weiter entfernten Vorort. Von dieser Wohnung hier weiß er nichts. Außerdem bin ich die letzten sechs Jahre oft alleine einkaufen gegangen und mir ist nie etwas Unangenehmes zugestoßen. Die Bushaltestelle ist nicht weit weg und der Bus hält direkt beim Einkaufszentrum. Hab keine Angst, mir wird nichts Schlimmes passieren!«, versicherte Jenny zuversichtlich.

»Hoffentlich!«, antwortete Patrick skeptisch. »Wie willst du denn den ganzen Einkauf tragen?«

Darauf entnahm Jenny einer Schublade ein kleines, taschenartiges Objekt, das sich auf Knopfdruck zu einem Trolley entfaltete. »Damit!«, sagte sie schmunzelnd und komprimierte die Einkaufshilfe wieder.

»So etwas habe ich noch nie gesehen!«, bemerkte Patrick verwundert.

»Das hat mir Sanders geschenkt, als ich hier eingezogen bin«, erklärte Jenny. »Ich weiß nicht, wo er das gekauft hat, aber es ist ziemlich praktisch!«

»Allerdings!«, bestätigte Patrick beeindruckt.

»Dann ziehe ich mich rasch um und mache mich gleich auf den Weg«, sagte Jenny.

»Soll ich dir vorher noch eine Kompresse auf deine verletzte Wange kleben, damit man die Verfärbung nicht sieht?«, fragte der junge Mann.

»Das ist eine gute Idee. Würdest du bitte kurz warten, bis ich mich umgezogen habe?«, bat Jenny.

»In Ordnung, lass dir Zeit.«

Jenny bedankte sich und ging hinaus, während Patrick das Geschirr in die Spülmaschine räumte. Kurze Zeit später kam seine Partnerin in ihrem Uniformkleid von GemAI-Care wieder herein, worauf der junge Mann ihr noch eine große Kompresse auf die verletzte Wange klebte, welche die Verfärbung größtenteils abdeckte. Dann steckte Jenny noch die Einkaufshilfe in ihre kleine Handtasche, verabschiedete sich mit einem Kuss von Patrick und verließ die Wohnung. Patrick sah ihr ein wenig besorgt hinterher, startete dann die Spülmaschine, räumte die Frühstücks-Utensilien wieder auf und ließ sich dann auf dem Sofa nieder, um sich noch etwas auszuruhen. Die GemAI spazierte indes zur Bushaltestelle. Das Wetter war angenehm warm und windstill. So benötigte sie weder eine Jacke noch einen Regenschutz. Etwas später kam sie bei der Bushaltestelle an und sah kurz auf den Fahrplan. Laut dem Aushang sollte der Bus bereits in wenigen Minuten kommen. Bis jetzt war sie der einzige Fahrgast. So wartete Jenny geduldig ab und genoss das angenehme Wetter, als auf einmal ein dunkler Lieferwagen vorfuhr, der plötzlich auf die Busspur abbog und abrupt vor ihr zum Stehen kam. Die Seitentür wurde aufgerissen und vier kräftige, maskierte Männer sprangen heraus, packten Jenny, wobei einer ihr den Mund zuhielt, hoben sie hoch, rannten zum Lieferwagen zurück und warfen die GemAI darin zu Boden, während einer der Männer rasch die Tür schloss. Schon fuhr der Transporter eilig davon. Die ganze Aktion hatte nur wenige Sekunden gedauert! Da wurden Jennys Arme auf den Rücken gefesselt, während ein anderer Mann gleichzeitig ihren Mund knebelte. Dann banden sie auch noch ihre Füße zusammen, so dass sie nicht einmal mehr strampeln konnte. Jenny schrie entsetzt unter dem Knebel, als einer der Männer sich über sie kniete, eine Handfeuerwaffe zog und sie Jenny an den Kopf hielt. Die GemAI blickte erschrocken in den Lauf der Waffe und erstarrte vor Schreck.

»Bleib einfach ruhig liegen, dann tun wir dir nichts zuleide, verstanden?«, sagte der bewaffnete Mann. Vermutlich trug er einen Verzerrer, denn seine Stimme klang blechern.

Jenny nickte mit schreckgeweiteten Augen.

»Braves Mädchen!«, höhnte der Mann, worauf auch die anderen Männer hämisch lachten.

Jenny hatte schreckliche Angst, doch zumindest schienen die Männer Wort zu halten. Sie beobachteten die GemAI zwar genau, ließen sie jedoch in Ruhe. Trotzdem hatte Jenny Mühe ein Zittern zu unterdrücken. Sie versuchte sich zu beruhigen und erinnerte sich an das, was man ihr für solch einen Notfall beigebracht hatte. Rasch aktivierte sie den geheimen Peilsender, den man ihr bei GemAI-Care eingesetzt hatte. Der Sender war eine Spezialanfertigung und nutzte ein selten verwendetes, enges Frequenzband. Außerdem sendete er die Signale in größerem Abstand und sehr unregelmäßig, so dass er kaum anzumessen war. Jenny hoffte nur, dass das Fahrzeug nicht abgeschirmt war, sonst würde niemand den Notruf empfangen.

*

Patrick döste gerade auf dem Sofa, als das Bildtelefon summte. Der junge Mann schreckte hoch und lief zu dem Gerät, auf dessen Bildschirm Davids Gesicht zu sehen war. Verwundert nahm er das Gespräch an.

»Hallo Patrick! Was ist mit Jenny los? Wir wurden gerade von der Polizei informiert, dass ihr Notfall-Peilsender aktiviert wurde!«, sagte David aufgeregt.

»Was!«, rief Patrick verwirrt. »Welcher Notfall-Peilsender? Wovon redest du?«

David verdrehte die Augen. »Weißt du das nicht? Jede GemAI, die bei uns arbeitet, bekommt einen Peilsender eingesetzt, den sie im Notfall oder bei Gefahr einschalten soll. Jenny trägt auch so einen Sender, der nun aktiviert wurde.«

»Davon weiß ich nichts. Das hat mir niemand erzählt!«, antwortete Patrick verärgert.

»Na gut, dann hat man es eben vergessen dir zu erzählen! Trotzdem muss ich wissen, was mit Jenny los ist!«, sagte David mühsam beherrscht.

»Sie ist vor ein paar Minuten einkaufen gegangen. Mehr weiß ich nicht!«, erklärte Patrick genervt.

»Oh, diese leichtsinnige GemAI!«, knirschte David. »Na gut, dann ist sie wahrscheinlich entführt worden und man wird ihr vorerst nichts zuleide tun.«

»Entführt!«, rief Patrick entsetzt.

»Das ist früher schon öfter passiert. Es gibt wohl einige kriminelle Clans, die immer wieder GemAI entführen und sie für viel Geld ins Ausland als billige Arbeitskräfte verkaufen. Ist wohl ein lukratives Geschäft. Falls wir Jenny rechtzeitig finden, können wir vielleicht endlich einen von diesen Clans zur Rechenschaft ziehen. Die Polizei ist schon ausgeschwärmt. Ich sage dir Bescheid, wenn sich etwas Neues ergibt.«

»Kann ich irgendetwas tun, oder behilflich sein?«, fragte Patrick erschrocken.

David schüttelte den Kopf. »Das ist Sache der Polizei. Solange Jennys Peilsender von ihnen empfangen wird, haben die recht gute Chancen, sie möglichst bald zu finden. Wie gesagt, ich melde mich bei dir, sobald ich etwas Neues erfahre.«

»Ist in Ordnung. Danke für die Information!«, sagte Patrick nervös.

»Gern geschehen! Bis später!«, antwortete David und beendete das Gespräch.

Patrick starrte auf den leeren Bildschirm, während sich seine Gedanken überschlugen. Nun machte er sich Vorwürfe, dass er die GemAI alleine gehen ließ. Vielleicht hätte er die Entführung verhindern können, wenn er sie begleitet hätte. Er begann nervös auf und ab zu laufen und überlegte fieberhaft, ob er irgendetwas unternehmen sollte. Doch im Moment konnte er nichts tun, außer sich auf die Polizei verlassen, die Jenny hoffentlich bald befreite.

*

Die Fahrt zog sich lange hin. Jenny lag still da, um die Männer nicht zu provozieren. Die Fesseln an Händen und Füßen waren eng und drückten ihre Gelenke zusammen, die sich allmählich schmerzhaft bemerkbar machten. Der harte Boden und die unbequeme Stellung taten ein Übriges, ihr Unwohlsein zu steigern. Trotzdem wagte Jenny nicht sich zu bewegen. Sie hoffte inständig, dass die Polizei ihr Notsignal empfangen hatte und sie baldmöglichst befreite. Immer wieder glitt ihr Blick ängstlich zu den maskierten Männern. Dann schienen sie über eine unbefestigte Straße zu fahren. Das Fahrzeug schaukelte immer wieder und wurde unsanft durchgeschüttelt, was auch Jenny schmerzhaft zu spüren bekam. Schließlich hoffte sie nur, dass sie bald ihr Ziel erreichte und von dieser unbequemen Lage erlöst wurde.

*

Die Polizei-Drohne hatte das Notsignal der GemAI lokalisiert und schwebte nun getarnt in geringer Höhe über dem dunklen Lieferwagen. Noch griffen die Sicherheitskräfte nicht ein, sondern warteten, dass das Fahrzeug sie zu dem Versteck der Entführer leitete. Dort konnten sie dann hoffentlich gleich die ganze Bande überwältigen und festnehmen. So machte sich eine größere Spezialeinheit auf den Weg und folgte unauffällig dem Lieferwagen.

*

Endlich wurde das Fahrzeug langsamer und hielt schließlich an. Während einer der Männer die Tür öffnete, löste ein anderer den Knebel und die Fesseln an Jennys Füßen. Dann wurde die GemAI unsanft angehoben, und draußen auf die Beine gestellt. Jenny sah sich ängstlich um. Sie schienen sich in einer größeren Halle zu befinden. Da wurde die GemAI auch schon rüde auf eine Tür zugestoßen.

»Na los, beweg dich!«, herrschte sie einer der Männer an.

Jenny kam dem Befehl nach und fand sich wenig später in einem Büro wieder, hinter dessen einfachem Schreibtisch eine große Frau mittleren Alters mit hartem Gesicht saß. Während die GemAI von

164

zwei der Entführer flankiert vor dem Tisch stand und sich angstvoll umsah, erhob sich die Frau und ging betont langsam auf Jenny zu. Dann baute sie sich vor ihr auf und sah die GemAI abschätzend an. Plötzlich riss sie Jenny unsanft die Kompresse vom Gesicht, was die GemAI mit einem schmerzhaften Aufschrei quittierte.

»Was ist los, bist du gegen einen Schrank gelaufen?«, fragte die Frau herablassend mit klirrender Stimme.

»Ich wurde niedergeschlagen«, antwortete Jenny leise.

Die Frau schnaubte verächtlich. »Was bist du für ein Modell?«, wollte sie dann wissen.

»Eine GemAI der zweiten Generation«, antwortete Jenny ängstlich.

Die Frau wirkte kurz überrascht. »Wie lange existierst du schon?«

»Acht Jahre.«

Das Gesicht der Frau drückte plötzlich Enttäuschung aus. »Dann hast du sicher schon erste Funktionsstörungen.«

Jenny nickte verlegen. »Ja«, antwortete sie leise.

Die Frau blickte sie nachdenklich an. »Eigentlich bist du ja ein ganz hübsches Modell und auch noch aus der zweiten Generation. Es gibt nicht mehr viel von euch, weshalb ihr recht begehrt seid, aber mit der Verletzung will dich keiner haben! Na ja, das wird bald verheilt sein. Bis dahin darfst du unsere Gastfreundschaft genießen«, sagte sie hämisch. Die beiden Männer lachten verhalten. »Bringt sie zuerst zum Doc und dann zu den anderen!«, befahl sie anschließend mit harter Stimme, worauf Jenny von den beiden Männern unsanft hinausgezerrt wurde.

*

Die Verbindung zur Polizei-Drohne war plötzlich abgerissen. Ihre letzte Position lokalisierten die Sicherheitskräfte bei einer außerhalb der Stadt liegenden, stillgelegten Fabrik. Sofort entsandten sie mehrere Drohnen dorthin, die in größerer Höhe das Areal untersuchten und abtasteten. Dabei bekamen sie auch wieder Kontakt zu der

Drohne im Inneren des Gebäudes, die inzwischen zahlreiche Mikro-
spione freigesetzt hatte, welche nun das Gebäude infiltrierten. Einer
dieser Spione begleitete Jenny unbemerkt. So konnte sich die Polizei
und ihre Spezialeinheit bald ein Bild von der Situation machen
und rasch einen Plan zur Befreiung der GemAI und Festnahme
der Entführer ausarbeiten.

*

Die beiden Männer brachten Jenny zu einem Arzt im gleichen
Gebäude, der sich kurz ihr Gesicht ansah und ihr dann die gleiche
Salbe mitgab, die sie auch bereits im Krankenhaus bekommen
hatte. Anschließend führten die Männer sie durch einen Gang, an
dessen Ende ein Schreibtisch mit einem mürrischen Mann dahinter
stand. Der gab ihnen kurz ein paar Anweisungen und öffnete danach
eine abgeschlossene Tür, die in einen größeren Raum führte, in
dem sich mehrere weibliche GemAI aufhielten, die kurz aufsahen,
als Jenny mit den beiden Männern eintrat. Ihre Gesichter zeigten
eine Mischung aus Angst und Resignation, wie Jenny erschrocken
feststellte. An der Wand waren zahlreiche Ladegeräte mit einem
kleinen Schrank daneben aufgereiht. Die Männer führten Jenny zu
einer der Stationen.

»Das hier ist deine Station. Alles weitere erklären dir die anderen
GemAI«, sagte einer der Männer kurz. Dann ließen sie Jenny stehen
und verließen den Raum, dessen Tür danach wieder abgeschlossen
wurde. Die GemAI auf dem Ladegerät links neben Jenny sah sie
bedauernd an und erhob sich.

»Herzlich willkommen im Modell-Lager!«, begrüßte die GemAI
Jenny spöttisch. »Mein Name ist Pia.«

Jenny stellte sich vor und musterte dann kurz ihr Gegenüber. Sie
war eine GemAI der vierten Generation, was Jenny an der schmalen
Funktionsleuchte sah. Pia war etwas größer und kräftiger als Jenny
und hatte kurze, braune Haare.

166

»Haben dir die beiden Kerle das gerade angetan?«, fragte Pia, als sie Jennys verletzte Gesichtshälfte ansah.

Jenny schüttelte den Kopf. »Ein Mann hat mich vor zwei Tagen niedergeschlagen.«

Pia nickte verstehend. »Das klingt jetzt seltsam, aber die Verletzung ist hier durchaus von Vorteil. So lange sie nicht verheilt ist, können sie dich nicht verkaufen.« Auf Jennys fragenden Blick fuhr sie fort: »Die haben dich entführt, damit sie dich an gut zahlende Kunden im Ausland verkaufen können. So geht es uns allen hier.« Pia machte eine ausholende Geste. »Wir warten nur darauf, bis sich einer der Kunden für uns interessiert. Bis dahin werden wir hier einigermaßen gut versorgt und behandelt. So lange du dich unauffällig benimmst, hast du nichts zu befürchten. Die Kerle hier sind zwar alle ziemlich mies, doch sie dürfen uns nichts zuleide tun, damit wir uns gut bei der Kundschaft präsentieren.« Jenny nickte verstehend, schwieg aber erschrocken. »Es gibt dreimal am Tag geschmackloses Gel als Nahrung. Wasser kannst du dir im Waschraum abfüllen. Saubere Kleidung findest du im Schrank neben dem Ladegerät. Die wird regelmäßig erneuert. Ist zwar nur ein Paar Schuhe, Unterwäsche und das gleiche kurze Kleid, das ich trage, aber die Kleidung ist sauber und passend. Die werden sie dir etwas später noch bringen.« Jenny nickte nochmals und betrachtete kurz Pias Kleidung. Sie glich der Freizeitkleidung von Jenny, nur war das Dekolletee weiter ausgeschnitten und der Rock recht kurz. Dann führte Pia sie in den Waschraum, in dem es mehrere Duschen, Toiletten und Waschbecken gab. »Kalibrier am besten erst einmal dein Ladegerät. Die sind zwar schon etwas älter, funktionieren aber ansonsten einwandfrei«, riet Pia Jenny. »Ansonsten gibt es hier nichts zu tun, außer zu warten und sich instand zu halten.«

Jenny bedankte sich für Pias Einweisung und setzte sich auf ihr Ladegerät, das sofort mit den Einstellungen begann.

»Du bist doch eine GemAI der zweiten Generation?«, fragte Pia freundlich.

»Stimmt«, bestätigte Jenny.

»Falls du Schwierigkeiten hast oder Hilfe wegen deiner Funktionsstörungen benötigst, kannst du jeden von uns hier ansprechen, wir
helfen uns gegenseitig«, versicherte Pia und streichelte Jenny über
die gesunde Wange.

»Danke! Das ist sehr freundlich von euch!«, meinte Jenny verlegen. Kurze Zeit später schob eine kräftige Frau mittleren Alters
einen Wagen voller Kleidung herein und blieb damit vor Jenny stehen.

»Sag mir bitte deine Kleider- und Schuhgröße«, wandte sich die
Frau freundlich an Jenny, die ihr die gewünschte Auskunft gab.
Darauf nahm die Frau die passenden Schuhe und entsprechende
Kleidung von dem Wagen, legte sie in den Schrank neben Jennys
Ladegerät, verabschiedete sich und schob den Wagen wieder hinaus,
worauf die Türe wieder abgeschlossen wurde.

So saß Jenny ängstlich auf ihrem Ladegerät und zweifelte allmählich daran, dass ihr Notsignal empfangen worden war. Warum
hatte die Polizei sie noch nicht befreit? Auf der langen Fahrt hatte
sie doch genug Gelegenheit dazu gehabt! Zwar hatte sie im Moment
noch die Sicherheit, dass sie wegen ihrer Verletzung nicht verkauft
wurde, doch die Heilung würde nur noch wenige Tage dauern.
Wenn sie erst einmal ins Ausland verkauf worden war, würde man
sie mit Sicherheit nicht mehr wiederfinden. Bestimmt würde ihr
neuer Besitzer sie auch nicht gut behandeln. Ausgerechnet jetzt,
wo sie einen lieben und verständnisvollen Partner gefunden hatte,
wurde sie entführt! Kaum hatte sie erstmals für wenige Tage ihr
Leben genießen können, wurde ihr auch diese Annehmlichkeit wieder
genommen. Ihr blieb wirklich nichts erspart! Der Gedanke, Patrick
nie mehr wiederzusehen, war für Jenny unerträglich. Noch wollte
sie die Hoffnung nicht aufgeben, doch mit jeder Minute sank ihr
Mut und wuchs ihre Verzweiflung.

*

Einer der Männer, die Jenny entführt hatten, betrat das Zimmer des Technikers und legte sein Funkgerät auf den Tisch. »Ich glaube, das Gerät ist kaputt. Seit etwa einer Stunde höre ich ständig irgendwelche Störgeräusche.«

Der Techniker sah ihn fragend an und erhöhte die Lautstärke des Funkgerätes. Tatsächlich waren unregelmäßige penetrante Knackgeräusche zu vernehmen. »So etwas höre ich zum ersten Mal. Na ja, die Qualität von den Dingern lässt auch immer mehr zu wünschen übrig. Hier, ich gebe dir so lange ein neues Gerät, bis ich herausgefunden habe, was da kaputt ist.« Er reichte dem Mann ein anderes Funkgerät, das keine Störgeräusche aufwies.

»Danke dir!«, sagte der Mann, steckte das Funkgerät ein und verließ mit einem Gruß den Raum.

Als wenig später zwei weitere Männer ihre Funkgeräte bei ihm abgaben, welche die gleichen Störgeräusche aufwiesen, wurde der Techniker stutzig. Dann stellte er fest, dass die Knackgeräusche bei den angeblich kaputten Geräten synchron auftraten, also alle Geräte die Geräusche gleichzeitig von sich gaben. Als er die Funkgeräte an sein Messsystem anschloss, fiel ihm auf, dass die Impulse, welche die Knackgeräusche verursachten, im äußersten Bereich des Frequenzbandes lagen, welches diese Funkgeräte empfingen. Es musste sich also um einen Sender handeln, der die störenden Impulse abgab. Der musste irgendwo im Gebäude zu finden sein. So nahm sich der Techniker eines der Funkgeräte und begann systematisch die Bereiche des Gebäudes zu untersuchen. Als er sich dem Raum mit den GemAI näherte, wurden die Impulse plötzlich lauter. Direkt vor dem Raum war die Lautstärke am größten! Der Techniker fluchte und rannte zu seiner Chefin, der Frau mit dem harten Gesicht, welche Jenny die Kompresse vom Gesicht gerissen hatte. Ohne anzuklopfen riss er die Tür auf und stürmte in das Zimmer. »Habt ihr vor gut einer Stunde eine GemAI hierher gebracht?«, fragte er außer Atem.

Die Frau sah ihn verärgert an. »Was fällt dir ein hier so hereinzustürmen!«

»Ich habe im Raum der GemAI einen Sender entdeckt!« Der Techniker stellte das Funkgerät lauter. »Die Impulse werden von dort ausgesandt!« Er hielt der Frau das Funkgerät hin, so dass sie die Knackgeräusche gut hören konnte. »Mehrere der älteren Funkgeräte geben die Geräusche synchron wieder. Das ist mit Sicherheit ein moderner Peilsender!«

»Verdammt! Dann hat das kleine Blondchen, das wir vorhin eingefangen haben, einen Sender eingebaut!«, rief die Frau ärgerlich. Sie wollte gerade das Sprechgerät bedienen, als mehrere Explosionen ertönten und Schüsse fielen.

Wenige Augenblicke später kam einer der Entführer ins Zimmer gerannt. »Haut ab, die Bullen stürmen das Gebäude!«

»Dieses kleine Miststück hat sie zu uns geleitet! Das wird sie noch bereuen!«, keifte die Frau, schnappte sich einen Aktenkoffer und rannte mit den Männern aus dem Zimmer.

*

Auch Jenny und die restlichen GemAI hörten die Explosionen und die Schüsse. Alle zuckten zusammen und sahen sich ängstlich an. Wenig später hörte man draußen ein Rumpeln, dann flog die Tür auf und mehrere vermummte Männer stürmten mit angeschlagenen Waffen in den Raum. Die GemAI erschraken und verbargen sich hinter ihren Ladegeräten, während die Männer rasch den Waschraum durchsuchten, dann das Signal gaben, dass dieser Bereich gesichert war. Der Anführer machte kurz Meldung am Funkgerät, dann sammelten sie behutsam die verschreckten GemAI ein und führten sie ins Freie. Dort standen auch bereits die befreiten männlichen GemAI. Auch die überwältigten Entführer wurden gerade hinaus geführt. Die große Frau mit dem harten Gesicht war jedoch nicht unter ihnen. Die künstlichen Intelligenzen wurden gleich vor Ort untersucht und erhielten auch psychologische Hilfe, denn einige waren nach der Entführung traumatisiert! Mehrere von ihnen, auch

170

Jenny, gaben ihre Aussage sofort zu Protokoll. Dann wurden die GemAI, die keine weitere Hilfe benötigten, nach Hause gefahren.

*

Patrick war inzwischen fast verrückt vor Sorge, als nach einer scheinbaren Unendlichkeit schließlich das Bildtelefon summte. Davids erleichtertes Gesicht war auf dem Bildschirm zu sehen, so nahm der junge Mann das Gespräch rasch an.

»Hallo David, was ist los?«, fragte Patrick aufgeregt.

»Die Polizei hat Jenny gefunden und inzwischen befreit. Es geht ihr gut und die fahren sie gerade nach Hause«, antwortete David freudig.

Patrick hätte vor Freude am liebsten einen Luftsprung gemacht. »Danke für die Nachricht! Du glaubst ja gar nicht, wie mich das freut!«, rief er begeistert.

»Oh doch, das kann ich mir gut vorstellen! Wir alle hier sind total erleichtert und froh, dass Jenny nichts passiert ist! Sag ihr bitte viele Grüße von uns«, bat David.

»Mach' ich gerne!«, versprach Patrick. »Nochmals vielen Dank für den Anruf!«

»Gern geschehen. Macht's gut!«, wünschte David noch und beendete das Gespräch.

Patrick war nach dieser Nachricht sehr erleichtert und konnte es kaum noch erwarten Jenny wiederzusehen. Trotzdem musste er sich noch einige Zeit gedulden, bis er schließlich hörte, wie die Haustüre geöffnet wurde. Er eilte nach draußen, wo sich Jenny und er endlich in die Arme fielen. Die beiden Polizisten warteten geduldig, bis sich Patrick und Jenny begrüßt hatten. Dann bedankte sich Jenny für die Rettung und das Geleit.

»Gern geschehen! Dafür sind wir da. Passt bitte in nächster Zeit gut auf. Wie es scheint, haben wir noch nicht alle Mitglieder der Bande gefasst«, warnte sie einer der Polizisten. Dann verabschiedeten sich die beiden Gesetzeshüter.

Kaum hatte sich die Tür geschlossen, fiel Jenny ihrem Partner erneut um den Hals und begann leise zu weinen. Patrick umarmte und streichelte sie.

»Die wollten mich ins Ausland verkaufen. Ich hatte solche Angst, dass ich dich nie mehr wieder seh...« Ihre Stimme brach und sie weinte heftig. So lag sie längere Zeit in seinen Armen, als die aufgestaute Angst der letzten Stunden aus ihr herausfloss und sie von einem Weinkrampf geschüttelt wurde.

Auch Patrick war erschüttert und konnte den Gedanken kaum ertragen, Jenny nicht mehr bei sich zu haben. So hielten sie sich gegenseitig fest und ließen ihren Gefühlen freien Lauf, bis endlich die Tränen versiegten. »Hab keine Angst. Ich werde es nicht zulassen, dass dich noch einmal jemand entführt, oder dir wehtut! Ab jetzt werde ich noch besser auf dich aufpassen«, versprach der junge Mann ganz fest, worauf sich Jenny gerührt bedankte. Dann gingen sie beide ins Wohnzimmer, wo sich Jenny erst einmal erfreut umsah.

»Du glaubst nicht, wie gut es sich anfühlt wieder zu Hause zu sein!«, sagte die GemAI erfreut.

»Das kann ich mir gut vorstellen«, versicherte Patrick verständnisvoll und streichelte Jenny über den Kopf. »Zieh dich doch erst einmal um und mach's dir bequem«, riet er der GemAI.

Das ließ sich Jenny nicht zweimal sagen und eilte in ihr Zimmer. Kurze Zeit später trug sie wieder ein armloses Kleid mit kurzem Rock. Inzwischen hatte sich bei ihr und Patrick der Hunger gemeldet, da es bereits früher Nachmittag war. Weil Jenny aus verständlichen Gründen nichts eingekauft hatte, holte sich Patrick ein Essen beim Lieferservice, während Jenny ihr Gel zu sich nahm. Nach dem Essen erzählte die GemAI ihrem Partner, was sie in den letzten Stunden erlebt hatte. Patrick war erschüttert, als er erfuhr, wie rücksichtslos die Entführer mit Jenny umgingen. Dafür war er um so erleichterter, dass Jenny einen Peilsender trug, mit dem sie die Polizei zu den Entführern gelotst hatte. Ansonsten wäre es kaum möglich gewesen, die GemAI rechtzeitig zu finden, bevor die Entführer sie ins Ausland verkauft hätten! Daran wollten beide erst gar nicht denken, denn eine gewaltsame Trennung war für beide unerträglich! So hatte alles noch ein gutes Ende genommen. Der größte Teil der Kidnapper war gefasst und sämtliche entführten GemAI konnten befreit werden! In diesem Moment klingelte es an der Haustüre. Jenny zuckte erschrocken zusammen und sah Patrick ängstlich an. Der machte eine beruhigende Geste, erhob sich und prüfte den Bildschirm der Türkamera. »Da draußen stehen Mister Dobson, David, Joe und Patty!«, rief Patrick seiner Partnerin zu und betätigte den Türöffner. Jenny atmete erleichtert auf, erhob sich ebenfalls und ging zur Wohnungstür. Kurze Zeit später standen die Besucher im Wohnzimmer und umarmten Jenny einer nach dem anderen. Selbst Mister Dobson vergaß seine gewohnte Zurückhaltung und nahm die GemAI erleichtert in seine Arme, was Jenny zwar verlegen machte, trotzdem genoss sie die herzliche Geste. Dann zog er einen Brief mit einem Willkommensgruß aus der Tasche, auf dem sämtliche Mitarbeiter unterschrieben hatten, die Jenny kannten! Die GemAI war sehr gerührt von dieser liebenswerten Geste und bekam feuchte Augen.

»Danke, das ist total lieb von euch!«, sagte sie mit rauer Stimme und senkte kurz verlegen den Blick. »Ohne den Peilsender, den ihr mir eingebaut habt, hätten wir uns sicherlich nicht mehr wiedergesehen. Dafür auch ein ganz großes Danke!«

»Gern geschehen! Daran kann man wieder einmal sehen, wie wichtig so ein kleines Gerät ist. Zukünftig sollten alle GemAI so einen Sender tragen, dann wäre es für die Entführer wesentlich schwerer unerkannt zu entkommen«, sagte Mister Dobson.

David nickte zustimmend. »Geht es dir ansonsten gut?«, fragte er Jenny.

»Danke, ja! Ich bin nur ziemlich erschöpft nach dem Erlebnis und unendlich froh, wieder hier, unter euch zu sein!«, antwortete die GemAI freudig.

»Dann lassen wir dich jetzt in Ruhe«, meinte Mister Dobson. »Erholt euch beide von dem Schock und lasst es euch gut gehen!«

»Machen wir!«, versprach Jenny gerührt.

»Ihr geht mir auch nicht mehr alleine einkaufen. Joe und ich kommen morgen nach der Arbeit vorbei und nehmen euch zum Supermarkt mit. Habt ihr verstanden?«, kommandierte Patty halbernst.

»Zu Befehl!«, antwortete Patrick schmunzelnd.

»Dann ist's ja gut!«, polterte Patty. So verabschiedeten sich die vier Besucher noch herzlich und verließen die Wohnung.

Kaum hatten Patrick und Jenny das Wohnzimmer wieder betreten brach die GemAI plötzlich bewusstlos zusammen und ihre Funktionsanzeige begann gleichmäßig zu blinken. Patrick konnte sie gerade noch auffangen. Er trug sie zum Sofa und legte sie dort behutsam nieder. Puls und Atmung von Jenny waren ruhig und regelmäßig. Patrick wusste nicht, ob sie wegen Erschöpfung zusammengebrochen war, oder ob es sich wieder um eine Funktionsstörung handelte. Also nahm er sich einen Stuhl, setzte sich neben sie und wartete erst einmal ab. Sollte Jennys Akku eine geringe Restladung anzeigen, konnte er sie immer noch in ihr Zimmer tragen und auf das Ladegerät legen. Doch im Moment schien sie einfach nur zu ruhen. Nach etwa zwei Minuten öffnete die GemAI zögernd die Augen. Ihre Funktionsanzeige flackerte kurz, dann begann sie dauerhaft zu leuchten.

»Was ist passiert?«, fragte sie ein wenig verwirrt.

Patrick machte eine beruhigende Geste. »Du hast plötzlich in den Ruhemodus gewechselt. Deshalb habe ich dich auf das Sofa gelegt. Geht es dir soweit gut?«, fragte er besorgt.

»Danke, alles in Ordnung. Das war wieder die gleiche Funktionsstörung, wie vor ein paar Tagen im Auto, als ich vor der Ampel plötzlich in den Ruhemodus überging«, erklärte Jenny. »Zum Glück haben es unsere Besucher nicht mitbekommen.«

»Hmmm«, summte Patrick und nickte bestätigend. »Hab ich mir schon gedacht. Bleib einfach liegen und ruh' dich aus.«

Die GemAI warf ihm einen dankbaren Blick zu. »Danke für dein Verständnis.«

Patrick schenkte ihr einen liebevollen Blick und streichelte über ihren Kopf. »Du hast schließlich eine Menge durchgemacht. Jetzt erhol dich erst einmal von dem Schreck.«

Jenny nahm seine Hand, drückte sie sanft gegen ihre Wange und lächelte ihn an. »Lieber Mensch!«

Patrick gab ihr einen Kuss und streichelte sie mit der anderen Hand. So tauschten sie einige Zeit Zärtlichkeiten aus. Doch dann wurde es dem jungen Mann zu unbequem, weshalb er Jenny in sein Zimmer mitnahm, wo sie auf seinem Bett weiter schmusten. Dabei vergaßen beide bald die schlimmen Geschehnisse des Tages und genossen die intensive gegenseitige Nähe, bis sich der Hunger meldete.

»Haben wir noch genug Vorräte?«, fragte Jenny besorgt.

»Für das Abendessen und das Frühstück müssten sie noch reichen«, antwortete Patrick und begann zu schmunzeln. »Ansonsten knabber ich dich an«, sagte er zwinkernd und biss Jenny scherzhaft in die Nase.

»Aua!«, rief die GemAI übertrieben. »Dann hoffe ich mal, dass noch genug da ist!«, meinte sie scheinbar ängstlich, lächelte dann jedoch amüsiert, verstrubbelte Patrick die Haare und erhob sich. Der junge Mann folgte ihr ins Wohnzimmer, wo er ein kaltes Vesper aß, während Jenny ihr Gel schlürfte. Anschließend verstaute sie den Behälter mit den leeren Gel-Flaschen in dem Abhol-Fach neben der Haustüre. Sie versicherte sich noch einmal, dass die Türe geschlossen und verriegelt war, dann kehrte sie ins Wohnzimmer zurück. »Würdest du mir heute während des Aufladens Gesellschaft leisten?«, fragte sie Patrick verlegen. »Es klingt vielleicht seltsam, und ich kann es auch nicht erklären, aber es macht mir heute Angst, so lange alleine in meinem Zimmer zu sein.« Dabei warf sie ihm einen um Verständnis bittenden Blick zu.

Patrick nickte, schenkte ihr ein liebevolles Lächeln und streichelte Jennys Kopf. »Ist schon in Ordnung. Ich setz' mich gerne zu dir! Nach so einem Erlebnis ist das doch nur allzu verständlich!«

Jenny umarmte ihn und bedankte sich gerührt.

»Soll ich dir während der Ladezeit etwas vorlesen?«, fragte Patrick.

»Gerne, sofern es dir nicht zu anstrengend ist«, nahm Jenny den Vorschlag an.

»Das geht schon«, versicherte Patrick.

So ging Jenny in ihr Zimmer und machte es sich auf dem Ladegerät bequem, während der junge Mann in seinem Zimmer nach einem passenden Buch suchte. Nach kurzer Zeit hatte er eines gefunden und gesellte sich zu der GemAI.

»Halt bitte etwas Abstand zu dem Ladegerät. Ich weiß nicht, ob es Menschen durch das Induktionsfeld Schaden zufügt«, warnte ihn Jenny.

Patrick nickte zustimmend und zog seinen Stuhl etwas weiter weg von dem Gerät. Dann setzte er sich, schlug das Buch auf und suchte eine gute Passage. Wenig später hatte er sie gefunden und begann laut vorzulesen. Die humorvolle Geschichte tat Jenny gut und sie kicherte mehrmals, während Patrick schmunzelnd weiterlas. Nach längerer Zeit wurde es dem jungen Mann jedoch zu anstrengend und er beendete seine Lesung.

»Danke, für diese lustige Geschichte. Ich hoffe, es war dir nicht zu mühselig«, sagte Jenny.

Patrick schüttelte den Kopf. »Keine Sorge, mir geht es gut!«

Die beiden plauderten noch eine Weile miteinander, bis der junge Mann schließlich gähnen musste.

»Ich will nicht zu viel von dir verlangen. Wenn du müde bist, darfst du dich gerne zurückziehen. Die verbleibende Stunde Ladezeit werde ich schon überstehen«, meinte Jenny tapfer.

»Das geht schon«, sagte Patrick und streckte sich. »Wie werdet ihr GemAI eigentlich...«, er suchte nach einem passenden Wort, »erschaffen?«

»So ganz genau weiß ich das auch nicht, denn das ist ein Firmengeheimnis. Angeblich wird der organische Teil unseres Körpers durch Klonung hergestellt und danach mit den technischen und elektronischen Elementen ergänzt. Zum Schluss wird die Software eingespielt und aktiviert«, erklärte Jenny.

Patrick nickte verstehend. »Kannst du dich an den Moment erinnern, als du das erste Mal aktiviert wurdest?«

Jenny nickte lächelnd. »Es dauerte kurze Zeit, bis sich sämtliche Systeme meines Körpers mit der Software synchronisiert hatten und die Verbindung zum organischen Teil des Körpers stabil war. Dann hörte ich erstmals Geräusche und öffnete die Augen. Zwei menschliche Betreuer standen neben mir und versicherten sich, dass ich sie hören und sehen konnte. Anschließend führten sie mich durch das Diagnose-Programm, prüften meine Sensorik und halfen mir bei den ersten Bewegungen. Mehrere Tage lang lernte ich den organischen Teil meines Körpers kennen, verbesserte die Motorik und Koordination, die Orientierung im Raum, sowie das Sprechen. Nach etwa einer Woche wurde ich noch einer genauen Diagnose unterzogen, bei der sämtliche technischen und organischen Eigenschaften geprüft wurden. Als alles in Ordnung war, wurde ich an GemAI-Care ausgeliefert«, beschrieb Jenny ihren Werdegang.

Patrick nickte verstehend. »Ich hoffe, man hat dich von der Aktivierung bis zur Auslieferung gut behandelt.«

Jenny nickte nochmals. »Meine Betreuer waren sehr freundlich und geduldig. Keine Sorge, bis dahin hatte ich eine angenehme Zeit!«

»Wenigstens!«, bemerkte Patrick. »Tut mir leid, dass du danach so viel erdulden musstest!«

»Das ist lange her. Seitdem ich mit dir zusammen bin, geht es mir so gut, wie nie zuvor. Nur das zählt für mich!«, versicherte Jenny mit liebevollem Lächeln.

»Mir geht es genauso!«, gab nun auch Patrick zu.

»Was sind deine ersten Erinnerungen?«, wollte die GemAI wissen.

»Ich kenne nur erste bruchstückhafte Erlebnisse, als ich etwa drei Jahre alt war, an der Hand meiner Mutter ging, oder auf dem Spielplatz herumtobte«, antwortete Patrick verlegen, was Jenny mit einem amüsierten Lächeln quittierte. »Übrigens tut es mir leid, dass ich am Anfang etwas mürrisch zu dir war. Ich hatte davor noch keinen Kontakt zu GemAI und nahm an, dass ihr euch wie Roboter verhaltet.«

Jenny nickte mit verständnisvollem Lächeln. »Die meisten Menschen haben dieses Vorurteil uns gegenüber, denn sie können sich nicht vorstellen, dass unsere Software in Verbindung mit dem halborganischen Gehirn ein nahezu menschliches Verhalten ermöglicht. Deshalb überrascht sie meist unser menschliches Benehmen. In der Regel haben sie sich jedoch nach kurzer Zeit daran gewöhnt und empfinden es als angenehm.«

»So ging es mir auch«, gab Patrick verlegen zu. »Ich hoffe, ich habe dir damals nicht weh getan oder dich verärgert.«

»Aber nein, du hast damals nichts falsch gemacht!«, versicherte Jenny. »Im Gegenteil! Ich war angenehm überrascht, wie freundlich und einfühlsam du warst, denn ich hatte zuerst ein wenig Angst vor dir, wegen meiner schlechten Erfahrungen mit Cole. Deshalb habe ich auch nachts meine Zimmertüre verriegelt.«

Patrick nickte lächelnd, als er sich daran erinnerte. »Mir war auch zuerst mulmig, als ich erfuhr, dass wir zusammen wohnen. Deshalb hat es mich nicht verwundert, dass du deine Türe abgeschlossen hast. Das hätte ich an deiner Stelle genauso gemacht. Schließlich kanntest du mich ja gar nicht.« Der junge Mann hob seine Hände, formte die Finger zu gebogenen Krallen, legte eine gespielt finstere Miene auf und grinste dabei spitzbübisch. »Ich hätte ja auch ein böser Bube sein können!«

Jenny kicherte bei seinem Anblick. »Wer weiß!«, sagte sie schmunzelnd.

So plauderten sie noch miteinander, bis Jennys Akku vollends aufgeladen war. Dann erfrischten sie sich noch kurz im Badezimmer und legten sich anschließend gemeinsam in Patricks Bett, wo sie noch kurze Zeit miteinander schmusten, bis beide ins Land der Träume übergingen.

Angenehme Zeiten

An diesem Morgen fuhren Jenny und Patrick nach dem Frühstück ins Krankenhaus, damit der Arzt den Gesundheitszustand des jungen Mannes prüfen konnte. Der Mediziner war mit der Genesung zufrieden und auch Patricks Kopfwunde war soweit verheilt, dass er keinen Verband mehr tragen musste, sondern nur noch ein größeres Pflaster bekam. Auch Jennys Schwellung im Gesicht war weitgehend verheilt und der Bluterguss verblasste rasch. So war ihr Besuch der Klinik bald beendet. Als beide wieder Jennys Wohnung betraten, zeigte das Bildtelefon einen eingegangenen Anruf. Es war Carl Sanders, der um einen Rückruf bat. So stellte die GemAI rasch die Verbindung her.

»Hallo Jenny!«, rief Sanders erfreut. »Wie geht's euch denn?«

»Danke, uns geht es gut. Patrick hat keine Beschwerden mehr und seine Wunde ist fast verheilt, genauso wie die Verletzung in meinem Gesicht.«

Sanders nickte erleichtert. »Das freut mich!« Dann begann er verschmitzt zu lächeln. »Darf ich euch heute Mittag zum Essen bei uns einladen? Peggy kocht das Curry, welches du so gerne magst!«

»Wirklich?«, rief Jenny überrascht.

»Hmmm!«, summte Sanders und nickte schmunzelnd.

»Prima!«, rief Jenny begeistert und hüpfte erfreut, worauf Sanders amüsiert auflachte.

»Wusste ich doch, dass ich dir damit eine Freude machen kann.«

»Und wie!«, meinte Jenny verzückt.

»Soll ich euch dann in einer halben Stunde abholen?«, fragte Sanders.

Jenny warf Patrick einen fragenden Blick zu, der darauf zustimmend nickte. »Ist in Ordnung!«

»Gut, dann bis demnächst!«, sagte Sanders.

»Freue mich schon!«, rief Jenny fröhlich und beendete das Gespräch.

»Peggy kocht tatsächlich mein Lieblingsessen!«, rief Jenny erfreut und hüpfte von einem Fuß auf den anderen.

»Du hast mir noch gar nicht erzählt, dass du ein Lieblingsessen hast«, meinte Patrick schmunzelnd.

»Die Zubereitung ist kompliziert. Deswegen habe ich es dir nicht erzählt, sonst hättest du vielleicht probiert es für mich zu kochen. Das wollte ich dir nicht zumuten«, gab Jenny kleinlaut zu.

»Ach Jenny, du bist viel zu bescheiden und rücksichtsvoll!«, sagte Patrick mit liebevollem Lächeln und umarmte seine Partnerin.

»Bist du mir jetzt böse?«, fragte Jenny besorgt.

»Aber nein! Wie könnte ich so einem lieben Wesen wie dir jemals böse sein!« Er streichelte ihr zärtlich über den Kopf, worauf sich die GemAI verlegen für das Kompliment bedankte. »Willst du dein neues Kleid anziehen?«

Jenny überlegte kurz. »Besser nicht. Manchmal kleckere ich bei dem Essen und die Flecken sind schwer zu entfernen«, gab sie verschämt zu. »Es wäre schade, wenn das schöne Kleid dann ruiniert wäre.«

»Da hast du recht«, stimmte Patrick zu. »Dann werde ich mich schon mal umziehen.«

»Mach ich auch«, bemerkte Jenny, worauf beide in ihre Zimmer gingen. Wenig später trafen sie sich im Wohnzimmer wieder. Jenny trug ihr blaues Uniformkleid, während Patrick eine Stoffhose und ein Poloshirt angezogen hatte.

»Ich hoffe, die Kleidung ist passend«, sagte der junge Mann unsicher.

»Die ist in Ordnung«, versicherte Jenny. »Keine Sorge, Carl und Peggy sind unkomplizierte Menschen. Du wirst dich sicher gut mit ihnen verstehen.«

»Das hoffe ich«, meinte Patrick ein wenig nervös.

Kurz darauf klingelte es an der Haustüre. Nachdem sich Jenny versichert hatte, dass Carl Sanders vor der Türe stand, ging sie mit ihrem Partner zu ihm hinunter. Die GemAI und ihr ehemaliger Vorgesetzter begrüßten sich freudig.

»Dann bist du Patrick«, sagte der frühere Firmenleiter und reichte dem jungen Mann die Hand.

»Stimmt! Guten Tag Mister Sanders«, antwortete Patrick und ergriff die dargebotene Hand.

»Nicht so förmlich, Junge. Du darfst mich gerne Carl nennen!«

»In Ordnung«, sagte Patrick darauf etwas verlegen.

»Dann kommt mal mit«, sagte der ältere Herr fröhlich und führte seine Gäste zum Auto. Nach einer kurzen Fahrt erreichten sie dessen Haus, das überraschend bescheiden schien. Drinnen wurden sie freundlich von Peggy empfangen, die jedoch gleich wieder in die Küche zurückging. Carl führte seine Gäste ins Esszimmer. Das Haus war geschmackvoll und gemütlich eingerichtet, so dass Patrick sich rasch wohlfühlte und etwas entspannte. Da kam ihnen Susan fröhlich entgegen gelaufen und fiel Jenny förmlich um den Hals, die sie ebenfalls umarmte und sanft an sich drückte.

»Wie geht es dir denn?«, wollte Jenny wissen.

»Danke, gut! Die Wunden verheilen allmählich. Carl und Peggy kümmern sich rührend um mich, so dass es mir an nichts fehlt!«

»Das freut mich!«, sagte Jenny erleichtert.

»Was ist denn mit deinem Gesicht passiert? Hat er dir das angetan?«, fragte Susan erschrocken und machte eine Geste in Patricks Richtung, der sich gerade mit Carl unterhielt.

Jenny schüttelte lächelnd den Kopf. »Nein! Das passierte während der Arbeit. Ein Schläger ist auf mich losgegangen. Patrick hat mich sogar vor ihm beschützt, sonst wäre ich noch schwerer verletzt!«

»Ach so«, antwortete Susan leise und senkte kurz verlegen den Blick. »Freut mich, dass wir uns wiedersehen!« Sie drückte Jenny nochmals kurz an sich.

»Freut mich auch!«, bestätigte Jenny und streichelte warmherzig lächelnd über Susans Kopf. Dann begrüßte die kleine GemAI auch Patrick.

Kurze Zeit später trug Peggy das Essen auf. Jenny langte begeistert zu und auch Patrick schmeckte das Curry vorzüglich.

»Kannst du mir bitte das Rezept dazu geben?«, bat Patrick.

»Gerne! Es ist aber ein wenig aufwendig zu kochen«, sagte Peggy.

»Das schaffen wir beide schon!«, versicherte Patrick mit Blick auf Jenny.

»Dann pass aber auf, dass sie dir nicht alles wegisst. Jenny ist nämlich ganz wild auf dieses Gericht!«, meinte Carl schmunzelnd.

Besagte GemAI wurde rot und senkte kurz verlegen den Blick. »Gar nicht wahr!«, maulte sie scheinbar beleidigt.

Susan kicherte vergnügt, während Peggy ihrem Mann einen strafenden Blick zuwarf, worauf der grinsend den Kopf einzog.

»Nun ärgere sie doch nicht schon wieder!«, schimpfte Peggy in gespieltem Unmut. »Hör nicht auf ihn!«, empfahl sie dann Jenny.

»Bin ich so verfressen?«, fragte die GemAI vermeintlich bestürzt.

Carl und Patrick wechselten einen raschen Blick und enthielten sich der Antwort mit einem Pokergesicht.

»Ihr seid gemein!«, schimpfte Jenny in gespieltem Ärger.

Patrick lachte auf, legte einen Arm um seine Partnerin und gab ihr zur Versöhnung einen Kuss. »Nein, du bist nicht verfressen!«, versicherte er dann schmunzelnd.

Jenny warf ihm kurz einen strafenden Blick zu, lächelte denn aber amüsiert und machte sich wieder über das Essen her.

Nach der Mahlzeit saßen sie noch in fröhlicher Runde beisammen.

»Dobson hat mir erzählt, dass du gestern entführt worden bist«, wandte sich Carl an Jenny.

»Tatsächlich?«, fragte Susan erschrocken.

Die GemAI nickte nachdenklich. »Ich wollte ein paar Lebensmittel einkaufen und wartete kurze Zeit alleine an der Bushaltestelle. Da hielt plötzlich ein Lieferwagen an, vier Männer stiegen rasch aus, packten mich und zerrten mich in das Fahrzeug. Während sie mich noch fesselten und knebelten fuhren sie bereits los. Dann haben sie mich die ganze Zeit mit einer Schusswaffe bedroht. Glücklicherweise haben sie mir bei GemAI-Care einen Peilsender eingebaut, den ich gleich aktivierte. So konnte mich die Polizei schnell finden und die meisten Entführer verhaften, sonst hätten sie mich ins Ausland verkauft.«

»Das heißt, sie haben nicht alle Entführer gefasst?«, wollte Carl wissen.

»Leider ja. Deshalb rieten mir die Polizisten in nächster Zeit vorsichtig zu sein«, erklärte Jenny.

»Den Rat solltest du befolgen und in nächster Zeit nicht alleine aus dem Haus gehen«, meinte Carl besorgt.

»Seit der Entführung ängstigt es mich sowieso alleine zu sein, weshalb ich die Wohnung bestimmt nicht ohne Begleitung verlassen werde«, gab Jenny leise zu.

Susan war bleich geworden und nahm nun Jennys Hand, während sie ihr einen mitleidigen Blick zuwarf.

Auch Peggy machte ein erschrockenes Gesicht. »Nach einer solchen Erfahrung hätte ich auch Angst alleine zu sein«, versicherte sie.

»Dann pass gut auf Jenny auf!«, ermahnte Carl den jungen Mann.

»Keine Sorge, ich werde sie nicht aus den Augen lassen!«, versprach Patrick. »Außerdem holen Patty und Joe uns heute nach Dienstschluss ab und fahren mit uns zum Einkaufen.«

»Gut!«, meinte Peggy erleichtert.

»Da sieht man wieder einmal, wie sinnvoll diese Peilsender sind«, bemerkte Carl und wandte sich an Susan. »Wenn du einverstanden bist, lasse ich dir ebenfalls einen Sender einbauen, den du im Notfall aktivieren kannst. Vorher müssen aber deine Wunden gänzlich verheilt sein.«

»Das wäre sinnvoll. Danke, dass du das für mich tun willst!«

»Ist nur zu deiner Sicherheit. Eigentlich sollten alle GemAI einen solchen Peilsender tragen, doch das ist den meisten Herstellern leider immer noch zu teuer«, monierte Carl verärgert. Er wandte sich wieder Jenny und Patrick zu. »Ihr habt mich doch vor ein paar Tagen über die GemAI in der Fabrik informiert, deren Körper einen zu starken Verschleiß aufwiesen.«

»Ja!«, bestätigte Patrick.

»Eine Kommission hat daraufhin die Vorgänge in der Firma geprüft und herausgefunden, dass die Arbeitsschichten der GemAI viel zu lange sind! Sie müssen oft über zwölf Stunden pro Tag arbeiten. Dazu kommt auch noch die mangelhafte Ernährung! Dadurch haben sie sich auf illegale Weise einen wirtschaftlichen Vorteil gegenüber den anderen Firmen verschafft, welche die Regeln einhalten. Inzwischen ist die Firmenleitung verklagt worden und die Schichtpläne entsprechen nun den gesetzlichen Anforderungen. Auch die Ernährung wurde deutlich verbessert, so dass die GemAI in dieser Firma nun besser geführt werden. Vermutlich gibt es noch mehr Firmen, welche die GemAI ähnlich ausbeuten. Zukünftig wird es deswegen eine verstärkte Überwachung geben. Dank euch sind wir auf diese Missstände aufmerksam geworden.«

»Es freut mich, dass diese GemAI nun gut behandelt werden«, sagte Jenny erleichtert.

»Das ist ja fast schon Sklaverei!«, schimpfte Patrick verärgert. »Wie kann man die GemAI nur so behandeln!«

»Wenn es um Profit und Reichtum geht, ist jedes Mittel recht, vor allem, wenn GemAI die Leidtragenden dabei sind! Obwohl sie inzwischen als Lebewesen eingestuft und vom Gesetz geschützt werden, sehen die meisten Menschen in ihnen immer noch Maschinen und behandeln sie entsprechend! Seit ich mich für sie einsetze, habe ich schon so viel Niedertracht, Rücksichtslosigkeit, Bosheit und menschliche Kälte kennengelernt, dass ich mich nur noch dafür schämen kann!«, bemerkte Carl enttäuscht.

»Ist ja auch kein Wunder!« Patrick blickte traurig zu Jenny und Susan hinüber. »Ihr kennt keine Aggression, seid freundlich, hilfsbereit, stets bescheiden und unterwürfig. Im Klartext: die perfekten Opfer!« Er wandte sich Carl zu. »Hat man sie etwa nur deswegen erschaffen?«, fragte der junge Mann gereizt.

Die beiden GemAI sahen Patrick erschrocken an, während Carl kurz schamvoll den Blick senkte. »Fast könnte man meinen, dass es tatsächlich so ist! Doch glücklicherweise gibt es da draußen noch genug Menschen, welche die GemAI wie ein eigenes Familienmitglied mit Respekt und Anstand behandeln, sich an ihrer Hilfe erfreuen, ohne sie auszunützen oder sie zu misshandeln! Diese Zwiespältigkeit ist eine seltsame Eigenschaft der Menschen, der du noch oft begegnen wirst. Deswegen bleibt uns nur für die Anerkennung und die Rechte der GemAI weiter zu kämpfen. Ich bin sehr stolz auf dich und Jenny! Ihr habt Susan von ihrem brutalen Partner befreit, obwohl ihr dabei ein Gesetz brechen musstet und damit eure Zukunft riskiert habt. Das war sehr mutig von euch! Glücklicherweise waren unsere Gesetzeshüter vernünftig genug, um die Anzeige gegen euch fallen zu lassen. Durch eure Arbeit bei GemAI-Care habt ihr euch dafür entschieden, den künstlichen Intelligenzen beizustehen und zu helfen, genau so wie ich das auch mache, jedoch auf eine andere Art. Nun ist es uns erstmals durch Zusammenarbeit gelungen, weitere GemAI vor Schaden zu bewahren. Das zeigt doch, dass unser Wirken durchaus erfolgreich ist! Dieser Erfolg lässt mich weitermachen, auch wenn es manchmal scheint, dass es nur winzige Siege sind. Doch so können wir die GemAI Schritt für Schritt aus ihrer Opferrolle holen, damit wir zukünftig deine Frage, ob sie nur dafür geschaffen wurden, endgültig mit ‚Nein‘ beantworten können! Ist das nicht ein Ziel, für das es sich zu kämpfen lohnt?« Patrick dachte über Carls Worte nach und nickte schließlich. »Na siehst du, also lass den Kopf nicht hängen. Schließlich habt ihr beiden euch doch lieb, du und Jenny.« Patrick und die GemAI warfen ihm einen überraschten Blick zu. »So, wie ihr euch die ganze Zeit anseht, ist das nicht schwer zu erraten!«, meinte Carl schmunzelnd, worauf Patrick und Jenny verlegen den Blick senkten. »Jetzt aber Schluss mit diesen ernsten Gesprächen«, brummte Carl und drehte sich zu Peggy um. »Hast du noch von dem Kirschkuchen?«

»Kirschkuchen!«, riefen Jenny und Susan gleichzeitig voller Begeisterung und bekamen leuchtende Augen.

Peggy lachte auf. »Ein paar Stücke sind noch davon da!« Dann eilte sie in die Küche.

»Also den musst du unbedingt probieren!«, sagte Jenny voller Vorfreude zu ihrem Partner.

»Mach ich!«, antwortete Patrick vergnügt, der Jenny nicht wiedererkannte. So erfreut hatte er die GemAI noch nie erlebt!

Wenig später kehrte Peggy mit einem Servier-Tablett zurück und verteilte die Teller mit dem Kuchen. Die beiden GemAI strahlten übers ganze Gesicht, als sie ihr Stück aßen. Auch Patrick schmeckte es sehr gut. Kaum hatten Jenny und Susan ihr Stück gegessen, sahen sie den leeren Teller bedauernd an.

»Das kann man ja nicht mitansehen!«, meinte Peggy amüsiert und brachte den GemAI jeweils noch ein Stück Kuchen, das Jenny und Susan mit der gleichen Begeisterung aßen.

»Wenn du sie weiterhin so gut fütterst, passen sie bald nicht mehr in ihre Kleidung!«, bemerkte Carl schmunzelnd, worauf die beiden GemAI schuldbewusst an sich herabsahen.

So wurde es noch ein fröhlicher Nachmittag, bis Carl seine Gäste nach einer herzlichen Verabschiedung rechtzeitig zurückfuhr, damit sie noch mit Patty und Joe einkaufen gehen konnten. Als Jenny und Patrick etwas später im Wohnzimmer zusammen saßen, senkte die GemAI verlegen den Blick.

»Nachdem ich heute zwei Teller Curry und zwei Stück Kuchen gegessen habe, hältst du mich wahrscheinlich wirklich für verfressen«, meinte Jenny halbernst.

Der junge Mann schüttelte lächelnd den Kopf. »Aber nein! Es freut mich doch, dass du diesmal ein leckeres Essen genießen konntest, nachdem du dich die meiste Zeit nur von dem geschmacklosen Gel ernährst.« Er streichelte ihre Wange und warf ihr einen amüsierten Blick zu. »Ich wusste gar nicht, dass du so verrückt nach Kirschkuchen bist.«

Jenny wurde kurz rot und lächelte dann verlegen. »Das habe ich dir aus gutem Grund nicht erzählt, denn sonst hättest du mir immer wieder Kirschkuchen gekauft, weil ich den so sehr mag. Der ist neben Curry meine zweite große Schwäche.« Sie senkte verschämt den Blick. »Da kann ich einfach nicht widerstehen! Doch dann werde ich schnell rund und dick und passe nicht mehr in meine Kleidung.«

Patrick lachte auf und streichelte Jenny gerührt über den Kopf. »So schnell wirst du sicher nicht dick.«

»Oh doch!«, versicherte die GemAI ahnungsvoll. »Deshalb solltest du mir besser keinen Kirschkuchen kaufen!«

»Wirklich nicht?«, fragte Patrick skeptisch.

Jenny sah ihn nochmals verlegen an. »Na gut ... aber nur ein Stück pro Monat!«, beeilte sie sich zu sagen.

»In Ordnung!«, antwortete Patrick lachend und gab ihr einen Kuss. »Du siehst süß aus, wenn du so verlegen bist!«.

»Gar nicht wahr!«, maulte Jenny.

Patrick verstrubbelte ihr schmunzelnd die Haare. »Kleine Genießerin!«, worauf Jenny kurz den Blick senkte und ihm dann ein amüsiertes Lächeln zuwarf.

In diesem Moment klingelte es an der Tür. Es waren Patty und Joe, die sie zum Einkaufen abholten. So machten sie sich zu viert auf den Weg zum Supermarkt. Nach ihrer Rückkehr bat Jenny ihren Partner nochmals ihr während des Aufladens Gesellschaft zu leisten, was der auch gerne tat. Patrick las Jenny zuerst wieder aus dem heiteren Roman vom Vorabend ein weiteres Kapitel vor. Die GemAI kicherte immer wieder über die humorvolle Geschichte und erfreute sich daran, bis es Patrick zu anstrengend wurde, er das Buch zur Seite legte und mit ihr zu plaudern begann. Dabei bemerkte er jedoch, dass Jenny ein wenig angespannt war, und sprach sie schließlich darauf an.

»Was ist los? Dich beschäftigt doch etwas«, fragte er behutsam.

Jenny wurde kurz rot und senkte den Blick. »Ich möchte dich gerne etwas fragen, will dich aber nicht bedrängen«, sagte sie unsicher.

»Ist schon in Ordnung! Frag ruhig. Ich werde dir sicher nicht böse sein«, versprach Patrick beruhigend.

Seine Partnerin dachte kurz nach und suchte die richtigen Worte. »Wir sind in den letzten Tagen oft zusammen gelegen und haben miteinander gekuschelt. Das war immer sehr schön! Deshalb möchte ich dir gerne noch näher kommen und habe mich gefragt, ob es dir gefallen würde, wenn wir heute nackt beieinander liegen.« Sie wurde rot und sah ihn dabei verschämt an.

Patrick schluckte heftig. »Du willst ... mit mir schlafen?«, fragte er überrascht.

Jenny schüttelte den Kopf und warf ihm einen um Verständnis bittenden Blick zu. »Nicht direkt, denn ich besitze nicht die nötigen körperlichen Anlagen für den Beischlaf.« Sie wurde nochmals rot. »Allerdings weiß ich durchaus, wie man einen Mann auch auf andere Art befriedigen kann.« Sie schwieg kurz verlegen. »Du kannst also keinen richtigen Sex mit mir haben. Wenn du das aber trotzdem wünschst, kann ich dir diesen Wunsch durchaus erfüllen. Ansonsten würde ich mich darüber freuen, wenn wir heute nackt miteinander kuscheln, wenn das nicht zu viel verlangt, oder zu langweilig ist.« Sie warf ihm einen unsicheren Blick zu.

Patrick schluckte nochmals, schien aber trotzdem erleichtert. »Ich habe mich auch schon gefragt, wie es sich wohl anfühlt, wenn wir nackt zusammenliegen«, gab er dann verlegen zu. »Doch ich wollte dich nicht bedrängen und abwarten, ob du vielleicht auch bald diesen Wunsch verspürst.«

Jenny sah ihn erfreut an. »Dann ist es in Ordnung, wenn wir heute nackt beieinander liegen?«

»Ja, das wäre sehr schön«, meinte dann Patrick mit freudigem Lächeln. »Es ist mir auch lieber, wenn wir nur miteinander kuscheln.«

Die GemAI schenkte ihm ein strahlendes Lächeln. »Prima!«, rief sie begeistert und wäre am liebsten aufgesprungen, doch noch dauerte es eine knappe halbe Stunde, bis ihr Akku vollständig geladen war.

»Freue mich auch schon!«, gestand Patrick lächelnd.

»Hast du schon einmal mit einer Frau geschlafen?«, fragte Jenny vorsichtig.

Patrick schüttelte den Kopf. »Nein, bisher noch nicht.«

»Ist es dann trotzdem in Ordnung, wenn wir nur miteinander kuscheln?«, fragte Jenny besorgt.

Der junge Mann nickte lächelnd. »Ist mir auch erstmal lieber.«

»Gut!«, sagte Jenny strahlend. Darauf schwiegen beide verlegen für kurze Zeit. »Es tut mir leid, aber das Aufladen dauert noch etwa fünfundzwanzig Minuten«, brach Jenny schließlich das Schweigen.

»Ist schon in Ordnung. Das muss eben sein«, antwortete Patrick verständnisvoll.

Die GemAI warf ihm einen dankbaren Blick zu. Mit der angenehmen Vorstellung, schon bald nackt neben ihrem Partner zu liegen, stieg Jennys Aufregung mit jeder Minute des Wartens. Auch Patrick schien nervös zu sein und konnte kaum stillsitzen, was sie schmunzelnd zur Kenntnis nahm. »Danke übrigens, dass du mir während des Aufladens Gesellschaft leistest.«

»Mach ich doch gerne. Wenn ich schon nicht verhindern konnte, dass du entführt wirst, so will ich wenigstens danach für dich da sein«, antwortete Patrick und warf Jenny einen warmherzigen Blick zu.

»Das ist lieb von dir!«, sagte Jenny gerührt.

»Übrigens scheint es Susan inzwischen deutlich besser zu gehen. Carl und Peggy kümmern sich auch sehr gut um sie. Wie es scheint, fühlt sich Susan dort recht wohl«, meinte Patrick.

»Hmmm«, summte Jenny zustimmend und nickte. »Carl und Peggy kümmern sich mit der gleichen Sorgfalt um sie, die sie einst auch mir zukommen ließen. Sie ist dort bestens versorgt. Ich hoffe nur, dass Susan später ein neues, angenehmes Zuhause findet.«

»Was schätzt du, wie lange sie noch bei Carl und Peggy bleiben kann?«, fragte der junge Mann.

»Sie wird sicher noch einige Monate bei ihnen bleiben, bis ihre Verletzungen und ihr Trauma zumindest einigermaßen kuriert sind«, versicherte Jenny.

Patrick nickte nachdenklich. »Vielleicht sollten wir uns gelegentlich mit ihr treffen, damit sie etwas Abwechslung hat und nicht nur mit Carl und Peggy zusammen ist. Wärst du damit einverstanden?«

»Gerne!«, bestätigte Jenny. »Das würde ihr sicher guttun.«

»Vor allem, wenn es auch noch Kirschkuchen dazu gibt«, scherzte Patrick grinsend.

Jenny lachte auf. »Oh ja, dann erst recht!«

»Peggys Kirschkuchen war wirklich lecker. Kein Wunder seid ihr beiden davon so begeistert«, meinte Patrick lächelnd.

»Allerdings!«, bestätigte Jenny. »Zum Glück hat sie dir das Rezept dazu nicht gegeben.«

»Da täuschst du dich!«, sagte Patrick grinsend und zog ein bedrucktes Blatt Papier aus der Tasche.

»Oh nein!«, rief Jenny in gespieltem Entsetzen.

Patrick lachte auf. »Ich habe zwar noch nie einen Kuchen gebacken, doch so schwer scheint die Zubereitung nicht zu sein«, bemerkte er süffisant, worauf Jenny ihm einen strafenden Blick zuwarf.

»Du hast doch hoffentlich nicht vor, in den nächsten Tagen einen Kirschkuchen zu backen!«, schimpfte Jenny scheinbar verärgert.

Der junge Mann sah sie schmunzelnd an und drehte die bedruckte Seite des Papiers in Jennys Richtung. »Keine Sorge, ich werde keinen Kuchen backen, denn das ist das Rezept für das Curry!«, gab er dann grinsend zu.

Jenny stemmte vermeintlich empört die Arme in die Seiten. »Du hast mich reingelegt, du frecher Mensch!«

»Stimmt!«, gab Patrick zu und warf ihr einen reumütigen Blick entgegen.

Jenny verpasste ihm einen weiteren strafenden Blick. »Du kannst von Glück sagen, dass ich dich viel zu lieb habe, um dir jemals böse zu sein!«

»Tut mir leid«, sagte Patrick mit Hundeblick. »Dafür werde ich dich nachher umso mehr verwöhnen.«

»Das hoffe ich sehr!«, schimpfte Jenny in gespieltem Ärger und warf ihm dann einen amüsierten Blick zu, den der junge Mann mit einem Zwinkern quittierte. Nach einer kurzen Pause bat Jenny ihn um das Rezept. Patrick reichte es ihr, worauf die GemAI zu lesen begann. »Das ist wirklich nicht ganz einfach!«, gab sie dann zu.

»Stimmt, aber gemeinsam schaffen wir das!«, versicherte der junge Mann. »Im Laufe der nächsten Wochen können wir es ja einmal zusammen kochen.«

»Machen wir!«, bestätigte Jenny nickend und gab ihm das Rezept zurück.

Patrick sah auf die Uhr und bemerkte, dass die Ladezeit von Jennys Akku fast abgelaufen war. »Ich ... äh ... mache mich schon mal bettfertig«, sagte er dann verlegen.

»Ist gut«, stimmte Jenny mit scheuem Lächeln zu.

Patrick eilte darauf hinaus, erfrischte sich kurz im Bad, ging in sein Zimmer und wusste zuerst nicht, wie er sich verhalten sollte. Er lief mehrmals auf und ab und überlegte angestrengt, was Jenny jetzt wohl von ihm erwartete. Wollte sie, dass er sich vor ihr auszog? Das wäre ihr wahrscheinlich eher peinlich! Deshalb entkleidete er sich rasch und legte sich ins Bett, in der Hoffnung, dass Jenny damit einverstanden war. So lag er schließlich wartend und ziemlich nervös da, bis Jenny an seine Tür klopfte. Er bat sie herein, worauf sie recht scheu und zögerlich eintrat.

»Ist es wirklich in Ordnung, wenn wir heute nackt zusammen-liegen?«, fragte sie unsicher, worauf Patrick nickte und ihr ein aufmunterndes Lächeln schenkte. Die GemAI zögerte kurz, dann zog sie sich ein wenig verschämt aus und legte ihre Kleidung sorgsam zusammengefaltet auf einen Stuhl. Patrick beobachtete sie schmunzelnd dabei und war verwundert, dass Jenny selbst in dieser Situation noch ihrem Ordnungssinn gehorchte. Schließlich stellte sie sich entkleidet neben das Bett und wurde kurz rot, während sie Patrick ein scheues Lächeln zuwarf. Der betrachtete sie bewundernd, worauf die GemAI nochmals errötete. Ihr nackter Körper glich bis ins Detail dem einer jungen, attraktiven Frau! »Gefall ich dir?«, fragte Jenny schüchtern.

»Oh ja, du bist ausgesprochen hübsch!«, versicherte Patrick beeindruckt, worauf sich die GemAI verlegen für das Kompliment bedankte. Dann rückte er ein wenig zur Seite und hob einladend das Deckbett hoch. Jenny schlüpfte rasch unter die Decke und lächelte Patrick verschämt an. So lagen beide zuerst etwas steif nebeneinander und sahen sich unsicher an. Dann drehte sich Patrick zu seiner Partnerin. »Alles in Ordnung?«, fragte er besorgt.

Jenny nickte mit einem scheuen Lächeln. »Danke, mir geht es gut. Ich bin nur ein bisschen aufgeregt, weil ich noch nie nackt bei jemandem lag«, gestand sie dann.

»Mir geht es genauso«, gab Patrick zu. Dann begann er zögernd ihr Gesicht zu streicheln, was Jenny mit einem liebevollen Lächeln quittierte. Seine Hände wanderten weiter über ihre Arme und streichelten schließlich ihren Bauch, worauf Jenny ihm ein strahlendes Lächeln zuwarf. Darauf ließ er seine Hände über ihre Oberschenkel gleiten und kehrte wieder zu ihrem Bauch zurück. Jenny entspannte sich und begann nun auch ihn zu streicheln. So tauschten sie Zärtlichkeiten aus, bis der junge Mann begann ihr Gesicht mit sanften Küssen zu überziehen. Weiter ging es über ihre Arme, auf ihren Bauch und hoch zu ihrem Rippenbogen. Dann fasste Patrick Mut und küsste ihre Brüste, worauf Jenny kurz zusammenzuckte. Der junge Mann hielt inne und sah sie fragend an. »Ist es dir unangenehm, wenn ich dich dort berühre?«

Die GemAI schüttelte verlegen lächelnd den Kopf. »Ist schon in Ordnung. Bisher hat mich dort noch niemand berührt, weshalb ich kurz erschrocken bin. Du darfst mich aber gerne überall berühren!«, versicherte sie. »Außerdem fühlt sich das sehr angenehm an. Mach bitte weiter!«, forderte sie ihn zwinkernd auf. Tatsächlich schienen seine Küsse sie zu elektrisieren und trieben Schauer angenehmster

Gefühle durch ihren Körper! Jeder Kuss fühlte sich wie eine kleine Explosion auf ihrer nackten Haut an und weckte das Verlangen nach weiterer Zärtlichkeit.

Patrick lächelte amüsiert und küsste sie weiter, was Jenny zuerst sehr genoss. Doch als er sie noch intensiver liebkoste, begann Jenny plötzlich leise zu weinen. Der junge Mann hielt inne und sah sie besorgt an, worauf Jenny ihm um den Hals fiel, sich an ihn schmiegte und heftig weinte. Patrick umarmte sie und streichelte seine Partnerin sanft, bis sie sich wieder gefangen hatte.

»Tut mir leid ... ich wollte dich nicht erschrecken«, sagte sie mit rauer Stimme und schluckte mehrmals. »Bisher war noch nie jemand so liebevoll und zärtlich zu mir! Das war einerseits sehr schön, doch es weckte auch plötzlich die ganze Sehnsucht danach, die ich so lange in mir trug. Den Schmerz und die Angst vielleicht nie geliebt zu werden...« Ihre Stimme brach und sie begann erneut zu weinen. Patrick hielt sie weiter fest, während all ihre lange unterdrückten Gefühle nun mit den Tränen aus ihr herausflossen. So lag sie längere Zeit in seinen Armen und ließ ihrem Schmerz freien Lauf, umklammerte ihren Partner und weinte heftig, während sie gleichzeitig Patricks Nähe und die großflächige Berührung seiner nackten Haut genoss, bis die Tränen endlich versiegten. Jenny sah ihren Partner zuerst dankbar an und senkte dann verschämt den Blick. »Bitte entschuldige! Jetzt habe ich dir wohl mit meinem Gefühlsausbruch die Stimmung verdorben.«

Patrick schenkte ihr ein verständnisvolles Lächeln. »Nein, hast du nicht. Du kannst doch nichts dafür, wenn dich deine Gefühle so plötzlich überwältigen. Es tut mir nur leid, dass du das alles ertragen musstest und so lange so einsam warst! Deshalb möchte ich dir gerne eine angenehme Zeit schenken und dich noch weiter verwöhnen, will dir aber nicht nochmals wehtun.«

»Das tust du nicht! Im Gegenteil! Es ist so schön und tut so gut, so mit dir zusammen zu liegen, dass ich am liebsten gar nicht mehr damit aufhören will!«, gestand Jenny verschämt.

Patrick lächelte sie liebevoll an. »Geht mir genauso, denn ich bin noch nie so glücklich gewesen!«

Jenny umarmte ihn gerührt und küsste ihn. »Ich bin auch so glücklich wie nie zuvor, dank dir, du lieber Mensch!«

So lagen sich beide längere Zeit in den Armen und genossen die gegenseitige Nähe und die Wärme ihrer nackten Haut. Dann begannen sie wieder Zärtlichkeiten auszutauschen, streichelten, liebkosten und küssten sich intensiv, sanken in einen Ozean angenehmster Gefühle, durch den sie noch lange Zeit tauchten, bis beide nach einer kleinen Ewigkeit und mit einem Lächeln auf den Lippen ins Land der Träume wechselten.

Ein fröhlicher Tag

Weil Jenny erst mitten in der Nacht in den Erholungsmodus geschaltet hatte, wechselte sie am nächsten Morgen viel später als üblich wieder in den aktiven Modus. Als sie die Augen öffnete, sah sie Patricks lächelndes Gesicht vor sich.

»Guten Morgen, kleine Langschläferin!«, begrüßte er sie scherzhaft, worauf Jenny den Gruß ein wenig verlegen zurückgab. »Hast du gut geschlafen?«, erkundigte er sich und streichelte ihr Gesicht.

»Hmmm«, summte Jenny genüsslich und nickte. Dann schmiegte sie sich mit liebevollem Lächeln an ihren Partner. »Danke, dass du letzte Nacht so lieb und zärtlich zu mir warst. Das war wirklich sehr schön!«

»War es auch für mich«, versicherte Patrick und gab ihr einen Kuss. Dann begann er verschmitzt zu lächeln. »Das können wir ja noch eine Weile verlängern«, worauf er sich umdrehte, so dass sie unter ihm zu liegen kam.

Jenny kicherte amüsiert. »Gerne!«, meinte sie lächelnd.

Wieder begann der junge Mann sie zu küssen und streicheln, was Jenny sichtlich genoss. Sie streckte sich der Länge nach aus und ließ sich von ihm ausgiebig verwöhnen, bis sie schließlich die Initiative ergriff und ihren Partner liebkoste. So lagen sie noch längere Zeit zusammen, tauschten Zärtlichkeiten aus und genossen die gegenseitigen Berührungen auf ihrer nackten Haut, bis der Hunger schließlich ihr Liebesspiel beendete.

»Darf ich heute mit dir duschen?«, fragte Patrick mit Hundeblick.

»Da ich sowieso schon nackt bin, habe ich nichts dagegen«, antwortete Jenny schmunzelnd und gab ihm einen Kuss. Dann erhoben sie sich und gingen gemeinsam ins Badezimmer. Obwohl beide bereits die Nacht zusammen verbrachten, waren sie doch verlegen und aufgeregt, als sie zusammen in der geräumigen Duschkabine standen. Unter dem warmen Wasser der Brause streichelten und liebkosten sie sich, dann seiften sie sich gegenseitig ein. Es kribbelte und erregte beide, dies erstmals durch die Hände ihres Partners zu erfahren, von ihm sanft berührt und massiert zu werden, was beide sichtlich genossen und absichtlich in die Länge zogen, bis sie sich nochmals unter dem warmen Wasser der Brause streichelten, küssten und an der großflächigen Berührung ihrer nackten Haut erfreuten! Darauf von dem Partner sanft abgetrocknet zu werden war ebenso erregend, wie die folgende Umarmung, das zärtliche Streicheln und die Wärme ihrer entblößten Körper. So standen sie längere Zeit verträumt beisammen und waren einfach nur glücklich, einander zu haben! Doch irgendwann beendete der Hunger auch diese zärtliche Szene.

»Auch wenn es schwerfällt, aber wir sollten uns wohl wieder anziehen«, bemerkte Jenny mit entschuldigendem Blick.

»Ich weiß nicht, ob ich das zulassen kann«, entgegnete Patrick mit lausbübischem Lächeln.

»Willst du die ganze Zeit nackt bleiben?«, fragte Jenny schmunzelnd.

»Warum nicht!«, meinte Patrick grinsend.

»Das könnte dir so passen!« Die GemAI zog ihn scherzhaft an der Nase.

»Hmmm!«, summte Patrick genüsslich und verstärkte seine Umarmung.

»Willst du mich gar nicht mehr loslassen?«, fragte Jenny vergnügt.

»Wenn du schon einmal so nackt bist, dann muss ich das doch ausnützen!«, sagte Patrick zwinkernd.

»So, so!«, antwortete Jenny scheinbar wenig überzeugt, doch Patrick machte keine Anstalten seine Umarmung zu lösen, weshalb sie ihn mit einem strafenden Blick bedachte. »Würdest du mich bitte loslassen!«

Der junge Mann warf ihr einen skeptischen Blick zu. »Nur wenn du mir versprichst, dass wir bald wieder nackt zusammenliegen.«

»Eigentlich darf ich dich nicht zu sehr verwöhnen, aber da es mir auch sehr gut gefallen hat, verspreche ich dir das gerne!«, antwortete Jenny mit liebevollem Blick.

»Danke! Freue mich schon drauf«, sagte Patrick strahlend, gab ihr einen Kuss und ließ sie los.

»Genießer!«, sagte Jenny fröhlich und streichelte ihm lächelnd über die Nase.

»Meine hübsche, kleine Jenny«, bemerkte der junge Mann und streichelte ihr mit warmherzigem Lächeln über den Kopf.

Die GemAI senkte kurz verlegen den Blick und bedankte sich anschließend für das Kompliment, bevor sie sich zögernd umwandte, ihm vor der Türe noch ein strahlendes Lächeln schenkte und dann hinausging. Patrick sah ihr mit liebevollem Blick nach, verließ das Bad und ging in sein Zimmer.

Jenny konnte ihr Glück kaum fassen! Sie hatte es sich natürlich sehr angenehm und schön vorgestellt, mit Patrick nackt zusammen zu liegen, doch die letzte Nacht und der heutige Morgen hatten ihre Erwartungen deutlich übertroffen! Wieder war Patrick sehr respektvoll, zärtlich und verständnisvoll gewesen. Selbst als sie von ihren Gefühlen überwältigt wurde, hatte er sie geduldig getröstet, sie aufgefangen und war für sie da! Einen besseren Partner konnte sie sich wahrhaftig nicht wünschen! Dafür war sie ihm ausgesprochen dankbar. Auch wenn sie ihn nicht gänzlich sexuell befriedigen konnte, so hatte sie sich doch Mühe gegeben, ihm eine möglichst angenehme Zeit mit ihr zu schenken, was er wohl auch genossen hatte, denn selbst ihm war es heute Morgen sichtlich schwergefallen, sich von Jenny zu lösen! Auch die GemAI tat sich schwer damit, ihr zärtliches Beisammensein zu beenden, doch sie tröstete sich damit, ihr Liebesspiel am folgenden Abend genüsslich fortzusetzen, was hoffentlich auch Patricks Wunsch war. So kleidete sich Jenny schließlich mit einem leisen Seufzer wieder an.

Derweil saß der junge Mann in seinem Zimmer und erinnerte sich mit Freude noch einmal an die vergangene Nacht und das zärtliche Spiel unter der Dusche. Auch er konnte sein Glück kaum fassen, in Jenny endlich die liebe Partnerin gefunden zu haben, die er schon so lange suchte! Ihre bescheidene, humorvolle, warmherzige, geduldige und hilfsbereite Art, ihre große Empathie und die einfache, bedingungslose Liebe, die sie ihm gab, machten sie zu einem ganz besonderen Wesen! Dafür, dass sie ihn akzeptierte, wie er war, wollte der junge Mann für seine Partnerin da sein, ihr Wärme, Liebe und Geborgenheit schenken und sie ihre traurige und schmerzvolle Vergangenheit allmählich vergessen lassen, was ihm bisher wohl gelungen war. Wie es schien, fühlte sich Jenny in seiner Nähe sehr wohl und war zum ersten Mal in ihrem Leben richtig glücklich, worüber sich auch Patrick freute. Schließlich waren sie sich letzte Nacht ganz nahe gekommen, was ihre Beziehung und ihre Gefühle füreinander weiter vertiefte, womit einer gemeinsamen Zukunft scheinbar nichts mehr im Wege stand! Auch wenn Jenny kein Mensch im eigentlichen Sinne war, stand ihre Menschlichkeit außer Frage, war sogar noch weiter ausgeprägt, als bei einem realen Mensch und machte sie deshalb umso wertvoller und liebenswerter! Diese Tatsache war Patrick durchaus bewusst und es erfüllte ihn mit Stolz, dass er der Partner eines solch empathischen Wesens war und sie sich zu ihm hingezogen fühlte. Deshalb wollte er dieses Juwel lieben und beschützen, so lange es nur möglich war, und Jenny so nahe wie möglich sein. Folglich hoffte er, dass sich ihr zärtliches Liebesspiel am Abend fortsetzte, und die angenehme Zeit, die sie miteinander verbrachten, noch lange anhielt. Mit diesen fröhlichen Gedanken kleidete sich der junge Mann schließlich an und traf seine geliebte Jenny kurze Zeit später im Wohnzimmer wieder.

Nach einem gemeinsamen Frühstück wuschen sie ihre Kleidung und säuberten zusammen die Wohnung, was natürlich nicht ohne liebevolle Albernheiten und vereinzelte Zärtlichkeiten ablief. Da summte plötzlich das Bildtelefon. Pattys Gesicht war auf dem Bildschirm zu sehen, worauf Jenny das Gespräch annahm.

»Hallo Jenny! Wie geht's euch denn?«, fragte Patty.

»Danke gut, inzwischen haben wir uns beide erholt«, versicherte Jenny fröhlich.

»Deine Verletzung ist wirklich kaum noch zu sehen«, bestätigte Patty. »Freut mich, dass es euch wieder gut geht! Habt ihr Lust, mit uns heute Nachmittag ins Kino zu gehen? Sie zeigen eine Komödie, die recht gute Kritiken bekam.«

Jenny sah Patrick fragend an, der ihr zunickte. Dann wandte sie sich wieder dem Bildschirm zu. »Geht in Ordnung, wir kommen gerne mit!«, antwortete Jenny erfreut.

»Prima, dann holen wir euch mit dem Auto ab!«, bemerkte Patty. Darauf vereinbarten Sie noch eine Uhrzeit für das Treffen.

»Gut, wir sehen uns später. Freue mich schon! Bis dann!«, sagte Jenny vergnügt.

»Alles klar! Bis später!«, sagte Patty und beendete das Gespräch.

Patrick war inzwischen hinter Jenny getreten und umarmte sie. »Was machen wir jetzt?«, fragte er spitzbübisch.

»Was hast du denn vor?«, erkundigte sich die GemAI lächelnd.

»Dich erst ein bisschen ärgern, dann dich verwöhnen«, antwortete Patrick grinsend.

»Das könnte dir so passen! Nichts da! Erst wird die Wohnung vollends geputzt!«, kommandierte Jenny scherzhaft.

»Ooch!«, maulte Patrick scheinbar beleidigt.

»Wenn du mir weiter beim Hausputz hilfst, leg ich mich heute Abend auch wieder nackt zu dir«, versprach Jenny zwinkernd.

»Das klingt verlockend!«, meinte Patrick begeistert, gab ihr einen Kuss und ließ sie los.

»Frecher Mensch!«, brummte Jenny schmunzelnd.

So säuberten beide die Wohnung bis zur Mittagszeit. Patrick bereitete sich eine einfache Mahlzeit zu, während Jenny wieder ihr Gel schlürfte, um keine Verdauungsbeschwerden zu bekommen. Danach zogen sich beide um. Der junge Mann trug anschließend seine übliche Freizeitkleidung, während Jenny diesmal das neue Kleid, die Strümpfe und Schuhe anzog, welche Patrick ihr vor wenigen Tagen gekauft hatte. Als der junge Mann sie sah, nahm er die GemAI in den Arm. »Du siehst wirklich sehr hübsch darin aus!«, meinte er bewundernd.

Jenny bedankte sich verlegen für das Kompliment und gab ihm einen Kuss. Da läutete es auch schon an der Haustüre, vor der Patty und Joe standen. So verließen Jenny und Patrick die Wohnung und trafen sich mit ihren Kollegen vor der Haustüre.

»Wow, Jenny, du siehst ja voll süß in dem Kleid aus!«, rief Patty begeistert. »Wo hast du dir denn das gekauft?«

Jenny bedankte sich etwas verlegen bei ihrer Freundin. »Das hat mir Patrick geschenkt.«

»Echt?«, fragte Patty überrascht und wandte sich Patrick zu, der lächelnd nickte. »Du hast einen guten Geschmack!«, lobte sie den jungen Mann, der sich für das Kompliment bedankte.

Darauf stiegen sie alle in Joes Auto und fuhren in die Stadt. Der Kinofilm war wirklich sehr witzig und Patrick hörte Jenny zum ersten Mal herzhaft lachen, was ihm sehr gefiel. Danach saßen sie noch bei einem Getränk fröhlich beisammen und plauderten amüsiert über die Komödie, bis Jenny darauf aufmerksam machte, dass ihre Akkuladung allmählich zur Neige ging. So fuhren Patty und Joe sie und Patrick zur Wohnung zurück und verabschiedeten sich herzlich von ihnen. Nach dem Abendessen leistete der junge Mann seiner Partnerin wieder Gesellschaft beim Aufladen. Diesmal las er ihr aus einem Buch mit Abenteuergeschichten vor, erzählte ihr einige Anekdoten aus seiner Jugend und plauderte mit ihr fröhlich, bis ihr Akku beinahe voll war. Dann ging er in sein Zimmer, entkleidete sich und legte sich ins Bett. Kurze Zeit später klopfte Jenny an seine Tür. Er bat sie herein, wobei er amüsiert staunte, als Jenny das Zimmer bereits nackt betrat! Sie zwinkerte ihm zu und kicherte vergnügt, dann trippelte sie rasch zum Bett, legte sich neben Patrick und umarmte ihn selig. Wieder folgte ein langes, zärtliches Liebesspiel zwischen den beiden.

»Soll ich dich heute befriedigen?«, fragte Jenny schließlich leise.

Patrick schüttelte lächelnd den Kopf. »Das ist nicht nötig, denn es ist auch so total schön mit dir!«, versicherte der junge Mann. Dann drehte er sich herum, worauf Jenny unter ihm zu liegen kam, und verwöhnte seine Partnerin intensiv, die seine sanften Berührungen und Küsse sehr genoss, während sie sich unter ihm räkelte. Weiter ging der zärtliche Reigen und setzte sich noch bis tief in die Nacht fort. Wieder tauchten beide in ein Meer angenehmster Gefühle und waren so glücklich wie nie zuvor in ihrem Leben, genossen die gegenseitige Nähe und die Wärme ihrer nackten Haut, waren einfach selig, sich gefunden zu haben und erfreuten sich an ihrer gegenseitigen Liebe füreinander, bis ihr Hochgefühl schließlich sanft in eine angenehme Müdigkeit überging, die endlich beide voller Wonne glückstrahlend ins Land der Träume hinübergleiten ließ!

Glückliche Stunden

Am nächsten Morgen setzte sich das zärtliche Miteinander fort, gefolgt von einem erotischen Erlebnis unter der Dusche, bis beide schließlich am frühen Vormittag zusammen beim Frühstück saßen.

»Was möchtest du denn heute machen?«, fragte Patrick seine Partnerin und streichelte ihre Hand.

Jenny sah kurz aus dem Fenster. Das Wetter war angenehm sonnig, weshalb sie sich für einen Bummel im Stadtpark entschied. »Dort hat es mir letzten Sonntag gut gefallen und auch das Essen in dem Restaurant war gut. Wärst du damit einverstanden?«

»Gerne!«, versicherte Patrick.

So machten sie sich nach dem Frühstück auf den Weg. Jenny trug auch heute wieder ihr neues Kleid, worin sie Patrick sehr gefiel! Kurze Zeit später bummelten sie durch die Grünanlage, freuten sich an dem herrlichen Wetter und der angenehmen Umgebung, alberten herum oder tauschten Zärtlichkeiten aus und genossen die schöne Zeit miteinander. An einem kleinen See beobachteten sie die Wasservögel und gingen anschließend wieder in dem Restaurant am Rande des Parks essen, wo sie an einem Tisch auf der Terrasse mit schönem Ausblick auf die Parkanlage saßen. Jenny vertrug auch diesmal das Essen gut, weshalb sie einen weiteren längeren Spaziergang machten, der schließlich in einem Kaffeehaus endete. Dort lud Patrick seine Partnerin zum Kirschkuchen ein, worüber Jenny sehr erfreut war! Sie verbrachten den Rest des Tages in der begrünten Anlage, wo sich heute weitere Liebespärchen trafen und die gemeinsame Zeit genossen. Erst am frühen Abend traten sie den Rückweg an und machten es sich anschließend zu Hause gemütlich, schmusten miteinander und tauschten Zärtlichkeiten aus, bis Jenny ihren Akku wieder aufladen musste. Der junge Mann leistete ihr noch eine Weile Gesellschaft. Da beide jedoch am nächsten Tag wieder früh aufstehen mussten, um zur Arbeit zu gehen, zog er sich diesmal früher zurück. Jennys Angst hatte sich inzwischen wieder gelegt und es machte ihr nichts mehr aus, die restliche Zeit, bis ihr Akku gefüllt war, alleine zu verbringen. Danach schlich sie sich wieder auf Zehenspitzen in Patricks Zimmer und legte sich zu ihm, was der junge Mann diesmal bemerkte und sich ihr zuwandte.

»Nanu, du bist ja angezogen«, sagte er grinsend.

Jenny lächelte amüsiert. »Wenn ich mich nackt zu dir lege, kommen wir heute Nacht wieder nicht zum Schlafen und sind morgen früh nicht einsatzbereit.«

»Da hast du wohl recht«, seufzte Patrick in gespielter Verzweiflung.

Jenny kicherte vergnügt. »Sobald sich die Gelegenheit ergibt, lege ich mich wieder nackt zu dir. Versprochen!«, meinte sie dann mit Verschwörermiene.

»Das klingt verlockend!«, sagte Patrick schmunzelnd und zog Jenny zu sich her.

Sie streichelten sich noch eine Weile und tauschten Zärtlichkeiten aus, bis beide schließlich selig ins Land der Träume übergingen.

Das Attentat

Am frühen Morgen stand Jenny vorsichtig auf, doch Patrick bemerkte es.

»Darf ich mit dir duschen?«, fragte er grinsend.

Jenny warf ihm einen amüsierten Blick zu. »Normalerweise hätte ich nichts dagegen, doch dann kann ich mich wieder nicht von dir lösen und wir kommen zu spät zur Arbeit.«

»Schade«, brummte Patrick mit gespielter Enttäuschung.

Jenny schenkte ihm ein liebevolles Lächeln und gab ihm einen Kuss. »Ein andermal, du lieber Mensch!« Sie zwinkerte ihm noch verschwörerisch zu, erhob sich und ging hinaus.

Patrick kuschelte sich wieder in sein Kissen und döste noch eine Weile, bis es auch für ihn Zeit war aufzustehen. Nach dem Frühstück war es für beide zunächst ungewohnt, ins Fahrzeug zu steigen und die Auftragsliste durchzusehen. Natürlich folgte auch an diesem Morgen wieder der übliche Toilettenstopp an der Tankstelle, wonach sie anschließend ihre Arbeit aufnahmen. Der Morgen war angefüllt mit Reparaturaufträgen, die beide problemlos bewältigten. Zur Mittagszeit trafen sie sich in der Firmenkantine mit ihren Kollegen, die sich über das Wiedersehen freuten. Danach prüften sie auf dem Parkplatz die restlichen Aufgaben des Tages, wobei sie bemerkten, dass sich das Wetter allmählich verschlechterte. Anschließend fuhren sie los und führten einen weiteren Reparaturauftrag durch.

*

Ihr Team hatte diesmal gute Arbeit geleistet und das schuldige Modell rasch ausfindig gemacht. Auch der Ort für ihr Vorhaben war gut gewählt: Eine wenig bewohnte Gegend am Rande der Stadt, wo es keine Zeugen geben würde! Dort lockten sie nun ihr ahnungsloses Opfer hin, um ihm eine Lektion zu erteilen!

*

Diesmal dauerte die Fahrt zum nächsten Kunden etwas länger, doch schließlich erreichten sie das abgelegene Haus. Auch dort gab es eine GemAI, deren Software einige Fehler aufwies, die jedoch einfach zu korrigieren waren. Nachdem Jenny die Unterschrift für die Erfüllung des Auftrages erhalten hatte, lief sie zum Servicemobil zurück, wo Patrick auf sie wartete. Kaum war sie bei ihm angekommen, raste plötzlich eine große Limousine mit aufheulendem Motor auf beide zu. Patrick starrte erschrocken auf das Fahrzeug und war für einen Moment zu perplex, um zu reagieren, weshalb Jenny ihn im letzten Moment zur Seite stieß. Sie blickte noch bestürzt in die wütende Fratze der Fahrerin, in der sie die Anführerin der Bande erkannte, die sie vor wenigen Tagen entführt hatte! Dann wurde Jenny von dem Fahrzeug frontal gerammt und nach vorn katapultiert. Sie flog ein Stück weit durch die Luft, schlug hart auf der Straße auf, überschlug sich mehrmals und blieb schließlich regungslos liegen, während das Fahrzeug mit hoher Geschwindigkeit davonfuhr. Patrick hatte alles entsetzt mit angesehen, rappelte sich rasch auf, rannte zu der GemAI und kniete sich neben sie. Behutsam hob er sie ein wenig an und nahm sie in den Arm.

»Jenny!«, rief er leise und streichelte sie sanft. »Bitte wach auf!« Es dauerte einen Moment, dann zitterten die Lider der GemAI und sie öffnete die Augen ein Stück weit. Als sie ihren Partner erkannte, brachte sie ein schwaches Lächeln zustande. Patrick war erleichtert, als er es bemerkte und griff in seine Hosentasche. »Hab keine Angst. Ich rufe den Notdienst, die werden...« Weiter kam er nicht, denn Jenny hinderte ihn an der Bewegung, indem sie seinen Arm sanft ergriff.

»Die können mir ... nicht mehr ... helfen«, presste sie zögernd hervor. »Ich werde ... demnächst ... demontiert. Wenigstens konnte ich ... in den letzten Tagen ... noch schöne Erinnerungen mit dir machen. Die sind bei Daniel ... dem Systemwächter von GemAI-

Care ... sicher verwahrt. Dafür ... bin ich dir ... sehr dankbar! Leider muss ich ... dich gleich ... verlassen.«

»Jenny, was redest du denn da! Halt durch! Ich bringe dich in die Firma zurück, wo sie dich wieder zusammenflicken...« Erneut wurde Patrick von Jenny unterbrochen, indem sie zwei Finger auf seinen Mund legte und schwach lächelnd den Kopf schüttelte.

»Ich bin ... zu schwer beschädigt. Meine Systeme ... werden demnächst ... vollständig versagen. Es tut mir so leid ... dass ich nicht länger ... bei dir bleiben kann. Ich hatte ... eine wunderschöne Zeit ... mit dir! Danke ... dass du so lieb und freundlich ... zu mir warst. Pass bitte ... gut auf ... dich auf! Ich hab dich lieb. Auf wiedersehen, Patrick.« Sie erschrak, als ihr Körper plötzlich von mehreren Kurzschlüssen durchgeschüttelt wurde. Dann warf sie ihm noch einen letzten, sehnsuchtsvollen Blick zu, bevor sie ihre Augen schloss und ihre Funktionsanzeige erlosch.

»Nein, Jenny! Bitte bleib bei mir! Ich hab doch sonst niemanden!«, rief Patrick verzweifelt, aber es war bereits zu spät! Sie lag nur noch funktionslos in seinen Armen. Der junge Mann brach über ihr zusammen und weinte bitterlich. Der Schmerz über ihren Verlust war unerträglich! Er drückte die regungslose GemAI an sich, während er von einem heftigen Weinkrampf geschüttelt wurde. Patrick fühlte nur noch diesen extremen Schmerz und nahm seine Umgebung kaum noch wahr. Er bemerkte nicht das Polizeifahrzeug, das in der Nähe anhielt, hörte nicht den Beamten, der ihn mehrmals erfolglos ansprach. Bemerkte auch nicht das Fahrzeug von GemAI-Care, das hinzukam. Nach einer scheinbaren Ewigkeit hörte er endlich, wie jemand mehrmals seinen Namen rief, und sah durch den Tränenschleier unscharf Pattys Gesicht, deren Stimme allmählich zu ihm durchdrang.

»Bitte Patrick, lass Jenny los«, sagte Patty mehrmals mit zunehmend eindringlicher Stimme, bis der junge Mann den Kopf hob und sie verständnislos ansah. »Patrick! Du musst Jenny loslassen!« Sie kniete neben ihm und streichelte sanft seinen Kopf. »Bitte lass Jenny los! Wir kümmern uns um sie!«, redete Patty weiter auf ihn ein.

»Mach dir keine Sorgen, wir werden sie gut behandeln. Bitte lass sie los!« Patrick sah sie zwar weiter verständnislos an, lockerte jedoch den Griff um seine Partnerin, so dass Joe sie schließlich an sich nahm und auf seine Arme hob, während Patrick zusammengesunken am Boden kniete und Jenny verzweifelt nachsah. »Ist schon gut, wir kümmern uns um sie!«, versicherte Patty und streichelte Patrick nochmals über den Kopf. »Komm mit, du darfst uns begleiten«, forderte sie schließlich den jungen Mann geduldig auf, erhob sich und reichte ihm die Hand. Patrick sah sie einen Moment lang verwirrt an, verstand dann ihre Worte und erhob sich zögernd. Patty hakte sich bei ihm ein und führte den jungen Mann behutsam zu ihrem Fahrzeug, öffnete die Beifahrertüre und ließ Patrick einsteigen. Dann setzte sie sich neben ihn, denn die Sitzbank bot zwei Personen Platz. Patrick sah nach hinten, wo Joe gerade Jenny auf dem Behandlungssitz festschnallte. »Keine Sorge, er kümmert sich gut um sie«, versicherte Patty beruhigend, legte einen Arm um Patricks Schulter und drückte ihn sanft an sich. Der junge Mann sah sie kurz unsicher an, nickte dann aber verstehend. In diesem Moment bemerkte er erstmals, dass es angefangen hatte zu regnen, als die Tropfen gegen die Windschutzscheibe trommelten. Wenig später hatte Joe Jenny festgeschnallt, schloss die hintere Tür des Fahrzeuges, ging nach vorne und setzte sich in den Fahrersitz. Er sah kurz zu Patrick hinüber, der zusammengesunken da saß und mit ausdruckslosem Gesicht durch die Scheibe starrte. Patty nickte Joe beruhigend zu, worauf der den Motor startete und losfuhr. Der Regen wurde immer heftiger, trübte die Sicht, so dass Joe sich sehr konzentrieren musste, um das Fahrzeug in der Spur zu halten. Patrick drehte sich noch einmal um und betrachtete kurz Jennys Leichnam, worauf ihm erneut Tränen in die Augen stiegen.

Patty bemerkte es und sah ihn mitleidig an. »Weine ruhig, wenn dir danach ist.«

Darauf ließ Patrick seinen Kopf auf ihre Schulter sinken und begann leise zu weinen. Er hatte das Gefühl sämtlichen Halt verloren zu haben und der Schmerz über Jennys Verlust schien unendlich groß zu sein! Da fühlte sich Pattys sanfte Umarmung und ihr Streicheln wirklich gut an und schien ihn zumindest ein wenig aufzufangen. Seine Tränen flossen, bis sie ihr Ziel erreicht hatten.

»Patrick, wir sind bei GemAI-Care«, sagte Patty behutsam, worauf der junge Mann aufsah und mit feuchten Augen nickte. Dann bedankte er sich leise bei Patty, die ihm ein mitfühlendes Lächeln schenkte. Joe hatte sich inzwischen erhoben und schnallte Jenny los.

Kurze Zeit später stand Patrick neben ihm. »Darf ich Jenny nehmen?«, fragte er mit rauer Stimme. Joe nickte und öffnete ihm die hintere Türe des Fahrzeuges, worauf Patrick seine tote Partnerin hochhob und auf die Arme nahm. Sie stiegen aus und befanden sich in einer gut beleuchteten Halle, wo gerade zwei Mitarbeiter eilig eine Bahre heranrollten, auf die Patrick Jenny legte. Die beiden Kollegen sprachen ihm ihr Beileid aus. »Werdet ihr sie jetzt gleich demontieren?«, fragte der junge Mann mit erstickter Stimme.

»Nein, wir säubern sie, versorgen ihre Wunden und werden sie morgen den Tag hindurch aufbahren, damit jeder, der das möchte, noch Abschied von ihr nehmen kann«, erklärte einer der Mitarbeiter freundlich.

Patrick nickte verstehend, während die Kollegen Jenny wegbrachten. Der junge Mann sah ihr noch sehnsüchtig nach, während Joe ihm freundschaftlich eine Hand auf die Schulter legte. »Keine Sorge, du kannst sie morgen so lange sehen, wie du willst.« Dann drückten auch Patty und Joe ihr Beileid aus, wofür sich Patrick mit feuchten Augen bedankte. In diesem Moment betraten Jeff Dobson und Carl Sanders die Halle und kondolierten ebenfalls. Patrick war zwar zuerst über Carls Anwesenheit verwundert, doch Mister Dobson hatte ihn sicher gleich über Jennys Unfall informiert.

»Sie sind vorerst von ihrer Tätigkeit freigestellt. Nehmen sie sich die Zeit, um über Jennys Verlust hinwegzukommen. Zögern sie bitte bis dahin nicht mich anzurufen, wenn wir irgendetwas für sie tun können«, sagte Dobson freundlich zu Patrick, der sich mit rauer Stimme bedankte.

Dann wandte sich Carl dem jungen Mann zu. »Es ist sicherlich nicht gut, wenn du alleine in Jennys Wohnung zurückkehrst. Das ist viel zu belastend für dich, weshalb ich dir anbieten möchte, bei uns zu wohnen. Du kannst das Gästezimmer beziehen und so lange bleiben, wie du möchtest. Bist du damit einverstanden?«, fragte Carl behutsam.

Patrick überlegte kurz. »Ich will euch aber nicht zur Last fallen, wo ihr euch doch bereits um Susan kümmert.«

Carl schüttelte den Kopf. »Das tust du nicht! Da brauchst du dir keine Sorgen zu machen!« Dann legte er dem jungen Mann freundschaftlich die Hand auf die Schulter und warf ihm ein aufmunterndes Lächeln zu.

Patrick war sich durchaus bewusst, dass er sich alleine in Jennys Wohnung sehr einsam fühlen würde und ihr Verlust noch schwerer zu ertragen war, weshalb er schließlich Carls Vorschlag annahm.

»Gut! Dann fahren wir jetzt zusammen zu Jennys Wohnung, du packst deine Sachen und ich sammle die Lebensmittel ein«, schlug Carl vor, worauf Patrick nickend zustimmte.

»Ihr könnt übrigens auch nach Hause gehen und eure Aufträge morgen ausführen. Danke, dass ihr euch um Jenny und Patrick gekümmert habt!«, wandte sich Dobson an Patty und Joe, die sich dankbar verabschiedeten.

Auch Patrick bedankte sich noch bei Dobson. »Schon in Ordnung. Passen sie bitte gut auf sich auf. Tut mir wirklich leid um Jenny!«, antwortete der Firmenleiter mit rauer Stimme und warf Patrick einen mitleidigen Blick zu, den der junge Mann mit einem Nicken quittierte, bevor er mit Carl zu dessen Auto ging.

So bezog Patrick noch an diesem Tag das Gästezimmer von Carl und Peggy. Etwas später saß er dann mit dem ehemaligen Firmenleiter beisammen. »Jenny sagte mir, kurz bevor sie starb, dass ihre Erinnerungen bei Daniel, dem Systemwächter von GemAI-Care, sicher verwahrt seien. Weißt du, was sie damit meinte?«

Carl nickte. »Das kann ich dir erklären. Jedoch muss ich dich bitten, Stillschweigen darüber zu wahren, denn diese Information ist eigentlich geheim!« Er warf Patrick einen eindringlichen Blick zu, der darauf zögernd nickte. »Die Ladegeräte der GemAI übertragen deren tägliche Erinnerungen entweder an ihre Herstellerfirma, oder an die Firma, wo sie beschäftigt sind. Die Erinnerungen können dort von der Polizei und Staatsanwaltschaft abgerufen werden, um mit deren Hilfe Kriminalfälle zu lösen, falls die GemAI darin verwickelt waren, oder als Zeugen dienen. Die Daten sind durch einen komplexen Code geschützt, den nur die Systemwächter kennen. Die sind selbst GemAI, weshalb Missbrauch der Erinnerungen praktisch ausgeschlossen ist!«

Patrick sah Carl überrascht an. »Dann sind Jennys Erinnerungen auf dem Server von GemAI-Care gespeichert?«

»So ist es, mein Junge! Behalt das aber bitte für dich, sonst bringst du mich in große Schwierigkeiten!«, bemerkte Carl nachdrücklich.

»Ja, natürlich! Keine Sorge! Und danke, dass du mich eingeweiht hast«, beeilte sich Patrick zu sagen.

»Schon gut. Nachdem dich Jenny darauf aufmerksam gemacht hat, hättest du es sowieso eines Tages erfahren«, meinte Carl. Er war allerdings verwundert, dass Jenny diese Information an Patrick weitergab. Hatte Daniel mit ihr über seine Pläne gesprochen? Das musste er in den nächsten Tagen herausfinden. In diesem Moment klopfte es an der Türe.

»Essen ist fertig!«, rief Peggy von außen.

»Danke, wir kommen!«, antwortete Carl. »Dann lass uns mal schnell ins Esszimmer gehen. Peggy mag es gar nicht, wenn man zu spät zum Essen kommt!«, sagte er zwinkernd zu Patrick, der sich lächelnd erhob und Carl folgte.

Nach dem Essen entschieden Peggy, Susan, Carl und Patrick am nächsten Morgen zu GemAI-Care zu fahren, um sich von Jenny zu verabschieden. Darauf wäre Patrick gerne noch spazieren gegangen, doch es regnete in Strömen, so dass er sich ins Gästezimmer zurückzog und auf dem Bett ausstreckte. Er war froh, Carls Einladung gefolgt zu sein, denn der ehemalige Firmenleiter und seine Frau Peggy kümmerten sich sehr gefühlvoll um ihn, was ihm zwar etwas peinlich war, doch auch irgendwie guttat. Es war auf jeden Fall viel besser, als alleine in Jennys Wohnung zu sitzen, wo ihn die Sehnsucht nach ihr und die Trauer um ihren Verlust zu sehr geschmerzt hätten! Hier fühlte er zwar das Gleiche, doch die Nähe zweier freundlicher Menschen gab ihm zumindest eine gewisse Sicherheit und Geborgenheit. In diesem Moment klopfte es an der Tür.

»Herein!«, rief Patrick und setzte sich auf.

Die Türe wurde langsam geöffnet, dann stand Susan im Eingang zu seinem Zimmer. »Bitte entschuldige, dass ich dich störe. Ich wollte dich nur fragen, wie es dir geht«, sagte sie ein wenig unsicher und sah ihn verlegen an.

Patrick schenkte ihr ein freundliches Lächeln. »Schon in Ordnung, du störst nicht. Komm bitte herein.« Die GemAI trat zögernd ein und schloss die Türe. »Bitte setz dich doch«, forderte der junge Mann sie auf, worauf sich Susan auf dem nächsten Stuhl niederließ.

»Wie fühlst du dich?«, fragte die GemAI vorsichtig.

»Schwer zu sagen. Ich kann es immer noch kaum glauben, dass Jenny nicht mehr da ist! Wir waren die letzten Tage sehr glücklich miteinander und sind uns ziemlich nahe gekommen. Das ist jetzt alles auf einmal vorbei! Dabei hätte Jenny noch eine Lebensspanne von etwa zwei Jahren gehabt! Nicht einmal das war ihr mehr vergönnt und ich vermisse sie so schrecklich...« Seine Stimme brach und Tränen stiegen ihm in die Augen.

Susan sah ihn mitleidig an und setzte sich dann neben ihn. Weil sie zu klein war, um ihre Arme über seine Schultern zu legen, umarmte sie seinen Oberkörper und drückte ihn sanft an sich. »Ich kann deinen Schmerz gut verstehen. Weine ruhig, wenn es dir guttut.«

Patrick kam der Aufforderung gerne nach, denn wieder wallte der Schmerz über Jennys Verlust hoch und überwältigte ihn. Er umarmte Susan, legte den Kopf auf ihre Schulter und begann heftig zu weinen.

Die GemAI ließ ihn gewähren, hielt ihn fest, streichelte ihn sanft und schmiegte sich an ihn, um ihm etwas Geborgenheit zu vermitteln.

Der junge Mann weinte lange in ihren Armen, als der ganze Schmerz aus ihm herausfloss, den er bisher zurückgehalten hatte. Doch irgendwann versiegten die Tränen und er hob schniefend den Kopf.

»Tut mir leid, ich wollte dich nicht erschrecken«, sagte Patrick mit rauer Stimme.

»Kein Grund sich zu entschuldigen. Schließlich hast du allen Grund zu trauern!«, sagte Susan und schenkte ihm ein warmherziges Lächeln.

»Danke für dein Verständnis«, meinte Patrick gerührt.

»Gern geschehen«, sagte Susan freundlich. »Ihr seid euch wirklich sehr nahe gestanden.«

»Hmmm«, summte Patrick zustimmend und nickte.

»Willst du mir von Jenny erzählen?«, fragte Susan vorsichtig.

»Besser nicht. Es tut einfach noch zu weh. Vielleicht ein andermal«, gab Patrick zu.

»Verständlich!«, bemerkte Susan und erhob sich. »Komm zu mir, oder ruf mich, wenn du Hilfe brauchst, oder mit jemandem reden möchtest. Ich bin für dich da!«, bot sie mit warmherzigem Lächeln an.

»Danke, das ist sehr freundlich von dir«, meinte Patrick gerührt. »Das Gleiche gilt auch für dich. Ich bin auch gerne für dich da, wenn du Hilfe brauchst, oder jemanden zum Reden!«

Susan senkte kurz verlegen den Blick und bedankte sich dann bewegt. »Ich wünsche dir noch eine gute Nacht!«

»Wünsche ich dir auch!«, sagte Patrick mit freundlichem Lächeln. Die GemAI winkte ihm noch kurz zu und ging hinaus. Patrick sah ihr eine Zeitlang nach. Ihre Freundlichkeit und Hilfsbereitschaft war wohl allen GemAI gemein, wie Patrick nun feststellte. Es berührte ihn sehr, als er daran dachte, wie Susan ihn zuvor getröstet und gestützt hatte, obwohl sie selbst in der Vergangenheit so schlechte Erfahrungen mit ihrem Partner machte. Er bezweifelte, dass ein Mensch nach derartigen Erlebnissen in so kurzer Zeit bereits wieder zu solchem Vertrauen und so großer Empathie fähig war. Diese Wesen waren wirklich etwas ganz Besonderes und die Menschen sollten eigentlich glücklich und vor allem dankbar für ihre Anwesenheit und Hilfe sein. Doch wie schon so oft konnten oder wollten viele Menschen diese humanoiden Juwelen mit künstlicher Intelligenz nicht schätzen, sondern benutzten und misshandelten sie, obwohl sie für zahlreiche Menschen ein Segen waren! Patrick schämte sich dafür und wollte deshalb Susan genauso beistehen, wie sie vorhin auch für ihn dagewesen war. Das nahm er sich zukünftig vor, während die Anstrengungen und Aufregungen des Tages allmählich ihren Tribut forderten und ihn schläfrig machten. Er erfrischte sich noch kurz, wünschte dann auch Carl und Peggy eine gute Nacht und ging zu Bett, wo ihm schon bald schmerzhaft bewusst wurde, dass sich heute Nacht seine geliebte Jenny nicht mehr neben ihn legen würde, was ihn abermals sehr traurig machte, weshalb er sich schließlich in den Schlaf weinte.

Abschied und Versöhnung

Am nächsten Morgen waren Carl, Peggy, Patrick und Susan zur Firma gefahren und standen nun in dem Raum, wo Jenny aufgebahrt lag. Der junge Mann hatte dem älteren Ehepaar den Vortritt gelassen und stand zusammen mit Susan neben der Türe, während Carl und Peggy neben Jennys Leichnam standen. Sie hatten die GemAI respektvoll auf ein blumengeschmücktes Bett gelegt, an dessen Kopfende zwei große Kerzen brannten. Jenny trug eines ihrer armlosen Kleider, welche sie während der Freizeit bevorzugt hatte. Da ihre Funktionsanzeige verloschen war, glich ihr Körper nun dem einer jungen Frau. Selbst Carl, der sonst immer so gefasst und humorvoll war, kämpfte mit den Tränen beim Anblick seines verstorbenen Schützlings und hielt dabei Peggy im Arm, die leise weinte. Schließlich streichelten beide noch einmal Jennys Kopf, dann wandten sie sich traurig ab und gingen hinaus. Danach trat Susan an das Bett und stand kurz schweigend mit betrübtem Blick da. Anschließend nahm sie Jennys rechte Hand, streichelte sie zärtlich und flüsterte einige unhörbare Worte, legte die Hand wieder behutsam ab, machte eine kurze Verbeugung und verließ den Raum, schloss die Türe aber nicht gänzlich. So trat Patrick zögernd neben das Bett. Sie hatten tatsächlich Jennys Wunden versorgt und etwas abgedeckt, wodurch sie kaum zu sehen waren. Einige angenehme Erinnerungen an die Zeit mit ihr liefen vor seinem geistigen Auge ab, sowie ihr Missgeschick mit dem Mixer, weshalb ein kurzes Lächeln über sein Gesicht huschte. Er hob ihre rechte Hand an, legte sie kurz an seine Wange und setzte sie wieder sanft ab, während ihm erneut Tränen in die Augen stiegen. Darauf streichelte er ein letztes Mal ihre Wange und ihren Kopf, gab ihr einen letzten Kuss und verabschiedete sich dann stumm von ihr. Wieder wurde er von seiner Pein überwältigt, als er neben dem Bett auf die Knie ging, sich mit einem Arm daran abstützte und zu weinen begann. Der Gedanke sie nie mehr wieder zu sehen war unerträglich und verursachte extreme seelische Schmerzen! Patrick wusste später nicht mehr, wie lange er schluchzend neben Jenny kniete, bis er eine Umarmung spürte. Durch seinen verschleierten Blick erkannte er Susan, die sich neben ihm niedergelassen hatte, ihn stützte und mitleidig ansah. Sie sagte nichts, doch irgendwie gab ihre Nähe ihm schließlich die Kraft sich zu erheben, wobei seine Tränen allmählich versiegten. Er warf Jenny noch einen letzten, sehnsüchtigen Blick zu. »Mach's gut!«, flüsterte er mit tränenerstickter Stimme, dann ließ er sich von Susan hinausführen. Die kleine GemAI warf ihm einen besorgten Blick zu. »Geht schon wieder«, sagte Patrick rau, während sie ihm mit sanftem Lächeln ein Taschentuch reichte, wofür er sich gerührt bedankte, die Tränen trocknete und kurz schnäuzte.

In diesem Moment kam Peggy auf Patrick zu und nahm ihn kurz in den Arm. »Tut mir so leid für euch«, sagte sie leise, worauf er sich auch bei ihr bedankte und dann erstaunt umsah.

»Wo ist Carl?«, fragte der junge Mann.

»Er will noch etwas mit Dobson besprechen, weshalb ich euch nach Hause fahren soll«, antwortete Peggy.

»Kannst du fahren?«, fragte Susan besorgt.

»Danke der Nachfrage. Keine Sorge, mir geht es soweit gut!«, versicherte sie der GemAI, die darauf verstehend nickte. Dann führte Peggy ihre beiden Gäste zum Auto. Zu ihrer Erleichterung hatte es aufgehört zu regnen, doch der Himmel war noch bedeckt.

*

Inzwischen saß Carl bei Daniel, dem Systemwächter von GemAI-Care, und besprach mit ihm ein neues Projekt, das sowohl für Jenny, als auch für zahlreiche weitere GemAI von großer Bedeutung sein sollte! Etwas später weihte der ehemalige Firmenleiter auch Dobson in das Projekt ein, der zusammen mit Daniel dessen Leitung übernahm.

*

Etwas später saßen Patrick und Susan wieder im Haus von Carl und Peggy zusammen.

»Wie geht es dir jetzt?«, fragte Susan besorgt.

»Soweit gut. Danke für deine Hilfe vorhin in der Firma«, antwortete Patrick.

»Gern geschehen«, versicherte Susan mit freundlichem Lächeln.

»Danke auch, dass du dich so liebevoll von Jenny verabschiedet hast. Diese Geste, als du ihre Hand gestreichelt hast, wirkte sehr warmherzig«, meinte Patrick beeindruckt.

»Ich habe mich nur von meiner Schwester verabschiedet, sie kurz an die Hand genommen und ihr eine angenehme letzte Reise gewünscht. Das ist das übliche Ritual unter den GemAI, bevor Unsereins demontiert wird«, erklärte Susan geduldig.

»Deine Schwester?«, fragte Patrick erstaunt.

»Wir GemAI sehen uns alle als Geschwister. Das ist weltweit so.«

»Ach so, das wusste ich nicht«, gestand Patrick bewundernd. »Dann seid ihr inzwischen schon eine recht große Familie«, bemerkte er dann zwinkernd.

»Da hast du recht!«, antwortete Susan schmunzelnd.

»Wie geht es dir denn inzwischen?«, wollte der junge Mann wissen.

»Danke! Soweit recht gut. Carl und Peggy behandeln mich wie eine Tochter, was mir manchmal schon fast peinlich ist«, gab die GemAI verlegen zu.

Patrick nickte lächelnd. »Ja, die beiden sind wirklich sehr freundlich und hilfsbereit.« Dass Jenny auch längere Zeit bei dem Paar wohnte, behielt er vorerst noch für sich. »Was machen deine Verletzungen?«

»Die verheilen recht gut. Inzwischen habe ich auch keine dauerhaften Schmerzen mehr. Allerdings ist mein Körper noch recht druckempfindlich«, antwortete Susan.

»Das ist ja auch kein Wunder«, meinte Patrick verständnisvoll. »Carl hat dir sicherlich erzählt, dass dein ehemaliger Partner ein Geständnis abgelegt hat und auf seine Verurteilung wartet.«

Susan nickte. »Ja, das weiß ich«, sagte sie mit trauriger Miene.

»Wie lange warst du denn mit ihm zusammen?«, fragte Patrick vorsichtig.

»Ein Jahr und zwei Monate«, antwortete die GemAI.

»So lange hast du es bei ihm ausgehalten?«, rief Patrick verblüfft.

Susan nickte betrübt. »Es gibt bei uns ein ungeschriebenes Gesetz, das fordert, seinen Partner nur im Notfall zu verlassen, wenn die eigene Existenz durch ihn gefährdet ist. Leider ist es bei mir soweit gekommen.«

»Schämst du dich deswegen?«, erkundigte sich der junge Mann behutsam.

Susan hob den Kopf und nickte stumm.

»Das musst du doch nicht! Schließlich kannst du ja nichts dafür, dass er so brutal zu dir war«, meinte Patrick, während er ihr sanft die Wange streichelte.

»Mag sein, aber es gehört sich einfach nicht, seinem Partner davonzulaufen.« Ihre Stimme war zu einem Flüstern geworden, während sie den Blick senkte. »Ich habe die permanenten Schmerzen und Erniedrigungen aber einfach nicht mehr ausgehalten...« Ihre Stimme brach und die Augen füllten sich mit Tränen.

Patrick legte mitleidsvoll einen Arm um ihre Schultern und drückte sie sanft an sich. »Das ist doch nur allzu verständlich. Mir wäre es sicher genauso ergangen.«

Susan hob kurz den Kopf und warf ihm einen dankbaren Blick zu, den Patrick mit einem warmherzigen Lächeln quittierte. Dann reichte er ihr ein Taschentuch, worauf die GemAI sogar ein kurzes Schmunzeln zustande brachte, bevor sie ihre Augen damit trocknete und sich kurz schnäuzte. »Danke für dein Verständnis.«

»Schon in Ordnung! Es tut mir leid, dass ich dir mit meinen Fragen wehgetan habe. Ich wollte keine alten Wunden öffnen«, entschuldigte er sich.

»Keine Sorge, das hast du nicht«, sagte Susan mit rauer Stimme. Sie war durchaus beeindruckt von der Empathie des jungen Mannes. Er war neben Carl und Peggy bisher der einzige Mensch, der sich um ihr Wohlergehen sorgte und Verständnis für ihre Situation aufbrachte! Dass er jetzt auch noch bei ihr wohnte, war ein echter Glücksfall für die GemAI. Wie es schien, konnten sie sich gegenseitig beistehen und stützen. Darüber war Susan sehr erfreut und sie nahm sich vor, Patrick so gut wie möglich zu helfen, in der Hoffnung, von ihm mehr Anerkennung und Hinwendung zu bekommen.

Susans körperliche Wunden heilten deutlich schneller als ihre seelischen. So viel war Patrick nach dem Gespräch mit der GemAI klar. Genau so war es Jenny einst auch ergangen! Jedoch war sie damals durch Carl von ihrem brutalen Partner befreit worden, während Susan nur die Möglichkeit blieb, selbst vor ihrem Peiniger zu fliehen, obwohl das den Grundsätzen der GemAI widersprach, was sie zusätzlich belastete! Obwohl sie ihre Existenz gerettet hatte, schämte sich die GemAI deswegen, was ihr Trauma noch verstärkte! Anscheinend war auch die große Treue zu ihren Partnern, selbst bei widrigsten Bedingungen, Teil ihrer Programmierung, ebenso wie ihre extreme Bescheidenheit! Doch diese Programmierung führte bei den GemAI, die den Regeln nicht standhielten, zu einem massiven inneren Konflikt und damit zu einem Gefühl der Minderwertigkeit! Da Susan sich nach seiner Ankunft bei Carl und Peggy so gefühlvoll um ihn gekümmert hatte, ihn tröstete und stützte, wollte Patrick nun auch der GemAI bei der Überwindung ihres Traumas beistehen und ihr Selbstwertgefühl stärken. Deshalb nahm er sich vor zukünftig mehr Zeit mit ihr zu verbringen, damit ihre seelischen Wunden schneller heilten. Patrick sah aus dem Fenster, wo sich die dunklen Wolken allmählich verzogen. »Ich könnte etwas frische Luft gebrauchen. Kommst du mit auf einen Spaziergang?«, fragte er Susan, die erfreut einwilligte. So schlenderten sie gemeinsam durch die noch regennassen Straßen. Die frische Luft und der zunehmende Sonnenschein halfen, die Trauer und trüben Gedanken zumindest etwas zu verscheuchen und die Laune der beiden Spaziergänger zu heben, so dass ihnen sogar vereinzelt wieder ein Lachen über die Lippen kam. Tatsächlich verbrachten Patrick und Susan in den nächsten Tagen viel Zeit miteinander. Der GemAI gelang es problemlos, Patrick beizustehen, ohne je lästig oder gar aufdringlich zu sein, während der junge Mann ihr bei der Bewältigung ihres Traumas half, ohne ihr zu nahe zu treten. Susan bekam von Patrick durchaus die erhoffte Anerkennung und Zuwendung, jedoch blieb es bei einer herzlichen Freundschaft zwischen den beiden, denn noch hing der junge Mann zu sehr an seiner verstorbenen Partnerin. Susan wollte sich nicht dazwischen drängen und hielt respektvollen Abstand zu Patrick, was ihr manchmal nicht leicht fiel, weil sie den gefühlvollen, empathischen jungen Mann sehr mochte! Auch Carl hatte zuerst ein aufkommendes Gefühlschaos befürchtet, sollten sich Patrick und Susan zu nahe kommen, doch als es schließlich bei einer Freundschaft zwischen den beiden blieb, war auch er erleichtert. So drohte sein neues Projekt wenigstens nicht zu scheitern.

Am Freitag-Abend saßen Patrick und Susan wieder zusammen im Gästezimmer und unterhielten sich.

»Ich habe dir doch von meinen Eltern erzählt und sowohl du, als auch Jenny haben mir empfohlen, mich wieder mit ihnen zu versöhnen«, sagte Patrick, worauf Susan zustimmend nickte. »Das möchte ich morgen gerne machen.«

»Soll ich dich begleiten?«, fragte Susan hilfsbereit.

»Danke, ist lieb von dir, aber das muss ich alleine machen«, antwortete Patrick.

»In Ordnung, dann wünsche ich dir viel Kraft und Erfolg! Hoffentlich nähert ihr euch wieder an«, bemerkte Susan.

»Das hoffe ich auch«, sagte Patrick und nickte nachdenklich.

»Ruf aber bitte an, wenn du Hilfe brauchst oder es zu Problemen kommt«, bat Susan.

»Das wird schwierig. Ich habe kein Pocket-com und öffentliche Telefone sind kaum zu finden«, gab Patrick zu bedenken.

»Dann leihe ich dir mein Gerät. Ich brauche es in den nächsten Tagen nicht«, schlug Susan vor und erhob sich. »Ich hole es geschwind.« Noch bevor Patrick widersprechen konnte, eilte sie hinaus und kehrte kurze Zeit später mit dem mobilen Kommunikator zurück. »Weißt du, wie man es bedient?«, fragte Susan.

Patrick schüttelte den Kopf. »Nein, so ein Gerät habe ich nie besessen.« So erklärte Susan ihm die Funktionsweise des Pocket-com und übergab es dann dem jungen Mann. »Danke, das ist wirklich lieb von dir!«

»Tu' ich doch gerne!«, versicherte Susan mit warmherzigem Lächeln. »So kannst du wenigstens jederzeit hier anrufen. Wie lange willst du denn bei deinen Eltern bleiben?«

»Weiß ich noch nicht genau«, gab Patrick zu. »Vielleicht geh ich am gleichen Tag wieder nach Hause, oder ich bleibe übers Wochenende bei ihnen, je nachdem wie es läuft.«

»Verstehe. Dann wünsche ich dir alles Gute!«, meinte Susan wohlwollend, worauf sich der junge Mann verlegen bedankte.

Etwas später sagte Patrick auch Carl und Peggy Bescheid, die ihm ebenfalls viel Erfolg wünschten. So packte der junge Mann noch Kleidung und Waschzeug in einen Rucksack und ging anschließend zu Bett.

Am nächsten Morgen wurde er herzlich verabschiedet.

»Ich wünsch dir viel Erfolg! Pass bitte gut auf dich auf!«, sagte Susan und umarmte ihn mit einem warmherzigen Lächeln.

»Danke! Mach ich, kleine Schwester!«, antwortete Patrick zwinkernd und streichelte der GemAI über den Kopf, die kurz verlegen den Blick senkte und ihm dann ein liebevolles Lächeln schenkte. Patrick winkte ihr noch einmal zu und ging dann zum Bahnhof. Nach einer zweistündigen Fahrt erreichte er den Wohnort seiner Eltern und schlenderte mit gemischten Gefühlen zu ihrem Haus, bei dem er wenig später ankam. Er klingelte und wartete nervös ab. Sein Vater öffnete die Türe und sah ihn erstaunt an.

»Hallo Patrick! Komm doch herein!«, rief sein Vater erfreut und umarmte den überraschten Jungen. In diesem Moment kam seine Mutter hinzu.

»Patrick!«, rief sie begeistert und umarmte den jungen Mann ebenfalls, was ihm sichtlich peinlich war. »Warum hast du denn nicht Bescheid gesagt, dass du kommst?«

»Hab mich eben spontan entschieden«, antwortete Patrick ausweichend.

»Komm erst mal rein, Junge!«, sagte sein Vater fröhlich und bugsierte ihn ins Wohnzimmer, wo sie sich gegenüber setzten, während seine Mutter kurz in die Küche ging, weil sie gerade das Essen zubereitete. Wenig später gesellte sie sich zu ihnen.

»Wie geht's dir denn?«, fragte seine Mutter.

»Danke, soweit gut«, antwortete Patrick.

»Wie gefällt dir denn die Arbeit bei GemAI-Care? Kommst du zurecht?«, wollte sein Vater wissen.

Patrick nickte. »Wider erwarten ist die Arbeit ganz interessant und die Kollegen sind auch alle sehr freundlich.«

»Freut mich, dass du dich dort wohlfühlst!«, meinte sein Vater.

Darauf erzählte der junge Mann von seiner Arbeit, wobei er sein Verhältnis zu Jenny zur Sicherheit verschwieg. Sie plauderten eine Weile, bis seine Mutter fragte, ob Patrick denn inzwischen eine Freundin gefunden habe.

Der junge Mann nickte betrübt. »Ich hatte eine Freundin. Die ist aber leider vor wenigen Tagen bei einem Verkehrsunfall verstorben.«

Seine Eltern waren erschüttert und sprachen ihm ihr Beileid aus. Bevor Patrick jedoch wieder in Tränen ausbrach, lenkte er das Gespräch auf andere Themen um. Nach einer Weile kam er dann zum eigentlichen Grund seines Besuches.

»Kurze Zeit bevor ich wegging, um meine Arbeit zu beginnen, haben wir uns oft gestritten. Ich habe einige recht gemeine Dinge zu euch gesagt und euch sicher damit verletzt. Das tut mir leid! Ich weiß nicht, ob ihr mir das verzeihen könnt«, sagte Patrick niedergeschlagen.

Der Vater erhob sich, setzte sich neben seinen Sohn und legte einen Arm um seine Schulter. »Ist schon längst vergeben und vergessen!«, sagte der ältere Herr und drückte seinen Sohn sanft an sich.

»Seid ihr mir denn nicht böse?«, fragte Patrick überrascht und sah seinen Vater verschämt an.

»Damals waren Mama und ich ziemlich verärgert und enttäuscht. Aber schließlich haben wir uns damit abgefunden, dass unsere Sichtweise und unsere Art zu leben eben mit deinem Weltbild unvereinbar war. Als du dann weggingst, um deine Ausbildung bei GemAI-Care zu beginnen, haben wir einfach nur gehofft, dass wir uns eines Tages wiedersehen, was ja nun der Fall ist«, sagte der Vater erfreut und drückte seinen Sohn nochmals an sich.

»Mir ist in letzter Zeit auch klar geworden, dass ich früher ziemlich viel Mist gebaut habe, aber trotzdem unbelehrbar und stur blieb. Ich war so dumm und ungerecht zu euch und vielen anderen da draußen und habe nur Schwierigkeiten verursacht. Dafür schäme ich mich heute und es tut mir furchtbar leid, dass ich so widerspenstig und gemein war!«, sagte Patrick mit rauer Stimme und sah seine Eltern entschuldigend an.

»Wie schon gesagt, ist vergeben und vergessen! Wir sind einfach nur froh, dass du wieder da bist! Begraben wir einfach diesen alten Zwist und freuen uns, dass wir wieder vereint sind!«, schlug der Vater vor.

Inzwischen hatte sich auch Patrick Mutter neben ihn gesetzt und nahm nun seine Hand. »Ich bin auch einfach nur froh, dass du wieder da bist. Wie dein Vater sagte, vergessen wir einfach unseren Streit.«

Patrick sah seine Eltern zuerst verlegen an und bedankte sich dann gerührt für ihr Verständnis und die Vergebung seiner Fehler. Darauf umarmten sich alle drei glücklich.

»Bleibst du zum Essen?«, fragte seine Mutter anschließend.

»Wenn ich euch nicht zuviel wegesse«, antwortete Patrick halbernst.

»Ach Junge, du weißt doch, dass für dich immer ein paar volle Teller übrig sind!«, polterte seine Mutter scherzhaft und eilte in die Küche, während Patrick und sein Vater weiter miteinander plauderten, bis das Essen fertig war. Es folgte ein entspannter Nachmittag, bei dem sich alle drei miteinander aussprachen und von der Zeit erzählten, während sie getrennt waren. Da Patrick jedoch befürchtete, dass sein Verhältnis mit einer GemAI bei seinen Eltern auf Unverständnis stoßen würde, behielt er dies auch weiterhin für sich. Der angenehme Nachmittag ging in einen harmonischen Abend über, so dass Patrick beschloss, auch die Nacht bei seinen Eltern zu verbringen. Doch zuvor wollte er noch Carl, Peggy und Susan informieren, weshalb er in sein Zimmer ging und das Pocket-com benutzte. Peggy nahm das Gespräch an.

»Hallo Patrick, alles in Ordnung?«, fragte Carls Partnerin besorgt.

»Danke, alles bestens!«, versicherte Patrick. »Ich habe mich mit meinen Eltern versöhnt und werde die Nacht hier verbringen.«

»Freut mich, dass ihr euch wieder versteht. Dann wünsche ich dir noch eine angenehme Zeit und eine gute Nacht«, meinte Peggy erfreut.

»Danke! Wünsche ich dir auch! Sag bitte noch Susan Bescheid, dass alles in Ordnung ist, damit sie sich keine Sorgen macht«, bat Patrick.

»In Ordnung! Mache ich. Dann bis morgen«, sagte Peggy fröhlich.

»Bis morgen!«, antwortete Patrick und beendete das Gespräch. Anschließend saß er noch längere Zeit mit seinen Eltern zusammen und ging dann zu Bett.

*

Auch der nächste Morgen verlief überraschend harmonisch, so dass Patrick noch bis zum Mittagessen blieb und sich nach einem herzlichen Abschied auf den Rückweg machte. Susan begrüßte ihn stürmisch und umarmte den überraschten jungen Mann, noch bevor er Carls und Peggys Haus betreten konnte. Ihre Freude währte jedoch nicht lange, denn Patrick wollte in der folgenden Woche bereits wieder seine Arbeit bei GemAI-Care aufnehmen.

»Stell dir das nicht zu einfach vor!«, mahnte Carl. »Du wohnst und arbeitest dann zwar mit einer anderen GemAI zusammen, aber die Tätigkeit ist die Gleiche, die du auch mit Jenny ausgeführt hast. Das könnte durchaus schmerzhafte Erinnerungen wachrufen!«

»Damit hast du sicher recht, aber ich hoffe, dass mich die Arbeit andererseits auch von meiner Trauer ablenkt. Solange ich bei euch bin, erinnere ich mich immer wieder an den schweren Abschied von Jenny«, erklärte Patrick.

Carl nickte verstehend, während Susan ihn traurig ansah. »Habe ich mich nicht ausreichend um dich gekümmert?«, fragte die GemAI kleinlaut.

Patrick wandte sich ihr zu. »Aber nein! Das hat nichts mit dir zu tun und du hast auch nichts falsch gemacht!« Er schenkte ihr ein warmherziges Lächeln und streichelte Susans Kopf. »Im Gegenteil! Du warst immer für mich da und hast dich so lieb um mich gekümmert, wofür ich dir sehr dankbar bin! Du wirst auch zukünftig meine kleine Schwester bleiben!«, versicherte der junge Mann und streichelte zärtlich über Susans Nase, die darauf kurz verlegen den Blick senkte und ihm dann ein liebevolles Lächeln zuwarf. »Ich habe einfach nur das Gefühl, dass ich durch meine Arbeit die Trauer besser überwinden kann.«

»Verstehe!«, meinte Carl. »Dann ruf einfach morgen früh bei Mister Dobson an, und sag ihm, dass du wieder arbeiten willst.«

Der junge Mann nickte. »Mache ich!«

»Du darfst aber gerne so lange, wie du willst bei uns bleiben«, versicherte Peggy.

»Danke, das ist sehr nett von euch! Ich fühle mich auch sehr wohl hier, aber ich möchte gerne wieder meine Arbeit aufnehmen«, erklärte Patrick, worauf Peggy verstehend nickte. Der junge Mann sah aus dem Augenwinkel, wie Susan ihm einen traurigen Blick zuwarf, sich erhob und in ihr Zimmer ging. Kurze Zeit später klopfte er an ihre Türe, worauf die GemAI ihn hereinbat. Als er eintrat, sah er sie auf dem Ladegerät liegen. Susan erhob sich, setzte sich auf die Kante der Liege und lud Patrick ein, sich neben sie zu setzen, was der junge Mann auch tat.

»Was ist los?«, fragte er behutsam.

Susan zögerte, bevor sie antwortete. »Es macht mich traurig, dass du bald fortgehst.« Sie schwieg kurz betreten. »Ich werde dich sehr vermissen«, gestand sie dann leise und warf Patrick einen verschämten Blick zu, »weil ich dich nämlich sehr mag...« Ihre Stimme brach, während sich ihre Augen mit Tränen füllten.

Der junge Mann war gerührt und legte einen Arm um ihre Schultern, worauf Susan ihn plötzlich umarmte und leise zu weinen begann. Sie hatte sich die ganze Zeit zurückgehalten, weil sie sich nicht zwischen Patrick und Jenny drängen wollte, und einfach seine Nähe genossen. Doch die Vorstellung, dass er bald nicht mehr bei ihr war und mit einer anderen GemAI zusammen wohnte, war sehr schmerzhaft für sie, weshalb sie ihre Tränen nun nicht mehr zurückhalten konnte.

Patrick ließ sie gewähren und streichelte sie sanft, bis sie sich wieder gefangen hatte.

»Tut mir leid, aber der Gedanke, dass du in Kürze nicht mehr hier in meiner Nähe sein wirst, schmerzt mich«, gestand Susan.

»Geht mir genauso! Das heißt aber nicht, dass wir uns nie mehr wiedersehen«, sagte Patrick beruhigend. »Doch ich muss nun mal wieder meiner Arbeit nachgehen.«

»Kannst du nicht noch ein bisschen länger bleiben?«, fragte die GemAI traurig.

»Das könnte ich schon, aber danach fällt uns beiden der Abschied nur umso schwerer«, versicherte der junge Mann.

»Da hast du wohl recht«, stimmte Susan zögernd zu. »Besuchst du mich wenigstens wieder einmal?«, fragte sie dann und sah ihn fast schon flehend an.

»Natürlich besuche ich dich! Ganz großes Ehrenwort!«, versprach Patrick und streichelte über ihren Kopf. »Ich muss doch schließlich wissen, wie es meiner kleinen Schwester geht!«, bemerkte er mit liebevollem Lächeln.

Auch Susan schaffte es zu lächeln. »Bleibst du bitte noch ein bisschen bei mir«, bat sie schließlich mit einem um Verständnis bittenden Blick. Diesen Wunsch erfüllte Patrick ihr gerne.

Als sie später noch mit Carl und Peggy zusammen saßen, machte die ältere Dame der GemAI ein überraschendes Angebot: »Nachdem du nun bereits einige Woche bei uns wohnst und wir dich inzwischen sehr mögen, wollen wir dir anbieten, bei uns zu bleiben, so lange du möchtest. Darüber würden wir uns sehr freuen!«

Susan bekam große Augen und warf Peggy und Carl abwechselnd einen überraschten Blick zu. »Ihr wollt mich gänzlich bei euch aufnehmen?«

»Es würde uns sehr gefallen, wenn du Teil unserer Familie wirst, so lange du dich bei uns wohlfühlst«, antwortete Peggy und streichelte Susan über die Haare. Die GemAI war für einen Moment sprachlos vor Rührung. »Du musst dich nicht sofort entscheiden. Denk in Ruhe darüber nach und sag dann bitte Bescheid, ob du einverstanden bist«, ergänzte Peggy mit liebevollem Lächeln.

Susan bekam feuchte Augen und sah die ältere Dame berührt an. »Darüber muss ich nicht mehr nachdenken.« Dann umarmte sie Peggy und schmiegte sich an sie. »Danke! Das ist total lieb von euch!«, sagte sie mit Freudentränen in den Augen.

Carls Partnerin streichelte der GemAI mit warmherzigem Lächeln über den Kopf und drückte sie sanft an sich. »Wenn du dich bei so einem schrulligen, alten Ehepaar auch wohlfühlst«, meinte sie zwinkernd.

Susan brachte ein amüsiertes Lächeln zustande. »Ich könnte mir nichts Schöneres vorstellen! Ihr wart die ganze Zeit so liebevoll, gütig, geduldig und großzügig. Wie sollte ich mich da nicht wohlfühlen!« Sie schmiegte sich nochmals mit dankbarem Blick an Peggy. Dann umarmte sie auch Carl und bedankte sich bei ihm, der ihr zärtlich die Wange streichelte.

»Willkommen in unserer Familie!«, sagte der ehemalige Firmenleiter mit warmherzigem Lächeln und drückte Susan sanft an sich.

Patrick war inzwischen neben die GemAI getreten. »Ich gehöre zwar nicht zur Familie, trotzdem herzlichen Glückwunsch, kleine Schwester!«, sagte der junge Mann zwinkernd, worauf sich Susan lächelnd bei ihm bedankte.

»Alles klar, dann werde ich morgen gleich die Formalitäten erledigen. Jetzt wollen wir den Abend aber noch gemeinsam genießen!« Er eilte in die Küche und brachte schmunzelnd einen Kirschkuchen mit. Susan bekam leuchtende Augen, während Patrick auflachte und seiner ‚kleinen Schwester‘ ein amüsiertes Lächeln zuwarf, die darauf verlegen den Blick senkte, während Carl ihr zwinkernd ein großes Stück servierte. So verbrachten die vier einen fröhlichen Abend miteinander.

Später lag Patrick noch längere Zeit wach in seinem Bett und dachte über Susan nach. Es tat ihm leid, dass er schon bald nicht mehr bei ihr sein konnte. Er mochte die kleine GemAI sehr, die inzwischen mehr als schwesterliche Gefühle für ihn empfand. Sie hatte ihn damals gestützt und stand ihm selbstlos bei, als er beinahe am Schmerz von Jennys Tod zerbrochen wäre! Sie war die ganze Zeit für ihn da, hatte ihn getröstet, gestreichelt und ihm Geborgenheit vermittelt, bis das scheinbar untragbare Leid durch sie auf ein erträgliches Maß gemildert wurde. Dafür war er ihr sehr dankbar, weshalb er anschließend versuchte, ihre seelischen Wunden zu heilen, so gut es eben ging. Dadurch hatten sie sich behutsam einander genähert. Doch Patrick konnte schließlich nicht mehr als eine Art brüderliche Liebe für sie empfinden, weil er noch zu sehr an Jenny hing, und das auch für lange Zeit so bleiben würde, während Susan sich mit der Zeit mehr erhoffte, ihn jedoch aus Rücksicht auf seine Gefühle nie bedrängte oder gänzlich ihre Emotionen offenbarte. Das hatte sie erst heute getan, als sie erfuhr, dass Patrick bald fortgehen würde. Natürlich hatte der junge Mann nun ein schlechtes Gewissen, weil er Susan trotz ihrer Gefühle für ihn zurücklassen musste! Doch was sollte er tun? Mister Dobson hatte bereits die zu spät gelieferte GemAI als neue Kollegin für ihn auserwählt. Selbst wenn Carl

Mister Dobson darum bat, würde er mit Sicherheit seine Wahl nicht rückgängig machen und Susan dafür einstellen und schulen, nur wegen ihrer Gefühle füreinander. Außerdem hatte Patrick dem Firmenleiter in der kurzen Zeit seit seiner Einstellung schon genug Schwierigkeiten bereitet und durfte dessen Geduld nicht noch weiter strapazieren, wenn er seine Arbeitsstelle behalten wollte! Eine andere Arbeit war mit seinem schlechten Abschlusszeugnis nicht zu bekommen, also blieb ihm keine Wahl, als seine bisherige Tätigkeit mit der neuen GemAI wieder aufzunehmen und auch bei ihr zu wohnen, wie es die Regeln der Firma nun einmal verlangten! Patrick wusste durchaus, dass es nicht fair war, Susan hier einfach zurückzulassen, nach allem, was sie für ihn getan hatte und wie sehr sie inzwischen an ihm hing. Doch er konnte auch nicht ewig, ohne zu arbeiten, bei Carl und Peggy wohnen. Durch sein schlechtes Zeugnis konnte selbst Carl ihm mit Sicherheit keine neue Arbeitsstelle besorgen. Außerdem gefiel Patrick die Arbeit bei GemAI-Care. Wie er es auch betrachtete: Im Moment blieb ihm nichts anderes übrig, als seine Arbeit wieder mit allen Konsequenzen aufzunehmen. Er konnte nur versuchen an den Wochenenden oder während späterer Urlaubstage Susan so oft wie möglich zu besuchen. Auch seinen Eltern hatte Patrick versprochen sie nun wieder öfter aufzusuchen. Es musste sich nun zeigen, wie gut er sich mit seiner neuen Kollegin verstand, denn auch die wollte er nicht jedes Wochenende alleine lassen. Der junge Mann seufzte. Da hatte er sich ja etwas vorgenommen! Es würde sich bald zeigen, wie weit er seine Vorhaben in die Tat umsetzen konnte. Mit dieser Ungewissheit schlief er schließlich ein.

Ein neuer Anfang

Während Carl am nächsten Morgen die Formalitäten für Susans Übernahme in die Familie erledigte, rief Patrick bei Mister Dobson an. Der bestellte ihn am gleichen Morgen in sein Büro, um die Details seiner Wiederaufnahme zu klären. Da Peggy zur gleichen Zeit in die Stadt fahren wollte, bot sie dem jungen Mann an, ihn zu GemAI-Care mitzunehmen, was dieser gerne annahm. So saß Patrick einige Zeit später im Vorraum des Firmenleiters, der ihn gleich darauf zu sich hereinbat.

»Sie möchten also ihre Tätigkeit wieder aufnehmen. Das freut mich zwar, doch ihnen ist sicher bewusst, dass die Arbeit auch schmerzliche Erinnerungen an Jenny wecken kann«, mahnte Mister Dobson.

»Ich weiß! Mister Sanders hat mich auch schon darauf aufmerksam gemacht. Doch ich habe mich bei dieser Tätigkeit immer sehr wohl gefühlt und bin der Meinung, dass mich die Arbeit besser von meinem Schmerz ablenkt«, bemerkte Patrick.

Dobson sah Patrick zunächst skeptisch an und rieb sich nachdenklich das Kinn. Schließlich nickte er zustimmend. »Wenn sie meinen, dass ihnen die Arbeit guttut, will ich ihnen nicht im Wege stehen. Wann wollen sie denn wieder anfangen?«, erkundigte sich der Firmenleiter.

»Wenn möglich gleich morgen«, antwortete Patrick vorsichtig.

Dobson sah ihn kurz überrascht an und dachte nochmals nach. »Na gut, das lässt sich einrichten.« Er vereinbarte mit dem jungen Mann die Uhrzeit, wann er am folgenden Tag kommen sollte. »Dann machen wir es wie beim ersten Mal. Sie bringen wieder alles für den Umzug zu ihrer neuen Partnerin mit. Ich stelle sie beide kurz vor und sie nehmen anschließend ihre Arbeit wieder auf. Einverstanden?«

»Ist in Ordnung«, bestätigte Patrick erleichtert.

»Sagen sie aber bitte Bescheid, wenn die Tätigkeit doch zu viele schmerzhafte Erinnerungen weckt. Da sie und Jenny sich nahe standen, kann das durchaus passieren. Scheuen sie sich dann bitte nicht, zu mir zu kommen. Dafür finden wir sicher eine Lösung«, bot Dobson dem jungen Mann zuversichtlich an.

»Danke, das ist sehr freundlich von ihnen«, antwortete Patrick ein wenig verlegen.

»Ist schon in Ordnung. Wir haben doch schließlich beide nichts davon, wenn sie sich aufgrund der Umstände mit ihrer Arbeit schwer-tun«, meinte Dobson verständnisvoll.

Patrick nickte nochmals verlegen.

»Alles klar! Dann sehen wir uns morgen früh«, sagte Dobson und verabschiedete den jungen Mann freundlich.

Patrick fuhr darauf noch in die Stadt, um für Susan ein Geschenk zu besorgen. Nach längerem Suchen fand er schließlich eine einfache Halskette mit einem hübschen Anhänger, die er für die GemAI erstand. Als er später in ihrem Zimmer saß, zog er das Päckchen aus der Tasche und überreichte es Susan. »Ich habe hier noch ein Geschenk für dich.« Seine Mitbewohnerin bedankte sich erfreut und öffnete das Präsent. »Ich weiß, ihr GemAI legt keinen Wert auf Äußerlichkeiten und diese Kette kann nicht im Geringsten dem entsprechen, was du alles für mich getan hast! Trotzdem würde es mich freuen, wenn du dieses kleine Geschenk als Zeichen meiner Wertschätzung annimmst.«

Susan sah ihn gerührt an. »Mit Freude nehme ich dieses Geschenk von dir an!« Sie streichelte kurz seine Wange. »Hängst du mir bitte die Kette um?« Diesem Wunsch kam Patrick gerne nach. Darauf besah sich die GemAI das Schmuckstück im Spiegel und fiel dann Patrick um den Hals. »Danke! Vielen Dank! Das ist total lieb von dir!«

Der überraschte junge Mann umarmte sie und drückte sie sanft an sich. »Freut mich, wenn es dir gefällt.«

»Ich kenne dich zwar erst kurze Zeit, doch eines weiß ich jetzt schon: Jenny konnte glücklich sein, dich getroffen zu haben. Einen besseren Partner hätte sie nicht finden können!«, bemerkte Susan mit warmherzigem Lächeln.

Patrick schluckte und sah nun die GemAI gerührt an. »Danke!«, sagte er überrascht. Dann senkte er verschämt den Blick. »Es tut mir leid, dass ich nicht länger bei dir sein kann. Ich habe lange Zeit darüber nachgedacht, ob es eine Möglichkeit gibt, dass wir zusammen bleiben können, doch mit meinem Beruf ist das leider nicht möglich. Wie du weißt, ist mein Abschlusszeugnis zu schlecht, um eine andere Tätigkeit zu finden. Mister Dobson wird dich leider auch nicht einstellen, da er bereits eine neue Mitarbeiterin für mich hat und im Moment keine weiteren Stellen frei sind.« Er schluckte schwer, als er den Kopf hob. »Ich weiß, es ist nicht fair, einfach von dir fortzugehen, nach allem, was du für mich getan hast, aber ich weiß einfach keine Lösung...« Seine Stimme kippte und er sah Susan schuldbewusst an.

Die GemAI umarmte ihn nochmals gerührt. »Ist schon in Ordnung. Die Umstände sind nun einmal so, da kann man nichts daran ändern. Wie du schon einmal sagtest, heißt das ja nicht, dass wir uns nie mehr wiedersehen! Auch wenn es zunächst schwerfiel, habe ich mich damit abgefunden, dass wir uns zumindest in unregelmäßigen Abständen treffen. Nun, da Carl und Peggy mich offiziell bei sich aufnahmen, habe ich ein gutes Zuhause bei lieben Menschen gefunden. Entsprechend ihrem Alter kann ich ihnen auch hilfreich zur Hand gehen, weshalb ich mich hier sehr wohl fühle. Ich werde dich zwar sehr vermissen, doch die Gewissheit, dass wir uns schreiben und immer wieder sehen können, macht die Situation für mich akzeptabel. Mach dir also keine Gedanken. Ich bin dir deswegen nicht böse!«

Patrick bedankte sich mit rauer Stimme und drückte Susan sanft an sich. »Wenigstens bist du hier gut versorgt und die beiden kümmern sich liebevoll um dich.« Er streichelte ihre Wange. »Nach allem, was du durchmachen musstest, hast du jetzt wenigstens ein gutes Zuhause gefunden. Darüber bin ich sehr froh! Jetzt weiß ich wenigstens, wo ich dich finde, und werde dich so oft wie möglich besuchen!«

»Das würde mich sehr freuen!«, versicherte Susan mit freudigem Lächeln.

So verbrachten die beiden noch einen angenehmen Tag miteinander, doch die Stunde des Auseinandergehens rückte unaufhaltsam näher. Am nächsten Morgen verabschiedeten sich Peggy und Susan herzlich von Patrick. Als der junge Mann schließlich in Carls Auto stieg, flossen doch ein paar Tränen über das Gesicht der GemAI, als sie ihm nachwinkte. Später auf dem Firmenparkplatz verabschiedeten sich Carl und Patrick ebenfalls freundlich voneinander.

»Ich wünsche dir viel Erfolg, mein Junge! Wir bleiben in Kontakt«, sagte Carl mit aufmunterndem Lächeln.

»Danke für alles! Bitte passt gut auf Susan auf!«, sagte Patrick noch schweren Herzens.

»Machen wir!«, versprach Carl. »Mach's gut, Junge!«, dann winkte er Patrick noch zu, stieg ein und fuhr nach Hause.

Der junge Mann nahm seinen Koffer und ging zu Dobsons Büro, wo ihn der Firmenleiter kurz willkommen hieß und dann seiner neuen Partnerin mit Namen Julia vorstellte. Sie war fast so groß wie Patrick, von schlanker Gestalt mit angenehmer Ausstrahlung. Ihr Gesicht war nicht ganz so hübsch wie Jennys, und Ihre rotbraunen Haare waren eher kurz geschnitten. Doch sie war genauso freundlich und höflich, wie die anderen GemAI, die Patrick inzwischen kennengelernt hatte. Beide machten sich auf den Weg zu Paul, um sich ein Fahrzeug zu holen. Der Fuhrparkleiter frotzelte auch diesmal mit den beiden, während er ihnen den Schlüssel aussuchte. Da Julia noch nicht viel Fahrpraxis hatte, ließ sie Patrick ans Steuer. Die Zusammenarbeit mit ihr funktionierte tadellos und die beiden verstanden sich von Anfang an gut. Nach der Arbeit holte Patrick seinen Koffer und bezog darauf ein Zimmer in Julias Wohnung, die genauso aufgebaut war, wie Jennys Heim. Julia trug in ihrer Freizeit lieber ein Kurzarmhemd, Leggings und Socken. Obwohl beide auch in der Freizeit gut miteinander auskamen, verriegelte die GemAI jede Nacht ihre Zimmertüre. So gewöhnten sich beide rasch aneinander, arbeiteten tagsüber gut zusammen und verbrachten angenehme gemeinsame Abende. Trotzdem blieb es bei einem eher kollegialen

Verhältnis, ohne dass sich beide näher kamen. Die Arbeit tat Patrick tatsächlich gut und lenkte ihn ab. Julias freundliches, verständnisvolles Wesen half ihm auch weiter über seine Trauer hinweg. Trotzdem vermisste er Jenny sehr und musste oft an sie denken. Ebenso nahm der Schmerz über ihren Verlust nur sehr langsam ab. Vor allem, wenn er zur Ruhe kam, ergriff ihn stets aufs Neue die Sehnsucht nach seiner ehemaligen Partnerin und peinigte ihn. Dann wünschte er sich mehr als alles andere Jenny wieder zurück an seine Seite!

Carls Projekt entwickelte sich besser als erwartet, so dass er Patrick eventuell schon bald eine angenehme Überraschung bereiten konnte!

Danksagung

Mein Dank gilt vor allem meinem langjährigen Freund und Kollegen
Ralf, der stets ein geduldiger Zuhörer und Ratgeber war! Seine
zahlreichen guten Ideen und Vorschläge waren mir eine sehr große
Hilfe!
Auch bei meiner Frau möchte ich mich bedanken. Ohne ihre ständige
Unterstützung wäre dieses Projekt nicht möglich gewesen!

Michael Kerawalla wurde 1963 in Indien geboren und migrierte als Kind nach Deutschland. Er ist Diplom-Biologe und hat mehrere Jahre als Organisations-Programmierer gearbeitet. Nach dem Verlust des Arbeitsplatzes folgte er seiner Berufung als Autor und hat im Oktober 2006 seinen ersten Fantasy-Roman mit dem Titel „Stein der Finsternis" veröffentlicht. Im Jahr 2011 folgte sein zweiter Fantasy-Roman mit dem Titel „Turoon". Inzwischen sind weitere Fantasy- und Science-Fiction-Romane von ihm erschienen.
Michael Kerawalla lebt heute zusammen mit seiner Frau in der Nähe von Stuttgart.

Von Michael Kerawalla sind bisher erschienen:

Wuun-Serie:

Eine Fantasy-Romanreihe über die idyllische Welt Wuun und deren
Bewohner, die immer wieder von dunklen Mächten bedroht und von
diesen oft genug an den Rand ihrer Existenz gebracht werden.

> **Titel:**
> Stein der Finsternis (leider vergriffen)
> Turoon

Homoroid-Serie:

Eine dystopische Science-Fiction Romanreihe über ein Mädchen mit
künstlicher Intelligenz in einer postapokalyptischen Welt.

> **Titel:**
> Timuris Auftrag

Jibby-Serie:

Eine Fantasy-Romanreihe über die Abenteuer einer einstmals
misshandelten Elfe und ihrem menschlichen Partner.

> **Titel:**
> Die einsame Elfe

GemAI-Serie:

Eine Science-Fiction Romanreihe über gütige künstliche Intelligenzen, die von den Menschen großes Leid erfahren.

Titel:
Die missachteten Engel

Weitere Bände der einzelnen Serien sind in Vorbereitung.

Kurzgeschichten:

Zusammen mit dem Autor Ralf Neubohn sind folgende Kurzgeschichten-Bände erschienen:

Titel:
Im Tal der Autoren
Flammenfeder live von der Gartenschau
Galaabend für die Gartenschau
Herzlich willkommen Gartenschau
Gartenschau-Phantasie
Abschiedsvorstellung für die Gartenschau

Tipp: Wuun-Serie, Band 2: Turoon

Das Velbenmädchen Saira führt ein glückliches und sorgloses Leben auf dem Planeten Wuun. Sie absolviert gerade eine Lehre als Magierin und ist bereits die beste Schülerin ihres Meisters. Doch eines Tages wird sie plötzlich von ihrem Heimatplaneten auf die Wasserwelt Turoon entführt. Nach einer Transformation zu einem Tiefseewesen soll sie dort für den Rest ihres Daseins als Sklave in einer Mine arbeiten. Sie erlebt zum ersten Mal die Schrecken der Sklaverei. Die stumpfsinnige, harte körperliche Tortur, die tägliche Unterdrückung und Erniedrigung durch ihre Aufseher und die Grausamkeit und Gefühlskälte ihrer Herren. Doch Saira ist nicht bereit dieses Schicksal so einfach zu akzeptieren. Schließlich gelingt ihr zusammen mit dem Ausbilder Cherou die Flucht und eine lange, abenteuerliche und höchst gefährliche Jagd quer durch den Ozean nimmt ihren Lauf. Dabei werden die beiden Flüchtlinge immer tiefer in ein Netzwerk aus Intrigen, Verrat, Krieg und Zerstörung hinein gezogen, an dessen Ende sogar die Vernichtung des gesamten Planeten droht! Wird es ihnen gelingen das scheinbar unabwendbare Schicksal ihrer Welt noch zu ändern, die Sklaven zu befreien und ihrer Heimat wieder Frieden zu bringen? Welche Rolle spielt dabei der mächtige Feuerkristall mit seinen gewaltigen magischen Kräften?
Das erste große Tiefsee-Fantasy-Epos voller Spannung und Action, Intrige und Hinterhalt, Gefühl und Leidenschaft, Magie und Mystik!

Leseprobe

Der nächste Arbeitstag verlief ebenso ereignislos. Obwohl Torg die Lingits zu noch höherer Leistung nötigte, um Cherous Fehlen auszugleichen, fand Saira nach der Arbeit noch genug Kraft, um ihre Suche nach einer geeigneten Stelle zur Flucht fortzusetzen. Wieder streifte sie so vorsichtig wie möglich an den magischen Barrieren entlang, achtete darauf, von niemandem beobachtet zu werden. Zum Schutz legte sie noch einen Wach-Zauber um sich, der ihr die

Annäherung anderer Lebewesen melden würde. Ihre Suche blieb auch diesmal längere Zeit erfolglos. Sie wollte schon für den heutigen Tag aufgeben und zur Schlafhöhle zurück schwimmen, als sie auf einmal die Signatur eines bekannten Zaubers spürte. Vorsichtig näherte sie sich der Stelle und sah sich um. Das Gelände war hier völlig offen und kein Lebewesen konnte sich unbemerkt anschleichen. Zwar war Saira nun auch gut zu sehen, aber so weit von der Schlafhöhle entfernt war ihr bisher noch kein größeres Lebewesen begegnet. Vorsichtig tastete sie den Zauber ab, prüfte seine Funktion und seine Grenzen. Er war kompliziert, aber Saira war durchaus in der Lage, ihn soweit zu begrenzen, dass eine Öffnung entstand, durch die sie unbemerkt entwischen konnte. Triumphierend rieb sie sich die Hände. Endlich hatte sie eine Möglichkeit zur Flucht gefunden! Schon wollte sie sich auf den Zauber konzentrieren, um ihn soweit zu begrenzen, dass sie in der Lage war, hindurch zu schlüpfen. Da alarmierte sie plötzlich ihr Wach-Zauber über die Annäherung eines fremden Lebewesens! Saira sah sich erschrocken um, konnte aber zuerst nirgends etwas erkennen. Erst, als sie den Kopf hob, sah sie einen großen Galanx direkt von oben auf sie zu schwimmen. Er hatte sie wohl noch nicht entdeckt, weil er so gemächlich dahin schwamm, aber er konnte sie jeden Moment erspähen! Panik stieg in ihr auf. Hier in dem offenen Gelände gab es keinerlei Versteckmöglichkeiten. Wenn dieser Wächter sie bemerkte, hätte das bestimmt sehr unangenehme Folgen für sie, denn sie durfte sich hier eigentlich nicht aufhalten! Der Galanx kam immer näher! Was sollte sie nur tun? Verzweifelt sah sie sich um, aber es gab wirklich keine Möglichkeit sich zu verstecken! Schon war der Galanx so nah, dass er sie jeden Moment entdecken würde! Da tat Saira das einzig Richtige. Sie ließ sich auf den Sand sinken und wirkte einen Zauber, der sie unsichtbar machte. Das Problem war nur, dass dieser Zauber sehr viel Kraft kostete, so dass sie ihn nicht lange aufrecht erhalten konnte. Ausserdem beherrschte sie ihn noch nicht vollständig. Solange sie sich nicht bewegte, war alles in Ordnung. Doch jede noch so kleine

Bewegung würde zumindest ihre Konturen sichtbar machen, weil am Rand des Zaubers geringe Unregelmäßigkeiten auftraten, die nur ein erfahrener Magier unterbinden konnte. Dazu würde jedes leichte Flackern ihre Leuchtorgane durch den Zauber hindurch schimmern und sie verraten! Der Galanx war nun genau über Saira. Sie spürte sogar die Wasserströmungen, die sein Körper verursachte. Trotz ihrer Panik versuchte sie ruhig zu bleiben. Jetzt nur nicht bewegen und ja kein Licht abgeben! Der Galanx schien sie nicht bemerkt zu haben, denn er musterte nur scheinbar gelangweilt die Umgebung. Dann blickte er genau in ihre Richtung. Hatte er doch ihre Konturen bemerkt? Sein Blick blieb länger auf sie gerichtet. Saira wagte kaum zu atmen. Da entsann sie sich, dass der Zauber sie nur rein optisch schützte. Wenn er jetzt seinen Sonar benutzte, würde er sie sofort entdecken! Der Blick des Wächters war immer noch auf sie gerichtet. Saira konnte kaum noch ein Zittern unterdrücken. Zudem entzog ihr der Zauber immer mehr Kraft, so dass sie ihn bald nicht länger aufrecht erhalten konnte, aber der Galanx bewegte sich nicht von der Stelle. Sie ließ ein Stoßgebet los, dass er endlich weg schwimmen sollte, doch erst als Saira schon einer Ohnmacht nahe war, zog der Galanx schließlich mit langsamen Bewegungen weiter. Völlig entkräftet löste Saira den Zauber auf und lag schwer atmend im Sand. Das war gerade noch einmal gut gegangen! Sie hob den Kopf und sah sich vorsichtig um, aber es war niemand in der Nähe. Selbst diese Bewegung kostete sie enorme Anstrengung, doch sie musste zurück schwimmen, bevor die Dunkelphase begann, sonst würde man ihr Fehlen bemerken. So mobilisierte sie schließlich all ihre Reserven und schleppte sich mit letzter Kraft zur Schlafhöhle. Der Weg schien unendlich weit zu sein. Allmählich begann ihr sogar schon die Sicht zu verschwimmen. Sie sah den Eingang der großen Höhle nur noch als unscharfe, leuchtende Kontur und hoffte, mit keinem anderen Lingit zusammen zu stoßen, während sie hindurch schwamm. An der nächstmöglichen Stelle ließ sie sich in den Sand sinken, dann brach sie bewusstlos zusammen.

Tipp: Jibby-Serie, Band 1: Die einsame Elfe

Tom, ein junger Mann, der die Natur liebt, findet während einer Wanderung im Wald eine verletzte junge Frau. Doch bald stellt sich heraus, dass sie kein Mensch, sondern eine Elfe ist, die von ihrer Sippe alleine zurückgelassen wurde. Aufgrund ihrer Blessuren kann sie weder fliegen noch laufen. Tom ist zuerst mit der Situation überfordert, doch er will die hilflose Elfe nicht einfach im Stich lassen, weshalb er trotz seiner Verwirrung beschließt, sich vorerst um sie zu kümmern. Nachdem der junge Mann eine Krücke für sie hergestellt hat, machen sich beide gemeinsam auf den Weg zu einer neuen Elfensippe. In den folgenden Tagen erfährt Tom immer mehr von der schrecklichen Vergangenheit der Elfe, von Brutalität, Misshandlung, tiefster Niedertracht, gepaart mit Psychoterror, permanenter Erniedrigung und Ausgrenzung, massivem Liebesentzug und seelischer Grausamkeit, bis hin zum Mordversuch!
Der junge Mann versucht ihr auf der Reise den nötigen Halt und die Geborgenheit zu geben, welche die Elfe schon so lange vermisst, gerät dabei aber immer wieder an seine Grenzen.

Die erschütternde Geschichte einer gequälten Seele, die durch die Niedertracht und Grausamkeit ihrer Sippe beinahe den Tod fand, jedoch auch Hoffnung und Rettung durch die Magie erfährt.

Leseprobe:

»Erzähl mir doch bitte einmal genau, was dir passiert ist«, bat Tom vorsichtig. »Natürlich nur, wenn du das auch möchtest.«
Jibby schilderte ihm gerne, was sich ereignet hatte. Sie war sogar dankbar, dass er sich dafür interessierte. So begann sie zu erzählen: »Als ich am heutigen Morgen erwachte, war ich ganz alleine. Während ich noch schlief, war meine gesamte Sippe heimlich ohne mich weiter geflogen und hatte mich zurückgelassen. Ich weiß nicht, warum sie

das taten. Vielleicht habe ich sie zu sehr verärgert, ihnen zu viele Schwierigkeiten gemacht, oder ich war ihnen zu schusselig, ich weiß es nicht. Jedenfalls waren sie alle weg! Natürlich habe ich erst einmal die nähere Umgebung abgesucht, habe aber niemanden gefunden. Dann habe ich überlegt, in welche Richtung sie geflogen sein könnten und habe mich dorthin auf die Suche gemacht, doch auch dabei blieb ich erfolglos. So bin ich schließlich völlig erschöpft in den Baum gestürzt, wo du mich gefunden hast.«

Tom war erschüttert. »Die haben dich ganz alleine zurückgelassen?«, fragte er ungläubig.

Jibby nickte nur traurig und ihre Augen wurden feucht.

»Das tut mir sehr leid für dich. Wie konnten die nur so gemein zu dir sein?«, fragte Tom betroffen.

»Ich weiß es nicht...«, schluchzte Jibby mit gebrochener Stimme, zog die Beine an und legte leise weinend den Kopf auf die Knie.

Tom rückte etwas näher und nahm sie behutsam in den Arm, was sie sich gerne gefallen ließ. »Jetzt bist du ja nicht mehr alleine«, tröstete Tom sie. »Ich werde auf dich aufpassen.«

Jibby hob etwas den Kopf und sah ihn aus tränenverschleierten Augen an, worauf Tom ihr ein freundliches Lächeln schenkte. Dann bedankte sie sich leise, schluckte mehrmals und rieb sich die Tränen aus dem Gesicht, während Tom ihr zärtlich über den Kopf streichelte. Dabei bemerkte der junge Mann, dass die Elfe ein wenig fröstelte, was nicht weiter verwunderlich war, denn die Sonne begann bereits zu sinken und ein kühler Wind blies durch die Kronen der Bäume.

»Ich sollte besser ein Feuer machen, damit es uns nicht zu kalt wird«, sagte Tom, erhob sich und suchte Holz zusammen. Da meldete sich lautstark sein Magen zu Wort, was Tom daran erinnerte, dass er bis jetzt noch nichts gegessen hatte. Es dauerte nicht lange, dann hatte der junge Mann genug Holz für das Feuer gefunden und häufte es in Jibbys Nähe an einer lichten Stelle des Waldes auf. Als er längere Zeit nach seinem Sturmfeuerzeug suchte, bot Jibby ihm an, das Feuer zu entzünden. »Das kannst du doch nicht von dort aus, wo du gerade sitzt«, meinte Tom zweifelnd.

»Doch, auf die Entfernung ist das kein Problem«, entgegnete Jibby selbstsicher.

»Wie soll das denn gehen?«, fragte Tom.

Statt einer Antwort wirkte Jibby einen Feuerzauber in dem Holzstapel. Der verursachte jedoch eine haushohe Stichflamme, die einige von Toms Haaren versengte, bevor er sich mit einem raschen Sprung in Sicherheit bringen konnte. Wenige Augenblicke später verlosch die große Flamme und hinterließ einen glühenden Aschehaufen.

»Bist du wahnsinnig? Willst du den ganzen Wald in Brand setzen?«, rief Tom erschrocken.

»Tut mir leid, entschuldige bitte!«, antwortete Jibby fast flehend und nahm unbewusst eine Abwehrhaltung ein, so als ob sie befürchtete geschlagen zu werden.

Tom war über ihre heftige Reaktion sehr verwundert. »Schon gut, ist ja nichts passiert«, meinte er versöhnlich.

Es dauerte einige Augenblicke, bis sich Jibbys Schreckstarre löste und sie ihre Abwehrhaltung aufgab. Trotzdem sah sie Tom ängstlich an. Der ging vor ihr in die Hocke und wollte ihre Wange streicheln, doch sie zuckte zurück.

»Keine Angst, ich tu' dir doch nichts«, sagte Tom behutsam. Dann streckte er nochmals die Hand aus und streichelte ihre Wange, was sie sich diesmal gefallen ließ.

»Bitte verzeih, ich hab meine Magie noch nicht so gut unter Kontrolle«, sagte Jibby ängstlich und zog abermals den Kopf ein.

»Keine Sorge, mir ist nichts passiert und ich bin dir auch nicht böse«, versicherte Tom der verstörten Elfe. »Kein Grund sich zu fürchten!« Dann schenkte er ihr ein aufmunterndes Lächeln.

Jibby entspannte sich etwas. »Bist du mir wirklich nicht böse?«, fragte sie unsicher.

Tom schüttelte den Kopf. »Nein, ganz sicher nicht!«

Jibby richtete sich zögernd wieder auf und schenkte ihm einen dankbaren Blick.

Tom zwinkerte ihr aufmunternd zu und erhob sich. »Ich sammle nur noch geschwind neues Holz.« Als er dann alleine durch den Wald lief, um nach Brennholz zu suchen, sah er noch einmal zu Jibby zurück und wunderte sich, dass sie plötzlich so verängstigt war. Ihre Sippe hatte Jibby wohl nicht gut behandelt, sonst wäre sie wegen ihres Missgeschickes nicht gleich so ängstlich geworden! Wie sich gerade gezeigt hatte, war sie tatsächlich etwas schusselig, doch selbst wenn ihr ab und zu solche Missgeschicke passierten, war das noch lange kein Grund sie alleine zurückzulassen. Wenn Tom sie nicht gefunden hätte, wäre sie jetzt wahrscheinlich schwer verletzt oder sogar tot! Das konnte ihre Sippe doch unmöglich gewollt haben! Tom befürchtete, dass da wohl sicher noch deutlich mehr dahintersteckte. Doch im Moment galt es erst einmal, der verletzten Elfe zu helfen. Alles Weitere würde sich zeigen.

Tipp: Homoroid-Serie, Band 1: Timuris Auftrag

Der Klimawandel verursachte extreme Wetterphänomene und dadurch großräumige Zerstörungen auf der Erde. Übrig blieben halb zerfallene Städte und Siedlungen, in der zahlreiche Überlebende ein entbehrungsreiches Leben führen, bestimmt von Anarchie und Gewalt. Der große Rest der Menschheit ließ ihren Geist jedoch vom Körper lösen und existiert nun in der Cyberwelt von Hope Of Mankind (HOM) weiter, einem riesigen Computer-Netzwerk. Dessen oberste Intelligenz Cyrus entwickelte ein eigenes Bewusstsein und begann die Geister der Menschen zu versklaven. Nach zahlreichen Hacker-Angriffen von außen sendet Cyrus Timuri, ein Mädchen mit künstlicher Intelligenz aus, um die Angriffe zu stoppen. Doch schon beim ersten Einsatz erkrankt Timuri schwer und wird von den Menschen der Rakanjo-Siedlung gerettet. Zuerst fällt ihr der Umgang mit den Menschen schwer, die sie für Barbaren hält. Doch bald schon wendet sich das Blatt, und Timuri muss sich zwischen den Menschen und Cyrus entscheiden, der seine Macht rasch ausbaut und droht, sämtliche Erdbewohner zu versklaven!

Eine dystopische Geschichte über künstliche Intelligenz, Anarchie, Machtmissbrauch und Menschlichkeit.

Leseprobe:

Nach vielen Tagen hatte sie ihren Körper endlich vollständig unter Kontrolle und konnte ihre Mission starten. Dazu erhielt sie noch eine schlichte Uniform, welche nur den Körper umhüllte, jedoch Kopf, Arme und Beine nicht bedeckte, dazu noch ein Paar metallverstärkte Kurzstiefel. Ihr Gleiter enthielt Nahrung und Wasser für mehrere Tage, sowie die nötigen Geräte für ihre Aufgabe. Dessen künstliche Intelligenz mit Namen Sam kannte den Standort, von wo aus die Cyberattacke stattfand. So machte sich Timuri auf den Weg und flog die angegebenen Koordinaten an. Als sie dort ankam, hatte sich das Wetter massiv verschlechtert. Starker Regen und ein eiskalter Wind hatten schon den Flug erschwert, doch jetzt musste Timuri bei diesem Wetter den Gleiter verlassen, um bei der Relais-Station den Zugriff zu prüfen. Nach kurzer Zeit war sie total durchnässt und fror erbärmlich in ihrer viel zu leichten Kleidung, doch sie schloss trotzdem ein Tablet an die Station an und fand tatsächlich eine Spur zu einer weiteren Relais-Station. So beeilte sich das junge Mädchen zum Gleiter zurückzukehren, nahm sich jedoch kaum Zeit zum Aufwärmen und steuerte schon die nächste Relais-Station an. Dort herrschten die gleichen Klimabedingungen, doch Timuri war nicht bereit besseres Wetter abzuwarten und führte auch dort wieder frierend ihre Prüfung durch, die sie zu einer weiteren Relais-Station leitete. Völlig durchgefroren ging sie auch dort ihrer Aufgabe nach. Bei der nächsten Station hatte sie bereits erhöhte Temperatur und erste Schmerzen im Hals, doch wieder ging sie in die eiskalte Witterung hinaus, machte ihre Tests und kehrte völlig durchgefroren zurück.

»Was ist denn los Sam, warum ist es hier drinnen plötzlich so kalt?«, fragte Timuri mit rauer Stimme und bleichem Gesicht.

»Die Raumtemperatur hat sich nicht verändert, nur deine Körpertemperatur ist stark angestiegen«, erklärte die künstliche Intelligenz.

»Ich fühle mich auch immer schlechter und habe Schmerzen im Hals. Weißt du, woran das liegt?«, fragte sie Sam.

»Dazu kann ich dir leider keine Auskunft geben«, meinte die künstliche Intelligenz.

»Sam, erhöhe die Raumtemperatur. Hier drinnen ist es eindeutig zu kalt!«, befahl Timuri frierend.

Die künstliche Intelligenz befolgte den Befehl und erhöhte die Temperatur im Gleiter.

Trotzdem begann Timuri zu zittern und konnte kaum noch die Steuerung bedienen. Ihre Halsschmerzen nahmen immer weiter zu und sie fühlte sich absolut miserabel.

»Sam, irgendetwas stimmt mit der Temperaturregelung nicht! Ich friere ganz extrem!«, sagte Timuri schnatternd.

»Ich kann die Temperatur nicht weiter erhöhen, sonst überhitzt sich dein Körper«, erwiderte die künstliche Intelligenz.

Inzwischen zitterte das Mädchen so sehr, dass es sich sogar auf die Steuerung übertrug, während sie sich kaum noch konzentrieren konnte. Der Gleiter schüttelte sich, wobei die Flugbahn immer instabiler wurde. Timuri fühlte sich erbärmlich, während der Schwindel in ihrem Kopf rasch zunahm. Sie fror und schwitzte gleichzeitig, ihr Atem ging stoßweise, ihr Hals schien zu verbrennen und ihre Gliedmaßen gehorchten ihr kaum noch.

»Pass auf die Steuerung auf!«, ermahnte sie Sam.

Timuri nahm die Stimme nur noch ganz entfernt wahr, während der Schwindel ihr bereits die Sicht trübte. Sie blinzelte mehrmals krampfhaft, doch sie konnte kaum noch etwas sehen. Ihr war so entsetzlich kalt und sie zitterte am ganzen Körper. Dadurch wurde auch der Gleiter immer heftiger hin und her geworfen. Sie atmete sehr schnell und hatte trotzdem das Gefühl zu ersticken, während ihr Hals einer Flammenhölle glich. Gleichzeitig schwitzte sie stark und der Schweiß lief ihr brennend in die Augen. Schließlich verließen sie die Kräfte. Sie verdrehte stöhnend die Augen, wobei ihr Kreislauf endgültig zusammenbrach. Dann fiel sie vornüber und blieb bewusstlos auf der Steuerkonsole liegen. Sam rief mehrfach ihren Namen, doch sie reagierte nicht mehr, während der Gleiter abkippte und dem Boden entgegenraste. Da sie sehr niedrig flogen, um nicht entdeckt zu werden, konnte die künstliche Intelligenz den Absturz nicht mehr verhindern, doch sie schaffte es im letzten Moment noch, den Aufprall zu mildern, so dass der Gleiter nicht allzu stark beschädigt und Timuri nicht verletzt wurde. Die Sicherheitsautomatik schaltete sämtliche Systeme bis auf die Lebenserhaltung ab. So lag Timuri bewusstlos und mit hohem Fieber in dem beschädigten Gleiter, während draußen das Unwetter mit unverminderter Stärke tobte und der heftige Regen gegen die Wände des Gleiters trommelte. Doch das junge Mädchen nahm es schon längst nicht mehr wahr.